CLASSICOLYCÉE

Gargantua

FRANÇOIS RABELAIS

Traduit en français moderne
par Marie-Madeleine Fragonard
d'après l'édition définitive de 1542

Dossier par Amandine Delbart
Agrégée de lettres classiques

Notes par Blandine Lefèvre
Agrégée de lettres modernes

BELIN ■ GALLIMARD

Sommaire

Vers le Bac

Vers l'oral du Bac

Vers l'écrit du Bac

Table des chapitres

Pour entrer dans l'œuvre

Au XVIe siècle, les lecteurs raffolent des histoires de géants. François Rabelais s'en inspire pour créer une série de récits : *Pantagruel* (1532), *Gargantua* (1534), puis *Le Tiers Livre* (1546) et *Le Quart Livre* (1552). L'auteur nous ouvre les portes d'un monde incroyable : les thématiques les plus grivoises côtoient les sujets les plus sérieux, mêlant la satire âpre à l'éloge enthousiaste.
Voilà une œuvre hors norme, à l'image d'un auteur dont la vie même, encore mystérieuse, semble gigantesque : il fut moine, quitta un premier couvent qui lui confisquait ses lectures considérées comme non appropriées pour en rejoindre un autre, laissa l'habit ecclésiastique pour devenir un brillant médecin, fut un éditeur d'ouvrages aussi bien scientifiques que poétiques, composa des récits qui furent vite censurés par les théologiens, tout en étant protégé par des hommes d'Église influents.

MOYEN ÂGE | **XVIe siècle : RENAISSANCE**

Vers 1490 L. de Vinci, *L'Homme de Vitruve*

Début de la Réforme **1520**

1539 Ordonnance de Villers-Cotterêts : le français devient la langue officielle

Vers 1483 Naissance de François Rabelais

F. Rabelais, 1re édition de *Gargantua* **1534**

1519-1558 Règne de Charles Quint

1492 Découverte du Nouveau Monde (L'Amérique)

1515-1547 Règne de François Ier

« Farcis d'hérésies » selon les théologiens qui les censurèrent, ses textes sont surtout pleins de contradictions, et n'ont cessé de dérouter les lecteurs : obscènes pour les uns, follement novateurs pour d'autres, ils ont fait naître les interprétations les plus diverses. L'œuvre *Gargantua*, deuxième récit de la saga, est encadrée par deux séries d'énigmes qui invitent volontiers à une lecture allégorique et présente la vie du géant Gargantua, le père de Pantagruel, héros de la majorité de l'œuvre rabelaisienne. Ce récit fait se côtoyer les délices de la bonne chère et les absurdités des universitaires, les considérations humanistes et les pensées les plus conservatrices.

Jugé indigne d'être lu par les jeunes gens du XVIIe au XXe siècle, souvent expurgé ou transformé, ce roman vous est ici proposé dans sa version intégrale, adapté en français moderne.

ET HUMANISME

La Pléiade ; École de Lyon (1550-1560)

1580 M. de Montaigne, *Essais*

1543 Copernic : découverte du système solaire

1553 Mort de F. Rabelais

1545-1563 Concile de Trente

1562-1598 Guerres de Religion

Lire *Gargantua* aujourd'hui

On pourrait le raconter comme ça. Un jeune homme, moine parce que cadet de famille, dans un couvent finalement plus libéral que bien d'autres, découvre le grec et les études modernes, et, quelque diable aussi, je pense, le poussant, inaugure une aventure personnelle, intellectuelle et esthétique. Le XVIe siècle débutant est encore « le beau XVIe siècle » où tout paraît promis : une monarchie stable, une richesse nationale suffisante, un vent de découvertes et de livres venus d'Italie, un ancien monde qu'on apprend, paganisme et Bible réconciliés, un nouveau monde qui s'ouvre, science et foi réconciliables, le désir d'être, de vivre, la certitude de changer, de restaurer, de voir renaître. Tels sont les débuts de François Rabelais, notre seul auteur-monde, le symbole même tant de la plénitude que de la mutation des temps, de l'espoir et des folies, des projets et des désillusions. Vingt ans pour écrire et faire tant d'autres choses. [...]

Et vous voici maintenant, vous.

Avez-vous peur ? non des géants, mais de l'ancien français, des références obscures, du dépaysement historique ? de ne pas savoir qui est Bartole, Lanterne du droit, ni Jupiter, César, et tous les dieux de l'Olympe, ni la nymphe Araxa, ni Charles Quint ? Vous écartez-vous prudemment de tous les auteurs réputés savants, ou universitaires ? D'ailleurs, vous méfiez-vous des universitaires actuels ?

Avez-vous inversement l'impression de régresser au pays des ogres bons pour les contes pour enfants à quoi les éditions actuelles vouent le plus souvent (vu leur nombre) les deux premiers livres de Rabelais ? Il partage ce destin avec Perrault et La Fontaine, qui avaient pourtant cru écrire pour la société galante (c'est-à-dire l'élite culturellement évoluée) de leur temps et se retrouvent tous deux, le loup, l'agneau, la grand-mère, le renard, la belette et le petit lapin en compagnie sans doute des moutons de Panurge (quand même en l'absence du loup et du renard de Pantagruel).

Peur de ne pas comprendre et de s'ennuyer, peur de perdre son temps à des balivernes (même consacrées par le temps), de perdre son temps à des exercices imposés d'admiration (même quand l'objet semble facile)…

Certes Rabelais n'est pas simple, c'est même un univers exceptionnellement dense, un kaléidoscope d'informations, de sensations, de trous noirs.

Pourtant… vous lisez et vous allez au cinéma voir bien plus difficile et parfois bien plus régressif ou les deux en même temps. C'est-à-dire que vous acceptez complètement les conventions de *ce* livre ou de *ce* film. S'il y a des hommes bleus volants, et des grands singes dans les îles cachées du Pacifique, si Quentin Tarantino passe son temps à pasticher des scènes du cinéma antérieur, si la science-fiction et le fantastique sont les meilleurs instruments d'exploration des peurs, des espoirs, de l'actualité, alors vous savez déjà comment lire Rabelais. En l'acceptant et en acceptant de ne pas tout comprendre. Des fictions qui ne se confondent pas avec la réalité, mais l'apprivoisent, qui vous apportent l'expérimentation, et non des solutions.

Nous trouvons inconfortable et risquée notre incompréhension : cela est si vieux, est-ce un système perdu ? Nous qui sommes si modernes ne saurions-nous pas gérer ce qui a été fait par un monde qui en savait moins que nous ? Ne pouvons-nous accepter l'incompréhensible ? Comme si notre expérience aussi quotidienne qu'inconsciente ne baignait pas dans d'étranges jeux sémiotiques, beaucoup plus absurdes que le décalage historique et pourtant très bien acceptés. […] Il faut s'y faire et l'avouer sans honte : le monde n'est pas incompréhensible, il est seulement approximatif. Et accepté.

Si vous le pouvez, pourquoi n'en ferez-vous pas ainsi avec ce livre […] ?

[…] Vous objecterez le problème pratique, surtout quand on n'y comprend quand même pas grand-chose dans la distance historique établie par la langue et les contextes. Dites-vous bien que le lecteur du XVIe siècle ne cesse aussi d'aller d'écueil en surprise, dans un lexique surabondant qui n'est qu'à peine installé dans la langue française. Il n'a pas de notes dans ses éditions, et traverse donc des trous noirs, pas toujours les mêmes selon qu'il a quelque connaissance de la cuisine, des armes, des livres, de l'architecture, de la navigation, et peut-être pas grand-chose de tout cela. Il a lui aussi l'impression d'un texte non traduit et qui le snobe en agitant sous ses yeux des listes d'auteurs plus illisibles au sens propre les uns que les autres. Vous passez outre : en somme, c'est une île du *Quart Livre*. Et déjà, là, vous créez. Et bien des textes doivent leur survie, leur vitalité, au fait que des lecteurs font sur eux des contresens auxquels l'auteur ne souscrirait sans doute pas, limité qu'il était par les valeurs de son époque de vie.

Revenons aussi sur la question du plaisir de lire ; c'est elle d'abord que revendiquent les préfaces : sens profond ou superficiel, sens ou insanité, sans le plaisir pas de lecture, pas de sens, pas de lecteurs, pas d'effets.

Il faut croire que Rabelais a procuré du plaisir, ou passe pour le faire, car sa ténacité dans la mémoire collective dépasse, et largement, la laborieuse mémoire de ses éditeurs et annotateurs. Il n'a jamais quitté la scène, il est plus qu'un livre et plus qu'un auteur: un mythe.

Marie-Madeleine Fragonard, extraits de la préface in François Rabelais, *Les Cinq Livres des faits et dits de Gargantua et Pantagruel*, trad. en français moderne de M.-M. Fragonard, édition bilingue, Gallimard, « Quarto », 2017.

La vie très horrifique du grand Gargantua, père de Pantagruel

Jadis composée par M. Alcofribas Abstracteur de Quinte Essence

Livre plein de pantagruélisme

NOTE SUR L'ÉDITION

Cette édition reproduit le texte intégral de *Gargantua* dans la traduction de Marie-Madeleine Fragonard, extraite des *Cinq livres des faits et dits de Gargantua et de Pantagruel* publiée en 2017 aux éditions Gallimard dans la collection « Quarto ». Il s'agit de l'une des traductions les plus récentes de l'œuvre de François Rabelais parues à ce jour.
La traductrice a veillé à respecter le rythme des phrases pour faire entendre la poésie du texte original. Le vocabulaire spécifique et les références employés par François Rabelais ont été conservés ; ils sont expliqués par des notes de bas de page dans notre édition.
Les écarts de langage qui fondent la drôlerie du texte original se sont aujourd'hui inversés : les mots perçus comme rares et savants à la Renaissance (issus du grec, de l'italien, de l'allemand) sont intégrés à notre lexique moderne alors que les mots usuels de la Renaissance (unités de mesure, objets ou encore les mots en latin, qui était encore parlé) ont disparu du nôtre.
La translation moderne facilite l'accès au texte pour les élèves. Elle permet de s'interroger sur la pratique de la langue et sur notre rapport avec une Histoire où tous les repères sont à redécouvrir (la vie sociale, l'éducation, la politique, la représentation du monde).

Aux lecteurs

Amis lecteurs qui ce livre lisez,
Défaites-vous de toute affection,
Et le lisant ne vous scandalisez.
Il ne contient ni mal ni infection.
Il est vrai qu'il a peu de perfection
À vous apprendre, sinon en fait de rire :
Mon cœur ne peut autre sujet choisir,
Voyant le deuil qui vous mine et consume ;
Mieux vaut de rire que de larmes écrire,
Parce que rire est le propre de l'homme.

PROLOGUE DE L'AUTEUR

Buveurs très illustres, et vous vérolés[1] très précieux (car c'est à vous, et à nul autre, que sont dédiés mes écrits), Alcibiade, au dialogue de Platon[2] intitulé *Le Banquet*, louant son précepteur Socrate, qui est sans discussion le prince des Philosophes, dit, entre autres paroles, qu'il est semblable aux silènes. Les Silènes étaient jadis des petites boîtes comme nous en voyons à présent dans les boutiques des apothicaires[3], peintes au-dessus de figures comiques et frivoles, comme des harpies, des satyres[4], des oisons bridés[5], des lièvres cornus, des canes bâtées[6], des boucs volants, des cerfs attelés et telles autres figures représentées à plaisir[7] pour exciter le monde à rire. Tel fut Silène, maître du bon Bacchus[8]. Mais au-dedans on rangeait les drogues[9] fines, comme le baume, l'ambre gris, la cardamome, le musc, la civette, les pierreries en poudre, et autres

1. **Vérolés**: ici, malades de la syphilis, maladie sexuellement transmissible qui provoque des pustules.
2. **Platon** (ve siècle av. J.-C.): philosophe grec, qui met en scène, dans ses dialogues, le philosophe Socrate.
3. **Apothicaires**: vendeurs de plantes médicinales, pharmaciens.
4. **Harpies, satyres**: créatures de la mythologie grecque, mi-humains, mi-animaux.
5. **Oisons bridés**: au sens propre, petits oiseaux à qui l'on fixe une plume dans le bec pour qu'ils ne traversent pas les haies. Au sens figuré: idiot, imbécile.
6. **Canes bâtées**: animaux chargés d'un bât, un équipement leur permettant de porter de lourdes charges.
7. **À plaisir**: avec soin.
8. **Silène**: dans la mythologie grecque, satyre, père adoptif de Dionysos (Bacchus) ; **Bacchus**: dieu romain de la vigne, du vin et de la débauche.
9. **Drogues**: ici, poudres précieuses servant de médicaments.

choses précieuses. Il disait que Socrate était pareil : parce qu'en le voyant du dehors et en l'estimant par son apparence extérieure, vous n'en auriez pas donné une pelure d'oignon, tellement il était laid de corps et de maintien risible, le nez pointu, le regard d'un taureau, le visage d'un fou, simple dans ses mœurs, rustique dans ses vêtements, pauvre de fortune, infortuné en femmes, inapte à tous les offices de l'État, toujours riant, toujours buvant à la santé d'un chacun, toujours plaisantant, toujours dissimulant son divin savoir. Mais en ouvrant cette boîte, vous auriez trouvé au-dedans une drogue céleste et inappréciable, un entendement[1] plus qu'humain, une force d'âme merveilleuse, un courage invincible, une sobriété sans pareille, un contentement assuré, une assurance parfaite, un mépris incroyable de tout ce pour quoi les humains veillent, courent, travaillent, naviguent et bataillent tellement.

À quel propos, à votre avis, tend ce prélude et coup d'essai ? Parce que vous, mes bons disciples, et quelques autres fous qui n'ont rien à faire, en lisant les joyeux titres de certains livres de notre invention, comme *Gargantua, Pantagruel, Fessepinte, La Dignité des braguettes, Des pois au lard avec un commentaire*[2], etc., vous jugez trop facilement qu'ils ne traitent à l'intérieur que moqueries, folâtreries[3], et mensonges joyeux, puisque l'enseigne extérieure (c'est le titre), si on ne cherche pas plus loin, est communément reçue à dérision et rigolade. Mais il ne faut pas juger si légèrement les œuvres des humains. Car vous-mêmes vous dites que l'habit ne fait pas le moine, et tel est vêtu d'habits monacaux[4] qui au-dedans n'est rien moins que moine ; et tel est vêtu d'une cape à l'espagnole, qui dans son cœur n'appartient nullement à l'Espagne. C'est pourquoi il faut ouvrir le livre, et soigneusement peser ce qui y est raconté. Alors vous connaîtrez que la drogue qu'il contient est de bien autre valeur que

---

1. **Entendement** : faculté à comprendre les choses, bon usage de la raison.
2. Dans cette liste, seul *Pantagruel* renvoie à une œuvre réellement écrite par François Rabelais.
3. **Folâtreries** : fantaisies, gaietés sans importance.
4. **Monacaux** : de moines, religieux.

ne le promettait la boîte. C'est-à-dire que les matières traitées ici ne sont pas si folâtres que le titre dessus le prétendait.

Et en supposant le cas où vous trouveriez au sens littéral des sujets assez joyeux et correspondant bien au nom, toutefois il ne faut pas en rester là, comme au chant des sirènes[1], mais il faut interpréter à plus haut sens ce que, peut-être, vous croyiez dit impromptu[2].

Avez-vous jamais crocheté[3] une bouteille ? Canaille, va ! Rappelez-vous la contenance[4] que vous aviez. Mais avez-vous jamais vu un chien rencontrant quelque os à moelle ? Le chien est, comme dit Platon au livre II de *La République*, la bête la plus philosophe au monde. Si vous l'avez vu, vous avez pu noter avec quelle dévotion il le guette, avec quel soin il le garde, avec quelle ferveur il le tient, avec quelle prudence il l'entame, avec quel zèle[5] il le brise, et avec quelle diligence[6] il le suce. Qui le pousse à cela ? Quel est l'espoir de son étude ? Quel bien demande-t-il ? Rien plus qu'un peu de moelle. Il est vrai que ce peu est plus délicieux que le beaucoup de beaucoup d'autres choses, parce que la moelle est un aliment élaboré jusqu'à la perfection de nature, comme le dit Galien[7] dans le livre III des *Facultés naturelles* et le XI de *L'Usage des parties du corps.*

Sur ce modèle, il vous convient d'être sages pour respirer, sentir et estimer ces beaux livres de haute valeur, légers à la chasse et hardis au combat. Puis, par une étude curieuse et une méditation fréquente, rompre l'os et sucer la substantifique[8] moelle. C'est-à-dire, veux-je signifier par ces symboles pythagoriques[9], avec l'espoir certain

1. **Chant des sirènes** : allusion à un épisode de l'*Odyssée* d'Homère (VIIIe siècle av. J.-C.), où des sirènes séduisent les marins par leur chant et les entraînent dans un piège. Au sens figuré : proposition séduisante, dont il faut se méfier.
2. **Impromptu** : rapidement, sans préparation.
3. **Crocheté** : ouvert.
4. **Contenance** : attitude.
5. **Zèle** : désir de bien faire.
6. **Diligence** : rapidité.
7. **Claude Galien** (IIe siècle) : médecin grec, auteur d'ouvrages sur le fonctionnement du corps humain.
8. **Substantifique** : la meilleure partie, la plus importante.
9. **Pythagoriques** : obscurs.

d'être faits avisés et preux à ladite[1] lecture. Car vous trouverez en elle un bien autre goût et une doctrine plus cachée, qui vous révélera de très hauts arcanes[2] et des mystères horrifiques, tant en ce qui concerne notre religion que l'état politique et la vie économique.

Croyez-vous comme un article de foi qu'Homère, en écrivant l'*Iliade* et l'*Odyssée*, ait jamais pensé aux allégories que lui ont tarabiscotées Plutarque, Héraclide du Pont, Eustathe, Phornute, et tout ce que Politien[3] a pris de ceux-là ? Si vous le croyez, vous n'approchez ni des pieds ni des mains de mon opinion, qui décrète qu'Homère a aussi peu songé à celles-là qu'Ovide[4] en ses *Métamorphoses* n'a rêvé les sacrements de l'Évangile, qu'un certain frère Lubin[5], vrai parasite, s'est efforcé d'y montrer, pour le cas où il rencontrerait par hasard des gens aussi fous que lui et, comme dit le proverbe, couvercle digne du panier.

Et si vous ne le croyez pas, pourquoi néanmoins n'en ferez-vous pas autant à ces joyeuses et nouvelles chroniques ? Quoique en les dictant je n'y aie pas pensé plus que vous qui peut-être buviez comme moi. Car, à la composition de ce livre seigneurial[6], je ne perdis ni n'employai plus de temps que celui qui était prévu pour prendre ma réfection[7] corporelle, c'est-à-dire en buvant et mangeant. Aussi est-ce la bonne heure pour écrire de ces hautes matières et sciences profondes. Comme savaient bien le faire Homère, modèle de tous les philologues, et Ennius, père des poètes latins, comme témoigne

---

1. **Ladite** : cette.
2. **Hauts arcanes** : grands secrets.
3. **Héraclide du Pont, Eustathe, Phornute et Politien** : penseurs, de l'Antiquité au XVe siècle, qui ont tous tenté de décrypter les symboles dans l'œuvre d'Homère.
4. **Ovide** (Ier siècle) : poète latin. *Ovide moralisé* est une œuvre anonyme du XIVe siècle qui propose de voir dans les textes de cet auteur des préfigurations du Nouveau Testament.
5. **Frère Lubin** : personnage type du moine stupide.
6. **Seigneurial** : digne d'un seigneur, magnifique.
7. **Réfection** : action de reprendre des forces.

Horace[1] – quoiqu'un malotru en ait dit –, que ses vers sentaient plus le vin que l'huile[2].

Autant en a dit un turlupin[3] de mes livres, mais je lui dis merde. Ô combien est plus gourmande l'odeur du vin, plus riante, plus priante, plus céleste et plus délicieuse que celle de l'huile ? Et je prendrai également comme un titre de gloire qu'on dise de moi que j'ai dépensé en vin plus que Démosthène[4] en huile, alors qu'on disait de lui qu'il dépensait plus en huile qu'en vin. Pour moi ce n'est qu'honneur et gloire que d'être dit et réputé bon vivant et bon compagnon, et à ce titre je suis bienvenu dans toutes les bonnes compagnies de pantagruélistes ; Démosthène, un grognon lui a reproché que ses discours sentaient comme la serpillière d'un marchand d'huile sale et puant. Donc interprétez tous mes faits et mes dits dans leur perfectissime partie, révérez[5] le cerveau fromagiforme[6] qui vous régale de ces belles billevesées[7] ; autant que vous pourrez, considérez-moi toujours comme joyeux.

Or esbaudissez-vous[8], mes amours, et lisez gaiement le reste, tout à l'aise du corps et au profit des reins. Mais écoutez, couillons, et, sinon, que l'ulcère[9] vous tortille : souvenez-vous de boire à ma santé en échange, et je vous en gagerai d'autant[10] sans attendre.

---

1. **Ennius Quintus** (IIIe-IIe siècle av. J.-C.) ; **Horace** (Ier siècle av. J.-C.) : poètes latins.
2. Cette expression signifie qu'il buvait en écrivant. On accuse des vers de sentir l'huile lorsqu'ils manquent de spontanéité, parce que leur auteur les a longuement composés, à la lueur d'une lampe à huile.
3. **Turlupin** : plaisantin, farceur.
4. **Démosthène** (IVe siècle av. J.-C.) : orateur grec.
5. **Révérez** : honorez, vénérez.
6. **Fromagiforme** : en forme de fromage.
7. **Billevesées** : écrits frivoles et sans profondeur.
8. **Esbaudissez-vous** : réjouissez-vous, amusez-vous.
9. **Ulcère** : ici, plaie aux jambes.
10. **Je vous en gagerai d'autant** : j'en ferai autant pour vous.

CHAPITRE 1

De la généalogie et antiquité de Gargantua

Je vous renvoie à la grande *Chronique pantagruéline*[1] pour reconnaître la généalogie et l'antiquité[2] d'où nous est venu Gargantua. Vous entendrez dedans plus au long comment les Géants naquirent en ce monde, et comment, par ligne directe, en est sorti Gargantua, père de Pantagruel, et ne vous déplaise qu'à présent je m'en abstienne[3]. Quoique la chose soit telle, que plus elle serait rappelée, plus elle plairait à vos seigneuries, d'après les autorités de Platon au *Philèbe* et au *Gorgias*, et d'Horace, *Art poétique*[4], qui dit que certains propos – tels que ceux-ci sûrement – sont d'autant plus délectables que plus souvent ils sont redits.

Plaise à Dieu que chacun sache sa généalogie de façon aussi certaine, depuis l'arche de Noé jusques à notre époque. Je pense que plusieurs sont aujourd'hui empereurs, rois, ducs, princes et papes en cette terre, qui sont descendus de quelques vendeurs de reliquailles[5] et de portefaix[6]. Comme à l'inverse plusieurs sont gueux de l'hospice, souffreteux et misérables, qui sont descendus du sang d'une lignée de grands rois et d'empereurs, étant donné l'admirable transfert des royaumes et empires,

---

1. Allusion au roman *Pantagruel*, dont le premier chapitre donne la liste des ancêtres de Pantagruel et de Gargantua.
2. Antiquité : ici, époque ancienne.
3. Ne vous déplaise qu'à présent je m'en abstienne : et ne vous fâchez pas si je ne fais pas de même à présent.
4. Platon (philosophe grec) et Horace (poète latin) développent dans les œuvres citées l'idée que la répétition est bénéfique.
5. Reliquailles : reliques (restes d'un saint, qui étaient vénérés) de peu de valeur.
6. Portefaix : porteurs de lourdes charges.

Des Assyriens aux Mèdes
Des Mèdes aux Perses
Des Perses aux Macédoniens
Des Macédoniens aux Romains
Des Romains aux Grecs
Des Grecs aux Français.

Et, pour vous donner à penser de moi qui vous parle, je crois que je descends de quelque riche roi et prince du temps jadis. Car jamais vous n'avez vu un homme qui ait un plus grand désir que moi d'être roi et riche, afin de faire banquet, ne pas travailler, ne pas me faire de souci, et bien enrichir mes amis et tous les gens de bien et de savoir. Mais je me réconforte en ceci que dans l'autre monde je le serai, même encore plus grand que je n'oserais le souhaiter en ce monde. Vous, réconfortez-vous de votre malheur en telle pensée, ou dans une meilleure, et buvez frais, si faire se peut[1].

Retournant à nos moutons, je vous dis qu'un don souverain des cieux nous a conservé l'antiquité et la généalogie de Gargantua, plus entière qu'aucune autre. Excepté celle du Messie[2], dont je ne parle pas, car ce n'est pas notre rôle, aussi les diables (ce sont les calomniateurs et les cafards[3]) s'y opposent- ils. Et cette généalogie fut trouvée par Jean Audeau[4] dans un pré qu'il avait près de L'Arceau Galeau, en dessous de l'Olive, dans la direction de Narsay. En faisant nettoyer les fossés, les piocheurs touchèrent de leur houe[5] un grand tombeau de bronze, long sans mesure, car ils n'en trouvèrent pas le bout parce qu'il entrait trop avant dans les écluses de la Vienne[6]. En ouvrant ce tombeau dans un lieu indiqué, au-dessus d'un gobelet autour duquel il y avait écrit en lettres

1. **Si faire se peut**: si cela est possible.
2. **Messie**: nom donné à Jésus-Christ, envoyé de Dieu dans la religion chrétienne.
3. **Cafards**: ici, faux-dévots. Allusion aux censeurs religieux.
4. **Jean Audeau**: personnage fictif. Les noms de lieux qui suivent sont attestés: ils se trouvent autour de la ville de Chinon.
5. **Houe**: outil à manche utilisé pour préparer la terre à la culture.
6. **Vienne**: rivière traversant Chinon.

étrusques[1] *Ici on boit*, ils trouvèrent neuf flacons, dans l'ordre où on range les quilles en Gascogne[2], et celui du milieu couvrait un gros gras grand gris joli petit moisi livre, sentant plus que les roses, mais pas si bon. On y trouva ladite généalogie écrite au long en lettres de chancellerie[3], non sur papier, non sur parchemin, non sur des tablettes de cire, mais sur de l'écorce d'ormeau[4], toutefois si usées par l'âge qu'à peine pouvait-on en reconnaître trois en suivant.

Moi-même (bien qu'indigne), j'y fus appelé, et pratiquant à grand renfort de bésicles[5] l'art de lire les lettres qu'on ne voit pas, comme l'enseigne Aristote[6], je la traduisis, comme vous pourrez voir en pantagruélisant, c'est-à-dire en buvant selon votre désir et en lisant les exploits horrifiques de Pantagruel. À la fin du livre il y avait un petit traité intitulé *Les Fanfreluches antidotées*[7]. Les rats et blattes ou (afin que je ne mente pas) d'autres bêtes mauvaises en avaient brouté le commencement, le reste je l'ai ajouté ci-dessous par respect pour les antiquités.

---

1. **Étrusques** : de la civilisation étrusque, présente en Italie du IXe au Ier siècle av. J.-C.
2. C'est-à-dire rangées sur trois lignes.
3. **Lettres de chancellerie** : lettres de l'administration du pape, dessinées à la main et réputées illisibles.
4. **Ormeau** : petit orme, arbre commun.
5. **Bésicles** : anciennes lunettes.
6. **Aristote** (IVe s. av. J.-C.) : philosophe grec.
7. ***Antidotées*** : adjectif forgé à partir du terme « antidote », remède.

CHAPITRE 2

Les Fanfreluches antidotées[1], trouvées en un monument antique

a   i   enu[2] le grand dompteur des Cimbres[3]
v   sant par l'air, de peur de la rosée,
ə   ' sa venue on a rempli les bassins
' beurre frais, tombant par hottées
=   uquel quand fut la grand mère arrosée
Cria tout haut « Seigneur, par grâce, repêche-le,
Car sa barbe est presque tout embousée[4]
Ou pour le moins tenez-lui une échelle ».

Certains disaient que lécher sa pantoufle
Était meilleur que gagner les pardons[5]
Mais il survint un prétentieux maroufle[6]
Sorti du creux où on pêche aux gardons
Qui dit : « Messieurs, pour Dieu, ne le faisons pas,
L'anguille y est, et se cache dans cette boutique-là,
Là vous trouverez, si de près nous regardons,
Une grande tare au fond de son capuchon. »

---

1. L'ensemble du chapitre qui suit est une énigme qui n'a jamais été résolue, même si des allusions à la vie politique du temps de François Rabelais ont été décryptées. Il s'agit surtout de le lire comme un texte poétique.
2. Les lettres manquantes figurent les morceaux disparus du parchemin, puisqu'il est dit au chapitre précédent que des animaux l'ont « brouté ».
3. Cimbres : peuple d'envahisseurs germaniques, vaincus par Rome au IIe siècle av. J.-C.
4. Embousée : tachée de boue.
5. Gagner les pardons : obtenir officiellement de l'Église catholique le pardon de ses péchés en versant une somme d'argent.
6. Maroufle : homme grossier, dangereux.

Quand ce fut au point de lire le chapitre,
On n'y trouva que les cornes d'un veau.
« Je, disait-il, sens le fond de ma mitre[1]
Si froid, qu'autour je me gèle le cerveau. »
On le réchauffa d'un parfum de navet
Et il fut content de se tenir dans l'âtre[2],
Pourvu qu'on fît un attelage nouveau
À ceux, nombreux, qui sont des fous furieux.

Leur propos fut du trou de Saint-Patrice[3],
De Gibraltar et de mille autres trous,
Si on pouvait les réduire à des cicatrices,
Par tel moyen, pour qu'ils n'aient plus la toux ;
Car il semblait scandaleux à tous
De les voir ainsi à tous vents bailler.
Si par hasard ils étaient bien fermés
On les pourrait pour otages donner.

En cet arrêt le corbeau fut pelé
Par Hercule qui venait de Libye[4].
« Quoi, dit Minos[5], pourquoi n'y suis-je pas appelé ?
À part moi, on a invité tout le monde !
Et puis on voudrait que je passe mon envie
À les fournir d'huîtres et de grenouilles !
Je me donne au diable au cas où, de ma vie,
Je reçoive à merci leur vente de quenouilles[6] ! »

1. **Mitre** : coiffe portée par des membres haut placés du clergé.
2. **Âtre** : fond de la cheminée.
3. **Trou de Saint-Patrice** : grotte située en Irlande qu'une légende désigne comme l'entrée du Purgatoire, le lieu où demeurent les âmes avant d'entrer au Paradis, dans la religion chrétienne.
4. **Hercule de Libye** : personnage légendaire, ancêtre des rois gaulois.
5. **Minos** : dans la mythologie grecque, roi de Crète devenu juge des Enfers après sa mort.
6. **Quenouilles** : sorte de bâtons utilisés pour enrouler la laine non encore filée.

Pour les mater survint Q. B qui clope[1],
Avec un sauf-conduit des Sansonnets[2] sacrés.
Le tamiseur, cousin du grand cyclope,
Les massacra. Que chacun mouche son nez,
Dans ce guéret[3] peu de bougres sont nés
Qu'on n'ait secoués sur le moulin à tanner[4].
Courez-y tous, et sonnez l'alarme,
Vous y gagnerez plus que vous n'en eûtes avant.

Bien peu après, l'oiseau de Jupiter
Délibéra de parier pour le pire.
Mais les voyant si fort se fâcher
Il craignit qu'on mît à ras, à bas, à mat, l'Empire
Et aima mieux ravir le feu du ciel empyrée[5]
Du tronc où l'on vend les harengs saurets[6]
Plutôt qu'assujettir aux dires des Massorets[7]
L'air serein, contre qui l'on conspire.

Le tout fut conclu à la pointe effilée
Malgré Atè[8], à la cuisse maigrichonne,
Qui s'assit là, voyant Penthésilée[9]
Sur ses vieux jours prise pour cressonnière[10].
Chacun criait « Vilaine charbonnière,
Tu n'as rien à faire de te trouver en chemin !
Tu as enlevé la romaine bannière
Qu'on avait fait de parchemin tiré. »

---

1. **Clope** : boite.
2. **Sauf-conduit** : laisser-passer. **Sansonnets** : oiseaux.
3. **Guéret** : terrain non cultivé.
4. **Moulin à tanner** : moulin à écorces, qui une fois broyées servent au tannage des peaux.
5. **Ciel empyrée** : espace du ciel habité par les dieux.
6. **Saurets** : secs.
7. **Massorets** : théologiens hébreux qui interprètent la Bible.
8. **Atè** : dans la mythologie grecque, déesse de la faute.
9. **Penthésilée** : dans la mythologie grecque, reine des Amazones.
10. **Cressonnière** : vendeuse de cresson.

Si Junon[1] n'avait pas été là, qui sous l'arc-en-ciel,
Avec son hibou, chassait à la pipée,
On lui aurait fait un tour tellement brutal
Qu'elle eût été fripée de tous les côtés.
L'accord fut tel, que de cette bouchée,
Elle en aurait deux œufs de Proserpine[2],
Et si jamais elle y était prise,
On la lierait au mont de l'Aubépine.

Sept mois après – ôtez-en vingt-deux –,
Celui qui jadis annihila Carthage[3]
Courtoisement se mit au milieu d'eux
Leur demandant d'avoir son héritage,
Ou bien qu'on fît justement le partage
Selon la loi qu'on pèse en équité,
Distribuant un morceau du potage
À ses faquins[4] qui firent le brevet[5].

Mais l'an viendra, signé d'un arc turquois[6],
De cinq fuseaux et trois culs de marmite
Auquel le dos d'un roi trop peu courtois
Battu sera sous un habit d'ermite.
Oh quelle pitié! Pour une chattemite[7]
Laisserez-vous se perdre tant d'arpents[8]?

---

1. **Junon**: déesse grecque.
2. **Proserpine**: dans la mythologie romaine, reine des Enfers.
3. **Carthage**: ville d'Afrique du Nord conquise par Rome au IIe siècle av. J.-C.; le vainqueur est Scipion l'Africain.
4. **Faquins**: hommes malhonnêtes et vaniteux.
5. **Firent le brevet**: écrivirent l'acte légal, dans le cadre de cet héritage.
6. **Arc turquois**: arc turc, qui présente une double courbure.
7. **Chattemite**: personne faussement douce, dont il faut se méfier.
8. **Arpents**: unités de mesure pour les terrains. Un arpent représente 71 mètres.

Cessez, cessez, que ce carnaval personne n'imite,
Allez vous cacher chez le diable frère des serpents !

Cette année passée, celui qui est régnera
Paisiblement avec ses bons amis.
Ni coup ni cri lors ne dominera,
Tout bon vouloir aura son compromis.
Et le repos, qui jadis fut promis
Chez les gens du ciel, viendra dans son beffroi[1].
Lors les haras[2] qui étaient assommés
Triompheront en royal palefroi[3].

Et durera ce temps de passe-passe
Jusques à tant que Mars soit entravé,
Puis il en viendra un qui tous les surpasse,
Délicieux, plaisant, beau sans mesure.
Élevez vos cœurs, tendez à ce repas,
Tous mes féaux[4]. Car tel est trépassé[5]
Qui pour tout l'or du monde ne reviendrait pas,
Tant sera lors regretté le temps passé.

Finalement celui qui fut de cire
Sera logé au gond du jacquemart[6].
Plus ne sera acclamé « Sire, Sire ! »
Le brimbaleur[7] qui tient bon la marmite.
Hélas ! si quelqu'un pouvait saisir son braquemart[8],

---

1. **Beffroi** : tour.
2. **Haras** : ici, juments destinées à la reproduction.
3. **Palefroi** : cheval utilisé pour les parades.
4. **Féaux** : personnes fidèles à un seigneur.
5. **Trépassé** : mort.
6. **Jacquemart** : automate, personnage sculpté frappant les cloches des beffrois pour marquer l'heure.
7. **Brimbaleur** : sonneur de cloches.
8. **Braquemart** : épée ou sexe masculin.

Tôt seraient nettoyés ces tintouins pommés[1],
Et on pourrait à renfort de ficelle
Tout ficeler ce magasin d'abus.

CHAPITRE 3

Comment Gargantua fut porté onze mois dans le ventre de sa mère

Grandgousier était un bon vivant en son temps, aimant boire cul sec autant qu'homme au monde, et il mangeait volontiers salé. Pour cela il avait ordinairement une bonne provision de jambons de Mayence et de Bayonne, force[2] langues de bœuf fumées, abondance d'andouilles à la saison, et de bœuf salé à la moutarde. Renfort de caviar, provision de saucisses, pas de Bologne (car il craignait le poison des Lombards[3]) mais de Bigorre, de Longaunay, de la Brenne, de Rouergue[4].

En son âge d'homme il épousa Gargamelle, fille du roi des Papillons, belle femelle et bonne figure. Et ils faisaient souvent ensemble la bête à deux dos, se frottant le lard joyeusement, si bien qu'elle engrossa d'un beau fils, et le porta jusqu'au onzième mois.

Car autant et même davantage les femmes peuvent porter un enfant, surtout quand c'est quelque chef-d'œuvre et un personnage qui doit en son temps faire de grandes prouesses. Ainsi Homère dit que l'enfant que Neptune fit à une nymphe naquit après un an révolu. Car comme dit Aulu-Gelle[5] au livre III [des *Nuits attiques*],

---

1. **Pommés** : cabossés.
2. **Force** : beaucoup de.
3. **Lombards** : habitants de la région de Bologne, la Lombardie.
4. **Bigorre, Longaunay, Brenne, Rouergue** : régions françaises.
5. **Aulu-Gelle** (IIe siècle) : grammairien latin.

ce long temps convenait à la majesté de Neptune, afin que dans cette durée l'enfant fût formé à la perfection. Avec le même motif, Jupiter fit durer quarante-huit heures la nuit où il coucha avec Alcmène, car il n'aurait pu forger Hercule en moins de temps[1], lui qui nettoya le monde de monstres et de tyrans.

Messieurs les anciens pantagruéliques ont confirmé ce que je dis et ont déclaré non seulement possible, mais légitime, l'enfant né d'une femme le onzième mois après la mort de son mari.

Hippocrate[2], livre de *La Nourriture*

Pline, livre VII, chap. V

Plaute dans la *Cassette*

Marcus Varron, dans la satire nommée *Le Testament*, qui allègue l'autorité d'Aristote à ce propos

Censorinus, livre *Du jour de la naissance*

Aristote, livre VII, chap. III et IV de *La Nature des animaux*

Aulu-Gelle, livre III, chap. XVI. Servius dans sa glose sur les Églogues, expliquant ce vers de Virgile: « La mère au bout de dix mois », etc.

Et mille autres fous. Leur nombre a été accru par les juristes, *Digeste, De ses légitimes*, loi *Sans testament*, paragraphe *Fils*.

Et dans les *Authentiques, Des restitutions* et *De celle qui accouche au 11e mois*.

En plus ils en ont farci leur rodilardique[3] loi *Gallus, Digeste, Des enfants posthumes* et loi *Septième*, aux *Pandectes, Du statut de l'homme*, et quelques autres que je n'ose pas dire en ce moment.

Et moyennant ces lois, les veuves peuvent librement jouer du serre croupière[4], à la demande, coup tenté, coup perdu, deux mois après le trépas de leur mari. Je vous prie, s'il vous plaît, vous autres

---

1. Le héros Hercule est né de l'union d'Alcmène et de Jupiter, qui a pris l'apparence du mari d'Alcmène.
2. Les auteurs de la liste qui suit ont proposé des réflexions sur le statut légal des enfants nés après la mort de leur père.
3. Rodilardique: terme forgé à partir du nom *rodilard*, « ronge-lard ».
4. Serre croupière: derrière, cul (familier). « Jouer du serre croupière » est une expression inventée par François Rabelais qu'on pourrait traduire par « rapprocher les derrières » ou faire l'amour.

mes bons amis, si vous en trouvez qui vaillent la peine de se débraguetter, montez dessus et amenez-les-moi. Car si au troisième mois, elles deviennent grosses, leur fruit sera héritier du défunt. Et, la grossesse connue, elles poussent allégrement plus loin, et vogue la galère[1], puisque la panse est pleine. Ainsi Julie, fille de l'empereur Octave, ne s'abandonnait à ses tambourineurs que lorsqu'elle se sentait grosse, comme le navire ne reçoit son pilote qu'après avoir été calfaté et chargé. Et si quelqu'un les blâme de se faire rataconniculer[2] ainsi pendant leur grossesse, parce que les bêtes pendant leur portée n'endurent jamais un mâle masculant, elles répondent qu'elles ne sont pas des bêtes, mais qu'elles sont des femmes, comprenant bien les beaux et joyeux menus[3] droits de porter deux fois, comme le répondit jadis Populie, selon que le rapporte Macrobe[4], au livre II des *Saturnales*. Si le diable ne veut pas qu'elles engrossent, il faudra fermer le robinet, et bouche close.

CHAPITRE 4

Comment Gargamelle, étant grosse de Gargantua, mangea une grande abondance de tripes

Voici à quelle occasion et de quelle manière Gargamelle enfanta. Et si vous ne le croyez pas, que le cul vous échappe ! Le cul lui échappait une après- dînée, le 3ᵉ jour de février, parce qu'elle avait trop mangé de godebillaux. Les godebillaux sont des grasses tripes de coiraux. Les coiraux sont des bœufs engraissés à l'étable et aux prés guimaux. Les prés guimaux sont des prés qui font de l'herbe

1. **Vogue la galère** : qu'il arrive ce qui doit arriver (expression figée).
2. **Rataconniculer** : verbe forgé à partir de « rataconner », racommoder.
3. **Menus** : petits.
4. **Macrobe** (ɪᴠᵉ-ᴠᵉ siècle) : écrivain latin.

deux fois l'an. On avait fait tuer 367 014 de ces bœufs gras pour être salés à Mardi gras, afin d'avoir au printemps du bœuf de saison en quantité, pour faire une prière en l'honneur des salaisons[1] au commencement des repas, et ainsi mieux entrer en vin.

Les tripes furent copieuses, comme vous le comprenez ; et elles étaient si friandes que chacun s'en léchait les doigts. Mais le cas diabolique fut qu'il n'était pas possible de les mettre longtemps en réserve, car elles auraient pourri. Ce qui ne semblait pas convenable. D'où il fut conclu qu'ils les bâfreraient[2] sans rien en perdre. Ils convièrent pour ce faire tous les citadins de Cinais, de Seuillé, de La Roche-Clermault, de Vaugaudry, sans oublier Le Coudray, Montpensier, le gué de Vède, et autres voisins, tous bons buveurs, bons compagnons, et tous bons joueurs de quille. Là le bon homme Grandgousier y prenait un bien grand plaisir, et commandait que tout y aille par pleines gamelles. Il disait toutefois à sa femme qu'elle en mangeât le moins possible, vu qu'elle approchait de son terme, et que cette tripaille n'était pas une nourriture bien recommandable. « Celui qui mâche l'enveloppe a grande envie de mâcher la merde », disait-il. Nonobstant[3] ces remontrances, elle en mangea seize muids[4], deux bussards et six tupins[5]. Oh la belle matière fécale qui devait boursoufler à l'intérieur d'elle !

Après dîner tous allèrent pêle-mêle à la saulaie[6], et là sur l'herbe haute, ils dansèrent au son des joyeuses flûtes et des douces cornemuses. Si joyeusement que c'était passe-temps céleste de les voir s'esbaudir.

---

1. **Salaisons** : aliments conservés par le sel.
2. **Bâfreraient** : engloutiraient.
3. **Nonobstant** : malgré.
4. **Muids** : ancienne unité de mesure. Un muid équivaut environ à 280 litres.
5. **Bussards, tupins** : récipients qui servent d'unités de mesure. Un bussard est l'équivalent d'un tonneau, un tupin correspond à un petit pot.
6. **Saulaie** : terrain où poussent des saules.

CHAPITRE 5

Les propos des bien ivres

Puis ils entrèrent en propos de refaire une collation en ce lieu. Alors flacons d'aller, jambons de trotter, gobelets de voler, brocs de tinter.

« Tire !

Apporte !

Tourne !

Brouille !

Donne-m'en, sans eau, comme ça, mon ami !

Goutte-moi ce verre galamment, apporte-moi du clairet[1], que le verre en pleure.

Trêve de soif. Ah mauvaise fièvre, tu ne t'arrêteras pas ?

Par ma foi, ma commère, je ne peux entrer en buvette.

Vous êtes gelée, mamie[2] ? Oui ?

Ventre saint Quenet[3], parlons de boire.

Je ne bois qu'à mes heures, comme la mule du pape[4].

Je ne bois qu'en mon bréviaire[5], comme un beau Père gardien.

Qui fut le premier, la soif ou la beuverie ?

La soif. Car qui aurait bu sans soif pendant le temps de l'innocence ?

Beuverie. Car la privation présuppose l'habitude. Je suis clerc[6] !

Oh qu'il est disert[7] celui qu'engendrèrent les calices féconds !

Nous autres innocents ne buvons que trop sans soif.

---

1. **Clairet** : vin léger.
2. **Mamie** : mon amie.
3. **Ventre saint Quenet** : juron.
4. **La mule du pape** : jeu de mot qui désigne autant la pantoufle du pape que l'âne, animal capricieux.
5. **Bréviaire** : livre de prières.
6. **Clerc** : ici, lettré, savant.
7. **Disert** : bavard.

Non, moi, pécheur, je bois sans soif. Et ce n'est pas pour la soif présente, c'est pour celle du futur. En l'anticipant, vous comprenez bien. Je bois pour la soif à venir. Je bois éternellement, c'est une éternité de beuverie, et beuverie d'éternité !

Chantons, buvons. Un motet[1] !

Entonnons ! Où est mon entonnoir ?

Quoi, je ne bois que par procuration ?

Mouillez-vous pour sécher, ou séchez-vous pour mouiller ?

Je n'entends pas la théorique, je m'aide quelque peu de la pratique.

Presse-toi.

Je mouille, j'humecte, je bois. Et tout de peur de mourir.

Buvez toujours, vous ne mourrez jamais.

Si je ne bois pas, je suis sec. Me voilà mort. Mon âme s'enfuira en quelque grenouillère[2]. Jamais une âme n'habite en lieu sec. Sommeliers[3] ! Oh créateurs de nouvelles formes, rendez-moi de non-buvant buvant. Pérennité[4] d'arrosage à travers ces boyaux secs et nerveux. Bois pour néant qui ne s'en ressent. Celui-ci va droit dans les veines, la pissotière n'en aura rien.

Je laverais volontiers les tripes de ce veau que j'ai ce matin paré. J'ai bien lesté mon estomac.

Si le papier de mes dettes buvait aussi bien que moi, mes créditeurs auraient un beau pourboire quand on viendrait à produire la reconnaissance de dettes.

Cette main vous gâte le nez.

Ô combien y entreront avant que celui-là n'en sorte !

Boire à un niveau si bas, c'est de quoi s'étirer le cou.

Ceci s'appelle un piège à flacons.

Quelle différence entre bouteille et flacon ?

Grande ! car la bouteille est fermée avec un bouchon, et un flacon à vis.

---

1. **Motet** : morceau de musique chanté à plusieurs voix.
2. **Grenouillère** : lieu où vivent les grenouilles.
3. **Sommeliers** : personnes chargées de fournir la maison en vin.
4. **Pérennité** : éternité.

Vous en dites de belles.

Nos pères burent bien et vidèrent les pots.

C'est bien chié chanté, buvons.

Voulez-vous demander quelque chose à la rivière?

Celui-là va laver les tripes.

Je ne bois pas plus qu'une éponge. Je bois comme un templier[1], et moi comme époux aux noces,

et moi comme une terre sans eau.

Un synonyme de jambon?

C'est un pousse-à-boire.

C'est un poulain[2]. Par le poulain on descend le vin dans la cave, par le jambon on le descend dans l'estomac.

Or çà, à boire, boire, çà! La bonne charge n'y est pas. Respecte la personne! Apporte pour deux! «Bus» n'est pas dans mon vocabulaire.

Si je montais aussi bien que je dévale, je serais bientôt tout en l'air.

Ainsi Jacques Cœur[3] se fit riche. Ainsi profitent les bois en friche.

Ainsi Bacchus conquit l'Inde[4]. Ainsi la philosophie, Mélinde[5].

Petite pluie abat grand vent. Longues beuveries rompent le tonnerre.

Mais si ma couille pissait telle urine, la voudriez-vous bien sucer?

Je retiens pour la suite.

Page, donne! j'ai posé ma demande à mon tour!

Hume[6] Guillot, encore y en a-t-il au pot!

Je me porte appelant contre la soif, comme d'abus.

Page, relève mon appel en bonne forme!

Ce petit reste.

Dans le temps je buvais tout, maintenant je ne laisse rien.

---

1. **Je bois comme un templier**: je bois énormément (expression figée).
2. **Poulain**: échelle utilisée pour descendre les tonneaux dans les caves.
3. **Jacques Cœur** (v. 1400-1456): marchand prospère, au service du roi Charles VII; personnage type de l'homme riche.
4. Selon la mythologie romaine, le dieu Bacchus aurait conquis l'Inde.
5. **Mélinde**: ville d'Afrique de l'Est, perçue, au XVIe siècle, comme une ville fabuleuse.
6. **Hume**: ici, bois.

Ne nous hâtons pas et ramassons bien tout. Voici des tripes sur quoi miser et des godebillaux comme relance, de ce fauveau[1] à la raie noire. Oh, par Dieu, étrillons-le[2] sans rien laisser.

Buvez, ou je vous… Non, non. Buvez je vous en prie.

Les passereaux[3] ne mangent que si on leur tape sur la queue ; je ne bois que quand on me flatte. Compagnon, à boire !

Il n'y a pas de cachette dans mon corps où ce vin ne débusque la soif.

Celui-ci me la fouette bien. Celui-là me l'asséchera.

Proclamons ici à coups de flacons et bouteilles que quiconque a perdu la soif n'a pas à la chercher ici. De longs clystères[4] de beuverie l'ont chassée du logis.

Le grand Dieu a fait les planètes, et nous faisons les plats nets.

J'ai la parole de Dieu en bouche : « J'ai soif[5]. »

On ne peut pas plus éteindre la pierre dite *asbeste*[6] que la soif de ma Paternité.

L'appétit vient en mangeant, disait Jérôme de Hangest au Mans[7]. La soif s'en va en buvant.

Remède contre la soif ?

Il est contraire à celui qu'on donne contre la morsure de chien : courez toujours après le chien, jamais il ne vous mordra, buvez toujours avant la soif, jamais elle ne vous attrapera.

Je vous y prends, je vous réveille. Sommelier céleste, garde-nous de dormir.

---

1. **Fauveau** : cheval à la robe (couleur) fauve.
2. **Étrillons-le** : frottons-le.
3. **Passereaux** : petits oiseaux.
4. **Clystères** : lavements.
5. Allusion à un épisode biblique : Jésus-Christ, mourant sur la croix, demande à boire.
6. ***Asbeste*** : en latin, pierre qui ne peut prendre feu, amiante.
7. Théologien du Mans au XVIe siècle, qui évoque le sujet de l'appétit dans un traité.

Argus[1] avait cent yeux pour voir, il faut cent mains à un sommelier comme en avait Briarée[2], pour verser sans fatigue.

Mouillons ! hardi, il fait beau sécher.

Du blanc, verse tout, verse, de par le diable verse ici, la langue me pèle.

Allez, mon pays, trinque, à ta santé, compagnon, gaillard, gaillard là, là, là, ça, c'est morfaler[3].

Oh larmes du Christ ! c'est de la Devinière[4], c'est du vin pineau[5] !

Oh le gentil vin blanc, et par mon âme, c'est un vrai velours !

Hen hen, il est de première classe, bien enrobé et de bonne laine.

Mon compagnon, courage.

Pour ce jeu-là, nous ne perdrons pas à lever le coude, car j'ai tiré une bonne levée.

De ceci vers cela. Il n'y a pas de magie. Chacun de vous l'a vu. J'y suis maître passé. Brummm, brummm je suis prêtre Macé.

Oh les buveurs, oh les altérés[6] !

Page, mon ami, remplis ici et le vin jusqu'à la couronne[7], je te prie. Avec un chapeau de cardinal.

La nature a horreur du vide. Est-ce qu'on croirait qu'une mouche y a bu ?

À la mode de Bretagne[8] !

On le vide, on le vide, ce vin !

Avalez, c'est bon pour la santé ! »

---

1. **Argus** : géant de la mythologie grecque.
2. **Briarée** : dans la mythologie grecque, un des trois Hécatonchires, créatures à cent bras.
3. **Morfaler** : manger avec voracité.
4. **La Devinière** : lieu de naissance et de résidence de François Rabelais, en Touraine, région vinicole.
5. **Vin pineau** : nom de plusieurs cépages (variétés de vignes).
6. **Les altérés** : ceux qui ont soif.
7. **Jusqu'à la couronne** : jusqu'en haut.
8. **À la mode de Bretagne** : les Bretons sont ici considérés comme de grands buveurs.

CHAPITRE 6

Comment Gargantua naquit de façon bien étrange

Pendant qu'ils tenaient ces menus propos de beuverie, Gargamelle commença à se sentir mal du bas. Ce dont Grandgousier, se relevant sur l'herbe, la réconfortait gentiment, pensant bien que ce soit le mal d'enfant, lui disant qu'elle s'était mise au vert sous la saulaie, et que bientôt elle se referait une santé, et donc qu'il lui convenait de prendre un courage tout neuf pour la nouvelle arrivée de son poupon, et que même si la douleur lui donnait de la fâcherie, toutefois elle serait brève, et que la joie bientôt lui succéderait, lui enlèverait tout cet ennui, de sorte qu'elle ne s'en souviendrait même pas. « Faiblesse de femme ! disait-il. Débarrassez-vous de celui-ci et bientôt nous en referons un autre.

– Ah, dit-elle, vous en parlez bien à votre aise, vous autres hommes. Je m'en efforcerai bien, par Dieu, puisque cela vous plaît. Mais plût à Dieu que vous l'eussiez coupé.

– Quoi ? dit Grandgousier.

– Ha, dit-elle, que vous êtes bon homme, vous comprenez bien.

– Mon membre ! dit-il. Sang de bouc, si ça vous semble bon, faites apporter un couteau !

– Ha, dit-elle, à Dieu ne plaise. Dieu me pardonne, je ne le dis pas sincèrement, et pour ce que j'ai dit, n'en faites ni plus ni moins. Mais j'aurai fort à faire aujourd'hui, si Dieu ne m'aide, et tout cela par votre membre, pour que vous fussiez bien aise.

– Courage, courage, dit-il, ne vous souciez pas du reste, et laissez faire l'attelage. Je m'en vais boire encore un coup. S'il vous arrivait quelque mal pendant ce temps-là, je me tiendrai tout près, si vous m'appelez, je viendrai vers vous. »

Peu de temps après, elle commença à soupirer, lamenter et crier. Aussi vite les sages-femmes arrivèrent en foule de tous les côtés. Et la tâtant par le bas, trouvèrent quelques morceaux de peau, d'assez mauvais goût, et elles pensaient que c'était l'enfant, mais c'était le fondement[1] qui lui échappait, à cause du ramollissement de l'intestin de droite que vous appelez le boyau culier, parce qu'elle avait mangé trop de tripes, comme nous l'avons expliqué ci-dessus.

Donc une repoussante vieille de la compagnie, qui avait la réputation d'être une grande guérisseuse, et qui était venue là soixante ans auparavant de Brisepaille près de Saint-Genoust, lui fit un restrictif[2] si horrible, que tous ses trous en furent si étranglés et resserrés que vous les auriez à grand-peine élargis avec les dents – ce qui est une chose bien horrible à penser –, à la façon dont le diable écrivant le caquet de deux commères à la messe de la Saint-Martin, allongea son parchemin[3].

Par cet inconvénient, furent au-dessus relâchés les côtés de la matrice[4], par lesquels l'enfant sursauta ; il entra dans la veine creuse, et grimpant par le diaphragme[5] jusqu'au-dessus des épaules (où ladite veine cave se partage en deux) prit son chemin à gauche et sortit par l'oreille gauche.

Dès qu'il fut né, il ne cria pas comme les autres enfants « Mies, mies », mais à haute voix s'écriait « à boire, à boire, à boire », comme s'il invitait tout le monde à boire, si bien qu'il fut entendu dans tout le pays de Beauce et de Vivarais.

Je me doute que vous ne croyez absolument pas cette étrange naissance. Si vous ne la croyez pas, je m'en fiche, mais un homme de bien, un homme de bon sens, croit toujours ce qu'on lui dit et qu'il trouve par écrit.

Est-ce contre notre loi, contre notre foi, contre la Sainte Écriture ? Pour ma part je ne trouve rien écrit dans les Bibles saintes qui

1. **Fondement** : postérieur.
2. **Restrictif** : médicament qui contracte les tissus du corps.
3. Allusion à une légende, rapportée au XVe siècle dans *Le Mystère de Saint-Martin* d'André de La Vigne : le diable note des propos de commères sur un parchemin, très vite rempli.
4. **Matrice** : utérus.
5. **Diaphragme** : muscle situé sous les poumons.

s'y oppose. Mais si le vouloir de Dieu eût été tel, diriez-vous qu'il ne l'ait pu faire ? Ha, par grâce, ne triturez pas vos esprits de ces pensées vaines. Car je vous dis qu'à Dieu rien n'est impossible, et s'il le voulait, les femmes auraient ainsi dorénavant leurs enfants par l'oreille.

Bacchus ne fut-il pas engendré de la cuisse de Jupiter ?

Roquetaillade ne naquit-il pas du talon de sa mère ?

Croquemouche[1], de la pantoufle de sa nourrice ?

Minerve ne naquit-elle pas par l'oreille du cerveau de Jupiter ?

Adonis par l'écorce d'un arbre à myrrhe ?

Castor et Pollux de la coquille d'un œuf pondu et couvé par Léda ?

Mais vous seriez bien davantage ébahis et étonnés, si je vous exposais maintenant tout le chapitre de Pline[2] où il parle des enfantements étranges et contraires à la nature. Et pourtant je ne suis pas un menteur aussi assuré qu'il l'a été. Lisez le VIIe livre de son *Histoire naturelle*, chapitre III, et ne m'en triturez plus l'entendement.

---

1. **Roquetaillade, Croquemouche** : personnages de légendes populaires. Les autres noms appartiennent à la mythologie gréco-romaine.
2. **Pline** (Ier siècle) : naturaliste latin, qui rapporte et commente des faits miraculeux dans son *Histoire naturelle*.

CHAPITRE 7

Comment on donna un nom à Gargantua et comment il buvait le vin

Le vieux Grandgousier, buvant et se distrayant avec les autres, entendit le cri horrible que son fils avait fait en arrivant à la lumière de ce monde, quand il bramait « à boire, à boire », et il en dit : « Que grand tu as ! », complétez : le gosier. En entendant cela, les assistants dirent que vraiment il devait avoir pour cela le nom de Gargantua, puisque telle avait été la première parole de son père à sa naissance, selon la coutume des anciens Hébreux. À quoi le père consentit, et cela plut très bien à sa mère. Et pour le calmer, ils lui donnèrent à boire à tire-larigot[1], on le porta sur les fonts baptismaux[2], et là il fut baptisé comme c'est la coutume des bons chrétiens.

On ordonna 17 913 vaches de Pautille et de Bréhémond[3] pour l'allaiter ordinairement, car il n'était pas possible de trouver une nourrice suffisante dans tout le pays, vu la grande quantité de lait nécessaire pour l'alimenter. Bien que certains disciples de Duns Scot[4] aient affirmé que sa mère l'allaita et qu'elle pouvait sortir de ses mamelles 1 402 pipes[5] et 9 potées de lait à chaque fois. Ce qui n'est pas vraisemblable. Et cette proposition a été déclarée mammellement scandaleuse, blessante pour les oreilles sensibles, et sentant de loin l'hérésie. Il passa dans cet état un an et dix mois, âge auquel, selon le conseil des médecins on commença à le porter, et on fabriqua une charrette à bœufs par l'invention de Jean Deniau, dans laquelle on le promenait par-ci par-là, joyeusement, et il le faisait bon voir,

---

1. **À tire-larigot** : abondamment.
2. **On le porta sur les fonts baptismaux** : on le baptisa.
3. Villages de la région de Chinon.
4. **Jean Duns Scot** (1266-1308) : théologien écossais. Ses enseignements et ceux de ses disciples, les scotistes, sont fréquemment raillés par François Rabelais.
5. **Pipes** : unité de mesure. Une pipe est l'équivalent d'un pot.

car il avait une bonne figure et presque dix-huit mentons, et il ne criait que bien peu. Mais il se conchiait à toute heure, car il était merveilleusement paresseux des fesses, tant par sa complexion[1] naturelle que par une disposition particulière qui lui était arrivée pour avoir trop bu de purée septembrale[2]. Et il avait toujours un motif pour en humer une goutte.

Car s'il advenait qu'il soit en colère, courroucé, fâché ou triste, s'il trépignait, s'il pleurait, s'il criait, on le remettait à son humeur naturelle en lui apportant du vin et immédiatement il restait tranquille et joyeux.

Une de ses gouvernantes m'a dit, jurant sur sa foi qu'il en était si coutumier qu'au seul son des pintes et des flacons il entrait en extase comme s'il goûtait les joies du paradis. De sorte qu'en considérant cette complexion divine, elles le réjouissaient au matin en faisant sonner devant lui des verres avec un couteau, ou des flacons avec un bouchon, ou des pintes avec leur couvercle. À ce bruit il s'égayait, il tressaillait, et il se berçait lui-même en dodelinant de la tête, pianotant des doigts et barytonant[3] du cul.

---

1. **Complexion**: organisation physique.
2. **Purée septembrale**: vin (le raisin est récolté en septembre), aux effets laxatifs.
3. **Barytonant**: produisant un son de baryton, son grave.

CHAPITRE 8

Comment on habilla Gargantua

À cette époque, son père ordonna qu'on lui fasse des habillements selon la livrée[1] de sa maison, qui était blanc et bleu. De fait on y travailla et ils lui furent faits, taillés et cousus à la mode qui courait alors.

Par les anciens récapitulatifs qui sont à la chambre des comptes de Montsoreau, je trouve qu'il fut vêtu de la façon qui suit.

Pour sa chemise, on leva 900 aunes[2] de toile de Châtellerault et 200 pour les goussets[3] en forme de carrés qu'on mit sous les aisselles. Et elle n'était pas froncée[4], car la fronçure des chemises n'a été inventée que depuis que les lingères, lorsque la pointe de leur aiguille était cassée, ont commencé à besogner[5] du cul.

Pour son pourpoint[6] on leva 813 aunes de satin blanc, et pour faire les aiguillettes[7] 1 509 peaux et demie de chiens. Alors le monde commença à attacher les chausses[8] au pourpoint, et non le pourpoint aux chausses, car c'était chose contre nature comme amplement l'a expliqué Guillaume d'Ockham sur les *Exposables* de M. Hautdechaussade[9].

Pour ses chausses furent levées 1 105 aunes et un tiers de lainage blanc, et elles furent déchiquetées en forme de colonnes striées et cannelées[10] par-derrière, afin de ne pas échauffer les reins. Et dans

---

1. **Livrée** : ensemble de couleurs portées par les membres d'une même maison.
2. **Aunes** : unité de mesure. Une aune représente 1, 18 mètre.
3. **Goussets** : pièces de tissus placées sous les aisselles.
4. **Froncées** : cousues de manière à former des petites ondulations.
5. **Besogner** : s'activer.
6. **Pourpoint** : vêtement descendant jusqu'à la ceinture.
7. **Aiguillettes** : cordons servant à lacer le pourpoint (voir note précédente).
8. **Chausses** : partie du costume qui va de la ceinture aux genoux.
9. **M. Hautdechaussade** : personnage fictionnel. Jeu de mots onomastique à partir du nom *haut-de-chausses*, qui est un pantalon court.
10. **Striées et cannelées** : marquées de sillons.

la déchiqueture bouffait du damas[1] bleu, autant qu'il en fallait. Et notez qu'il avait de très belles jambes et bien proportionnées au reste de sa stature.

Pour la braguette[2], on leva 16 aunes un quart de ce même drap, et sa forme fut celle d'un arc-boutant[3], bien attachée joyeusement à deux belles boucles d'or, que tenaient deux crochets d'émail ; dans chacun était enchâssée une grosse émeraude de la grosseur d'une orange. Car, comme le dit Orphée au *Livre des pierres* et Pline, dernier livre, l'émeraude a une vertu érective et confortative du membre naturel[4]. Le saillant de la braguette était de la taille d'une canne, déchiquetée comme les chausses avec du damas bleu bouffant comme on l'a dit. Mais en voyant la belle broderie de canetille[5] et les plaisants entrelacs[6] d'orfèvrerie garnis de fins diamants, fins rubis, fines turquoises, fines émeraudes et perles de Perse, vous l'auriez comparée à une belle corne d'abondance[7] telle que vous la voyez sur les sculptures antiques et telle que la donna Rhéa aux deux nymphes Adrastea et Ida, nourrices de Jupiter. Toujours gaillarde, succulente, débordante, toujours verdoyante, toujours fleurissante, toujours fructifiante, pleine de sucs, pleine de fleurs, pleine de fruits, pleine de tous les délices. J'atteste Dieu s'il ne la faisait pas bon voir. Mais je vous en exposerai bien davantage au livre que j'ai fait *De la dignité des braguettes.* Je vous avertis d'un fait : si elle était bien longue et bien ample, elle était pourtant bien garnie au-dedans et bien nantie, bien différente de ces hypocrites braguettes d'un tas de gandins[8] qui ne sont pleines que de vent, au grand désavantage du sexe féminin.

1. **Damas** : type d'étoffe.
2. **Braguette** : partie du costume amovible, qui cache l'entrejambe.
3. **Arc-boutant** : en architecture, pilier incurvé qui soutient le côté d'un bâtiment.
4. Les deux livres mentionnés ne disent rien de tel.
5. **Canetille** : fil métallique fin.
6. **Entrelacs** : ornements entrelacés.
7. **Corne d'abondance** : dans la mythologie romaine, corne de la chèvre Amalthée, nourrice de Jupiter, dotée du pouvoir de fournir toute nourriture et toute boisson.
8. **Gandins** : jeunes hommes élégants, maniérés.

Pour ses souliers on leva 406 aunes de velours bleu intense et ils furent déchiquetés mignonnement en lignes parallèles réunies dans des rouleaux de même taille. Pour la semelle on employa 1 100 peaux de vaches brunes découpées en queues-de-morue[1].

Pour son manteau, on leva 1 800 aunes de velours bleu teint en qualité supérieure, brodé tout autour de beaux petits plans de vigne et par le milieu de pintes d'argent en canetille, enchevêtrées de verges d'or avec force perles, indiquant par là qu'il serait un bon fessepinte[2] en son temps.

Sa ceinture fut de 300 aunes et demie de serge de soie, moitié blanche moitié bleue, ou je me trompe fort.

Son épée n'était pas de Valence, ni son poignard de Saragosse, car son père haïssait tous ces hidalgos[3] ivrognes mécréants comme des diables, mais il eut une belle épée de bois et un poignard de cuir bouilli, tous deux peints et dorés comme chacun souhaiterait en avoir.

Sa bourse fut faite de la couille d'un éléphant, offerte par Herr Pracontal, proconsul de Libye.

Pour sa robe on leva 9 600 aunes moins deux tiers de velours bleu comme ci-dessus, tout dessiné d'or en figures diagonales, ce qui produisait, quand on le regardait sous le bon angle, une couleur sans nom, telle que vous en voyez à la gorge des tourterelles, qui réjouissait merveilleusement les yeux des spectateurs.

Pour son bonnet on leva 302 aunes un quart de velours blanc et sa forme était large et ronde à la capacité de la tête ; car son père disait que ces bonnets à l'orientale faits comme une croûte de pâté porteraient un jour malheur aux tondus qui sont dessous.

Pour son panache[4], il portait une grande plume bleue prise sur un pélican du pays sauvage d'Hircanie[5], qui pendait bien mignonnement sur l'oreille droite.

---

1. **Découpées en queues-de-morue** : fendues à l'arrière.
2. **Fessepinte** : gros buveur, ivrogne.
3. **Hidalgos** : gentilshommes espagnols.
4. **Panache** : plume pour orner les couvre-chefs.
5. **Hircanie** : Asie centrale.

Pour médaillon de son bonnet, il avait une plaque d'or pesant 68 marcs[1], une figure d'émail adaptée, sur laquelle était représenté un corps humain ayant deux têtes, l'une tournée vers l'autre, quatre bras, quatre pieds et deux culs, comme Platon au *Banquet* dit qu'était l'humaine nature à son commencement mystérieux[2]. Il était écrit autour en lettres ioniques:

ΑΓΑΠΗ ΟΥ ΖΗΤΕΙ
ΤΑ ΕΑΥΤΗΣ[3].

Pour porter à son cou, il eut une chaîne d'or pesant 25 063 marcs, faite en forme de gros grains, entre lesquels étaient utilisés de gros jaspes verts gravés et taillés en dragons tout environnés de rayons et d'étincelles, comme les portait jadis le roi Nécepsos[4]. Et elle descendait jusqu'au nombril, et le jaspe toute sa vie lui fit du bien, comme le savent les médecins grecs.

Pour ses gants, on utilisa seize peaux de lutins et trois de loups-garous pour l'ornement ; et ils furent faits de cette matière par l'ordonnance des kabbalistes[5] de Saint-Louand.

Pour ses bagues (son père voulut qu'il en porte pour renouveler le vieux signe de la noblesse), il eut à l'index de la main gauche une escarboucle[6] grosse comme un œuf d'autruche, enchâssée bien mignonnement dans de l'or de seraph. À l'annulaire de la main gauche, il eut un anneau fait des quatre métaux ensemble, de la plus merveilleuse façon qu'on ait jamais vue, sans que l'acier froisse l'or, sans que l'argent écrase le cuivre. Le tout fut fait par le

1. **Marcs**: unité de poids utilisée pour évaluer la valeur des métaux précieux. Un marc vaut environ 244 grammes.
2. Allusion au mythe des androgynes: chaque être possède une âme sœur, un jumeau, dont il a été séparé à la naissance.
3. En grec: « L'amour ne cherche pas son propre avantage », formule extraite du Nouveau Testament (Saint Paul, I, Corinthiens, XIII).
4. **Nécepsos** (VIIe siècle av. J.-C.): pharaon à la réputation de magicien.
5. **Kabbalistes**: théologiens qui interprètent la Bible. L'association avec le village de Saint-Louand, proche de Chinon, est fantaisiste.
6. **Escarboucle**: pierre précieuse de couleur rouge.

capitaine Chappuys et Alcofribas son bon ouvrier. Au médium de la main droite, il eut un anneau fait en spirale où étaient enchâssés un rubis balais[1] absolument parfait, un diamant en pointe, et une émeraude de Physon, d'un prix inestimable. Car Hans Carvel, grand lapidaire[2] du roi de Mélinde, les estimait à 69 894 018 moutons à la grand-laine[3], et les Fugger d'Augsbourg[4] les estimaient au même prix.

CHAPITRE 9

Les couleurs et la livrée de Gargantua

Les couleurs de Gargantua furent blanc et bleu, comme vous avez pu le lire ci-dessus. Et par elles son père voulait faire comprendre que ce lui était une joie céleste. Car le blanc signifiait pour lui joie, plaisir, délices et réjouissance, et le bleu choses célestes.

J'entends bien qu'en lisant ces mots vous vous moquez du vieux buveur et vous estimez l'explication des couleurs bien trop lourdaude et absurde. Et vous dites que blanc signifie foi et bleu fermeté. Mais, sans vous agiter, courroucer, échauffer et altérer (car le temps est dangereux), répondez-moi si bon vous semble. Je n'userai pas d'autre contrainte envers vous, ni envers d'autres quels qu'ils soient. Je vous dirai seulement un mot de grand cru.

Qui vous agite ? Qui vous pique ? Qui vous dit que blanc signifie foi et bleu fermeté ? Vous dites : un livre minable qui est vendu par les colporteurs et porteballes[5] avec le titre : *Le Blason des couleurs.*

1. **Rubis balais** : pierre précieuse de couleur rouge-rosé.
2. **Lapidaire** : artisan qui taille les pierres précieuses.
3. **Moutons à la grand-laine** : pièces de monnaie. On donnait aux pièces le nom soit du roi qui les émettait, soit de la figure qui y était gravée, ici le mouton.
4. **Fugger d'Augsbourg** : famille de banquiers allemands.
5. **Porteballes** : marchands ambulants.

Qui l'a fait ? Quel qu'il soit, il a été prudent de n'avoir pas mis son nom. Mais pour le reste je ne sais pas ce que je dois admirer en premier, son outrecuidance[1] ou sa bêtise.

Son outrecuidance, qui sans raison, sans cause et sans motif plausible, a osé prescrire de son autorité privée quelles seraient les significations des couleurs, ce qui est l'usage des tyrans qui veulent que leur décision tienne lieu de raison, et non des sages et savants qui satisfont les lecteurs par des raisons manifestes.

Sa bêtise, qui a estimé que sans autre démonstration et arguments valables, le monde réglerait ses devises sur ses attributions badaudes[2].

De fait (comme dit le proverbe : « À cul de foirard[3] toujours abonde merde »), il a trouvé quelque reste des niais du temps des hauts bonnets[4], qui ont accordé foi à ses écrits, et selon eux ont taillé leurs apophtegmes[5] et paroles, en ont décoré leurs mulets, vêtu leurs pages, écartelé leurs chausses, brodé leurs gants, frangé leurs lits, peint leurs armoiries, composé des chansons, et (qui plus est) fait en cachette des tromperies et des tours de lâches chez les pudiques matrones[6].

Dans de pareilles ténèbres, on peut compter ces glorieux de cour, et faiseurs d'équivoques[7] sur les noms, qui, voulant signifier dans leurs armoiries[8] espoir, font représenter une sphère, des pennes[9] d'oiseaux pour dire peines, de l'ancolie pour mélancolie, la lune bicorne pour vivre en croissant, un banc rompu pour banqueroute, non et une armure (un non dur habit) pour il n'a pas duré, un lit sans ciel pour un licencié. Qui sont des homonymies si ineptes, si sottes, si rustiques et barbares qu'on devrait attacher une queue

1. **Outrecuidance** : confiance en soi déraisonnable, excessive.
2. **Badaudes** : idiotes.
3. **Foirard** : malade de la colique.
4. Allusion à une mode passée.
5. **Apophtegmes** : brèves formules sentencieuses.
6. **Matrones** : mères de famille, femmes respectables.
7. **Équivoques** : erreurs, possibilités de double lecture.
8. **Armoiries** : emblèmes et couleurs propres à chaque famille noble.
9. **Pennes** : grandes plumes des ailes et des queues chez les oiseaux.

de renard au collet et faire un masque d'une bouse de vache à tous ceux qui voudraient dorénavant les utiliser en France après la restitution des bonnes Lettres.

Pour les mêmes raisons (si on peut appeler ça des raisons !), je ferais peindre un panier pour dire qu'on me fait peiner. Et un pot à moutarde, que c'est mon cœur à qui moult tarde. Et un pot à pisser, que c'est un official. Et le fond de mes chausses, que c'est un vaisseau de pets, et ma braguette, que c'est le conservatoire du droit. Et un étron de chien, que c'est un tronc de séant, où gît l'amour de ma mie.

Les sages de l'ancienne Égypte faisaient au temps jadis bien autrement, quand ils écrivaient par des lettres qu'ils appelaient hiéroglyphiques : tous ceux qui les voyaient comprenaient, et chacun qui les comprenait comprenait la vertu, propriété et nature des choses qu'elles figuraient. Orus Apollon en grec en a composé deux livres[1], et Poliphile, au *Songe d'amour*, en a expliqué davantage[2]. En France, vous en avez quelque fragment dans la devise de monsieur l'Amiral, que porta d'abord Octave Auguste (*Festina lente*[3], une ancre et un dauphin).

Mais mon esquif[4] ne fera pas voile plus longtemps entre ces gouffres et ces gués malplaisants. Je retourne faire escale au port dont je suis parti. J'ai bon espoir d'en écrire un jour plus amplement, et de montrer par des raisons philosophiques autant que par les autorités reconnues et approuvées de toute antiquité, quelles et combien de couleurs il y a dans la nature, et ce qui peut être désigné par chacune, si Dieu me sauve le moule du bonnet[5], c'est-à-dire le pot au vin comme disait ma grand-mère.

---

1. Notamment *Hyeroglyphica*, traduit en français en 1543.
2. Référence au *Songe de Poliphile*, par Francesco Colonna, écrit en 1499.
3. ***Festina lente*** : en latin « Hâte-toi lentement », devise de l'empereur Auguste, reprise par des humanistes au XVIe siècle.
4. **Esquif** : au sens propre, petit bateau.
5. **Le moule du bonnet** : la tête (périphrase).

CHAPITRE 10

De ce qui est signifié par les couleurs blanc et bleu

Le blanc donc signifie joie, plaisir et liesse[1], et ce n'est pas à tort, mais à bon droit. Ce que vous pourrez vérifier si, en écartant vos passions personnelles, vous voulez bien entendre ce que je vais maintenant vous exposer.

Aristote dit que, quand on considère deux choses contraires de même espèce, comme bien et mal, vertu et vice, froid et chaud, blanc et noir, volupté et douleur, joie et deuil (et ainsi des autres), si vous les couplez de telle façon qu'un des termes d'une espèce convienne raisonnablement à l'un des termes d'une autre, la conséquence est que l'autre contraire convienne au terme qui reste.

Exemple : vertu et vice sont contraires dans une espèce ; bien et mal le sont aussi. Si l'un des contraires de la première espèce convient à l'un de la seconde espèce, comme vertu et bien (car il est sûr que la vertu est bonne), ainsi les deux termes qui restent, vice et mal, se conviennent (car le vice est mauvais).

Cette règle de logique bien comprise, prenez ces deux contraires, joie et mélancolie, puis ces deux, blanc et noir. Car ils sont contraires en physique. S'il est ainsi que noir signifie deuil, logiquement blanc signifie joie.

Et cette signification n'est pas instituée par une décision humaine, mais reçue par le consentement de tout le monde, que les philosophes nomment droit des nations, droit universel valable dans toutes les contrées[2].

Comme vous savez assez que tous les peuples, tous les pays (j'en excepte les anciens Syracusains et quelques Argiens qui avaient l'âme de travers), toutes les nations veulent montrer extérieurement

---

1. **Liesse** : joie, gaieté.
2. **Contrées** : régions du monde.

leur deuil en portant un habit noir, et tout deuil est fait par le noir. Ce consentement universel n'a pas lieu sans que la nature ne lui donne quelque argument et raison, que chacun peut immédiatement comprendre par soi-même sans être autrement instruit par quelqu'un, et que nous appelons droit naturel.

Par la même induction de nature, le blanc est compris par tout le monde joie, liesse, délices, plaisir et délectation.

Au temps passé, les Thraces et les Crétois marquaient les jours joyeux où le sort était bon par des pierres blanches, et les tristes et infortunés par des noires.

La nuit n'est-elle pas funeste, triste et mélancolique ? Elle est noire et obscure par privation. La clarté ne réjouit-elle pas toute la nature ? Elle est plus blanche que quoi que ce soit. Pour le prouver je pourrais vous renvoyer au livre de Lorenzo Valla contre Bartole, mais le témoignage de l'Évangile nous suffira. En Matthieu 17[1], il est dit qu'à la Transfiguration de Notre-Seigneur, ses vêtements furent faits blancs comme la lumière. Par cette blancheur lumineuse il donnait à connaître à ses trois apôtres l'idée et la figure des joies éternelles. Car la clarté réjouit tous les humains. Comme vous le prouve l'anecdote d'une vieille : elle, qui n'avait plus de dents en bouche, encore disait-elle : « Quel bien, le jour ! » Et Tobie, chapitre 5, qui avait perdu la vue, quand l'ange Raphaël le salua, répondit : « Quelle joie pourrais-je avoir, moi qui ne vois pas la lumière du ciel ? » Les anges témoignèrent par cette couleur la joie de tout l'univers à la résurrection du Sauveur (Jn 20) et à son Ascension (Ac 1). Saint Jean l'Évangéliste (Ap 4 et 7) vit les fidèles vêtus de semblable couleur dans la bienheureuse Jérusalem céleste[2].

Lisez les histoires antiques, tant grecques que romaines : vous trouverez que la ville d'Albe (premier modèle de Rome) fut construite et nommée par la découverte d'une truie blanche[3].

---

1. Cette référence et les suivantes sont toutes extraites de la Bible.
2. Jérusalem céleste : nom donné au royaume de Dieu dans la religion chrétienne.
3. *Albus* en latin signifie « blanc ».

Vous trouverez que si quelqu'un avait vaincu les ennemis, et si on décrétait qu'il entre à Rome en triomphe, il y entrait sur un char tiré par des chevaux blancs.

Vous trouverez que Périclès[1], duc des Athéniens, voulut que le groupe de ses soldats qui auraient tiré la fève blanche, passe toute la journée en joie, réjouissance et repos, cependant que l'autre groupe irait à la bataille. Je pourrais vous exposer ici mille autres exemples et passages à ce propos, mais ce n'est pas ici le lieu.

Moyennant cette compréhension, vous pouvez résoudre un problème qu'Alexandre d'Aphrodisias[2] a réputé insoluble : pourquoi le lion, qui épouvante tous les animaux rien que par son cri et rugissement, ne craint et ne révère que le coq blanc. Car (comme le dit Proclus[3] au *Livre des sacrifices et de la magie*) c'est parce que la présence de la vertu du soleil, qui est l'organe et le réservoir de toute lumière terrestre et sidérale[4], symbolise mieux et convient mieux au coq blanc, tant pour cette couleur, que pour sa propriété et son ordre spécifique, qu'au lion. Il dit plus, que des diables ont été souvent vus en forme léonine[5], qui ont subitement disparu à la présence d'un coq blanc.

C'est la cause pour laquelle les *Galli* (ce sont les Français, ainsi appelés parce que blancs comme le lait que les Grecs nomment *gala*[6]) portent volontiers des plumes blanches sur leurs bonnets. Car par nature ils sont joyeux, candides, gracieux et bien aimés, et ils ont comme symbole et emblème la fleur la plus blanche de toutes, le lis.

---

1. **Périclès** (Ve siècle av. J.-C.) : stratège à la tête d'Athènes.
2. **Alexandre d'Aphrodisias** (IIe siècle) : philosophe, auteur d'ouvrages de « problèmes » moraux et éthiques. Il évoque le paradoxe du lion et du coq, sans préciser la couleur de cet animal. « Coq » en latin se dit *gallus*, ce qui permet de faire le lien avec la réflexion sur le terme « Gaulois », quelques lignes plus bas.
3. **Proclus** (Ve siècle) : philosophe grec.
4. **Sidérale** : en lien avec les astres.
5. **En forme léonine** : en forme de lion.
6. Cette étymologie n'a pas été inventée par François Rabelais, mais elle reste fantaisiste.

Si vous demandez comment la nature nous induit à comprendre joie et liesse par la couleur blanche, je vous réponds que voici l'analogie et la conformité qui sont entre elles. Car comme le blanc extérieurement répand et disperse la vue, éparpillant manifestement les esprits visuels[1] (selon l'opinion d'Aristote dans ses *Problèmes*) et des esprits perspectifs (et vous le voyez par expérience quand vous passez les monts couverts de neige, en sorte que vous vous plaignez de ne pas pouvoir bien regarder, comme Xénophon[2] écrit qu'il est arrivé à ses troupes, et comme Galien l'expose amplement au livre X de *L'Usage des parties*), tout ainsi le cœur est intérieurement dispersé par une joie débordante, et subit une évidente rupture des esprits vitaux[3]. Laquelle peut être tellement accrue que le cœur demeurerait privé de forces pour fonctionner, et par conséquent la vie serait complètement éteinte par cette joie excessive, comme le dit Galien au livre XII de *La Méthode*, au livre V des *Lieux affectés*, et au livre II des *Causes des symptômes*. Et comme c'est advenu au temps passé selon le témoignage de Cicéron[4], livre I des *Tusculanes*, Verrius, Aristote, Tite-Live (voir la suite de la bataille de Cannes), Pline, livre VII, chap. XXXII et livre LIII, et autres, à Diagoras de Rhodes, Chilon, Denys, tyran de Sicile, Philippides, Philémon, Polycrate, Philistion, M. Juventus et autres qui moururent de joie. Et comme le dit Avicenne, au IIe Canon et au livre *Des forces du cœur*, à propos du safran, qui tant réjouit le cœur qu'il le prive de vie si on en prend une dose excessive, à cause d'une résolution et d'une dilatation excessives. Ici consultez Alexandre d'Aphrodisias, Ier livre des *Problèmes*, chap. XIX. Et pour cause. Mais quoi, j'entre plus avant

---

1. **Esprits visuels**: allusion à une théorie médicale, celle des esprits, principes de vie émis par des parties du corps. Les esprits visuels seraient les informations sensorielles transmises par l'œil à l'entendement. Face à la couleur blanche, le sujet est ébloui et l'information circule plus difficilement.
2. **Xénophon** (ve-ive siècle av. J.-C.): chef militaire grec.
3. **Esprits vitaux**: selon la théorie des esprits, le cœur est le siège des esprits vitaux. La joie est donc ici un élément qui trouble l'organisation générale du sujet.
4. Toutes les références qui suivent forment une collection de témoignages érudits sur des hommes morts d'avoir trop ri.

dans cette matière que je ne l'établissais au commencement. Ici donc je calerai mes voiles, remettant le reste au livre qui fera le tour de la question. Et je dirai en un mot que le bleu signifie de façon certaine le ciel et les choses célestes, par le même symbolisme que le blanc signifiait joie et plaisir.

CHAPITRE 11

De la jeunesse de Gargantua

Gargantua, de trois à cinq ans, fut élevé et formé en toute discipline convenable par le commandement de son père, et il passa ce temps comme les petits enfants du pays, c'est-à-dire à boire, manger, dormir ; à manger, dormir et boire ; à dormir, boire et manger.

Toujours il se vautrait dans la boue, se barbouillait le nez, se tartinait le visage. Usait ses souliers, baillait aux mouches, et courait volontiers après les papillons, dont son père était roi. Il pissait sur ses souliers, il chiait dans sa chemise, il se mouchait dans ses manches, il morvait dans sa soupe. Il pataugeait partout et buvait dans sa pantoufle, et se frottait ordinairement le ventre d'un panier. Il aiguisait ses dents d'un sabot, lavait ses mains de potage, se peignait d'un gobelet. Il s'asseyait entre deux chaises le cul par terre, se couvrait d'un sac mouillé. Buvait en mangeant sa soupe, mangeait sa brioche sans pain. Mordait en riant. Riait en mordant. Crachait souvent dans le bassin, pétait de graisse, pissait contre le soleil. Se cachait dans l'eau pour éviter la pluie. Battait froid. Songeait creux[1]. Faisait le sucré[2]. Écorchait le

1. **Songeait creux** : forme verbale construite à partir du nom « songe-creux » : une personne trop rêveuse.
2. **Faisait le sucré** : se comportait de façon excessivement aimable.

renard[1]. Disait la patenôtre[2] du singe. Retournait à ses moutons[3]. Tournait les truies au foin. Battait le chien devant le lion. Mettait la charrue avant les bœufs. Se grattait où ça ne le démangeait pas. Tirait les vers du nez. Trop embrassait et peu étreignait. Mangeait son pain blanc en premier. Ferrait les cigales. Se chatouillait pour se faire rire. Se ruait très bien en cuisine. Offrait aux dieux la paille sans grain. Faisait chanter Magnificat à matines[4] et le trouvait bien. Mangeait choux et chiait purée. Connaissait les mouches dans le lait. Faisait perdre les pieds aux mouches. Ratissait le papier. Salopait le parchemin. Se débinait[5]. Vidait sa gourde. Comptait sans son hôte. Battait les buissons sans prendre les oiseaux. Croyait que les nuages sont des poêles d'airain, et prenait les vessies pour des lanternes. Tirait d'un sac deux moutures[6]. Faisait l'âne pour avoir du foin. De son poing faisait un maillet. Prenait les grues en un clin d'œil. Voulait qu'on fasse les hauberts maille par maille. À cheval donné toujours regardait les dents. Sautait du coq à l'âne. Mettait une mûre entre deux vertes. Ajoutait du remblai[7] pour creuser les fossés. Protégeait la lune des loups. Espérait prendre les alouettes si les nuages tombaient. Faisait de nécessité vertu. Faisait de tel pain tartine. Se souciait aussi peu des rasés que des tondus. Tous les matins écorchait le renard. Les petits chiens de son père mangeaient dans son écuelle. Lui de même mangeait avec eux. Il leur mordait les oreilles. Ils lui graffignaient le nez. Il leur soufflait au cul. Ils lui léchaient les babines.

---

1. **Écorchait le renard** : vomissait.
2. **La patenôtre** : le *Notre Père*, prière chrétienne.
3. Cette phrase, comme plusieurs parmi celles qui suivent, est un jeu avec une expression populaire. « Retourner à ses moutons » : retourner à son occupation première.
4. **Faisait chanter Magnificat à matines** : faisait chanter le Magnificat (une prière à la Vierge Marie habituellement dite le soir) lors de la première prière du matin. Cela montre que tout est fait à l'envers.
5. **Se débinait** : se sauvait (familier).
6. **Moutures** : produits qui résultent de l'action de moudre.
7. **Remblai** : ce qui sert à combler.

Et savez-vous quoi, mes fils, que le mal de tonneau vous tournicote ! ce petit paillard[1] tâtait toujours ses gouvernantes sens dessus dessous, devant derrière, et hue cocotte ! et déjà il commençait à exercer sa braguette. Chaque jour, ses gouvernantes l'ornaient de beaux bouquets, de beaux rubans, de belles fleurs, de belles guirlandes, et passaient leur temps à la faire revenir entre leurs mains, comme de la pâte à modeler. Puis elles s'esclaffaient quand elle levait les oreilles, comme si le jeu leur plaisait.

L'une la nommait « mon petit bouchon », l'autre « mon épingle », l'autre « ma branche de corail », l'autre « mon bondon, mon bouchon, mon vilebrequin, mon poussoir, ma tarière[2], ma pendeloque, mon rude ébat raide et bas, mon dressoir, ma petite andouille vermeille, ma petite couille bredouille.

– Elle est à moi, disait l'une.

– C'est la mienne, disait l'autre.

– Moi, disait une autre, je n'en aurai rien ? Par ma foi, je la couperai donc.

– Ha ! couper, disait une autre, mais vous lui feriez mal, madame. Coupez-vous la chose aux enfants ? Il serait monsieur sans queue. »

Et pour qu'il s'amuse comme les petits enfants du pays, ils lui firent un petit tourniquet avec les ailes d'un moulin à vent du Mirebalais.

---

1. **Paillard** : bon vivant, homme grivois.
2. **Bondon, vilebrequin, tarière** : bouchons ou outils, toutes choses qui permettent de combler un creux.

CHAPITRE 12

Des chevaux factices de Gargantua

Puis, afin que toute sa vie il soit un bon chevaucheur, on lui fit un beau grand cheval de bois, qu'il faisait tourner, sauter, voltiger, ruer, et danser tout ensemble, aller au pas, au trot, au pas amblé, au galop, à l'amble, au trot galopé, au trot décousu, au pas de chameau, au pas d'onagre[1]. Et il lui faisait changer de poil comme les moines changent de dalmatiques[2] selon les fêtes : bai, alezan, gris pommelé, poil de rat, poil de cerf, rouan, poil de vache, tacheté, bigarré, pie, blanc[3].

Lui-même avec un gros morceau de bois se fit un cheval pour la chasse, un autre, d'un fût de pressoir, pour tous les jours ; d'un grand chêne il fit une mule avec sa housse pour la chambre. Il en eut encore dix ou douze comme relais et sept pour courir la poste. Et il les mettait tous coucher près de lui.

Un jour le seigneur de Painensac visita son père, avec une grosse escorte et en grand apparat, jour où étaient venus semblablement le duc de Francrepas et le comte de Mouillevent. Ma foi, le logis fut un peu étroit pour tant de gens, et surtout les écuries : donc le maître d'hôtel et le fourrier[4] dudit seigneur de Painensac voulurent savoir s'il y avait ailleurs dans la maison des écuries vides, et s'adressèrent à Gargantua, jeune garçonnet, lui demandant secrètement où étaient les étables pour les grands chevaux de guerre, pensant que les enfants révèlent tout facilement.

Alors il les mena dans le grand escalier du château, passant par la seconde salle vers une grande galerie, par laquelle ils entrèrent dans une grosse tour, et tandis qu'ils montaient par d'autres escaliers,

---

1. Ensemble d'allures de chevaux, manières d'avancer et vitesses.
2. Dalmatiques : vêtements portés par les religieux.
3. Ensemble de robes (couleurs) propres aux chevaux.
4. Fourrier : membre du personnel chargé de procurer au prince et à sa suite tout ce dont ils ont besoin.

le fourrier dit au maître d'hôtel : « Cet enfant nous trompe, car les écuries ne sont jamais en haut de la maison.

– Vous raisonnez mal, dit le maître d'hôtel. Car je sais des endroits à Lyon, à La Baumette, à Chinon, et ailleurs, où les écuries sont tout en haut du logis, peut-être que derrière il y a une sortie dans une montée. Mais je le demanderai de façon plus assurée. » Alors il demanda à Gargantua : « Mon petit mignon, où nous menez-vous ?

– À l'écurie de mes grands chevaux. Nous y sommes bientôt, montons seulement ces marches. »

Puis, les faisant passer dans une autre salle, il les mena dans sa chambre, et ouvrit la porte. « Voici les écuries que vous demandez. Voilà mon genet d'Espagne, voilà mon guildin d'Angleterre, mon lavedan de Gascogne, mon trotteur[1] » et, les chargeant d'un gros bâton : « Je vous donne, dit-il, ce frison, je l'ai acheté à Francfort. Mais il sera pour vous. C'est un bon petit cheval et très solide ; avec un petit autour[2], demi-douzaine d'épagneuls, et deux lévriers, vous voilà roi des perdrix et des lièvres pour tout cet hiver.

– Par saint Jean, dirent-ils, nous voilà bien, à cette heure-ci, nous avons eu le moine[3].

– Je ne dis pas non, dit-il, il était ici il y a trois jours. »

Devinez de quoi ils avaient le plus de sujet – de se cacher pour leur honte, ou de rire pour le passe-temps.

Pendant qu'ils redescendaient tout confus, il demanda :

« Voulez-vous une aubelière[4] ?

– Qu'est-ce que c'est ? dirent-ils.

– Ce sont, répondit-il, cinq étrons pour faire une muselière à votre museau.

– Pour aujourd'hui, dit le maître d'hôtel, si nous sommes rôtis nous ne brûlerons pas, car nous sommes bardés bien à point, à

---

1. **Genet, guildin, lavedan et trotteur** : races de chevaux.
2. **Autour** : oiseau rapace, proche du faucon.
3. **Nous avons eu le moine** : expression qui signifie « nous avons été bien attrapés ».
4. **Aubelière** : terme inventé par le jeune Gargantua.

mon avis. Oh ! petit mignon, tu nous as gavés de foin[1], je te verrais bien un jour pape.

– Je comprends ça, dit-il. Mais alors vous serez papillon, et ce gentil papegai sera un papelard[2] tout fait.

– Vraiment, vraiment, dit le fourrier.

– Mais, dit Gargantua, devinez combien il y a de points d'aiguille dans la chemise de ma mère ?

– Seize, dit le fourrier.

– Vous ne prêchez pas d'évangile[3], car il y a un sens devant et un sens derrière, vous les avez mal comptés.

– Quand ? dit le fourrier.

– Quand on a fait de votre nez un robinet pour tirer un muid de merde, et de votre gorge un entonnoir pour la mettre dans un autre tonneau, car les fonds étaient éventés.

– Cordieu[4], dit le maître d'hôtel, nous avons trouvé un causeur. Monsieur le bavard, Dieu vous garde de mal, tellement vous avez la bouche alerte[5] ! »

Quand ils descendirent en grande hâte sous l'arc de l'escalier, ils laissèrent tomber le gros bâton dont il les avait chargés, et Gargantua leur dit : « Diable, vous êtes mauvais chevaucheurs, votre cheval vous manque quand vous en avez besoin. S'il vous fallait aller d'ici à Cahusac[6], qu'aimeriez-vous mieux : chevaucher un oison, ou mener une truie en laisse ?

– J'aimerais mieux boire », dit le fourrier.

Et sur ces paroles, ils entrèrent dans la salle basse, où était toute la troupe, et en racontant toute cette histoire, les firent rire comme un tas de mouches.

---

1. **Tu nous as gavés de foin** : tu nous as bien eus.
2. Papegai signifie « perroquet » et papelard « hypocrite », mais la phrase est à comprendre comme un jeu de reprises sonores autour du nom « pape ».
3. **Vous ne prêchez pas d'évangile** : vous vous trompez.
4. **Cordieu** : juron.
5. **Alerte** : agile.
6. **Cahusac** : commune proche d'Agen (aujourd'hui Cahuzac).

CHAPITRE 13

Comment Grandgousier découvrit l'esprit merveilleux de Gargantua à l'invention d'un torche-cul

Sur la fin de sa cinquième année, Grandgousier, revenant de la défaite des Canarriens, visita son fils Gargantua. Il fut réjoui, comme un tel père pouvait l'être en voyant un tel enfant. En l'embrassant et le prenant dans ses bras, il l'entretenait de petits propos enfantins de diverses sortes. Et il but à sa santé avec lui et ses gouvernantes, à qui il demandait avec grand soin, parmi d'autres questions, si elles l'avaient tenu blanc et net. À cela Gargantua répondit qu'il avait trouvé un tel système qu'il n'y avait pas de garçon plus propre que lui dans tout le pays. « Comment cela ? dit Grandgousier.

– Grâce à une longue et soigneuse expérience, dit Gargantua, j'ai inventé un moyen de me torcher le cul, le plus seigneurial, le plus excellent, le plus efficace qu'on ait jamais vu.

– Lequel ? dit Grandgousier.

– Comme je vais vous le raconter maintenant, dit Gargantua. Je me torchai une fois d'un masque de velours d'une demoiselle, et je le trouvai bon, car la mollesse de la soie causait au cul une bien grande volupté.

« Une autre fois d'un chaperon de la même demoiselle, et ce fut pareil.

« Une autre fois d'un cache-cou, une autre fois d'oreillettes[1] de satin cramoisi, mais la dorure d'un tas de paillettes de merde qui y étaient m'écorchèrent tout le derrière ; que le feu Saint. Antoine[2] brûle le boyau culier de l'orfèvre qui les a brodées et de la demoiselle qui les portait.

---

1. **Oreillettes** : couvre-oreilles, souvent assortis à la coiffe.
2. **Feu Saint-Antoine** : maladie qui provoque la gangrène progressive des membres.

« Ce mal passa en me torchant le cul d'un bonnet de page bien emplumé à la suisse.

« Puis, en chiant derrière un buisson, je trouvai un chat de mars[1], dont je me torchai, mais ses griffes m'écorchèrent tout le périnée.

« Je me guéris le lendemain en me torchant des gants de ma mère parfumés de fenteur.

« Puis je me torchai de sauge, de fenouil, d'aneth, de marjolaine, de roses, de feuilles de courge, de choux, de bettes, de pampre, de guimauve, de verbasce (qui fait le derrière rouge), de laitue et de feuilles d'épinard (le tout m'a fait une belle jambe, pas plus), de mercuriale, de pêcher, d'orties, de consoude[2], mais j'en ai eu la dysenterie. Dont je fus guéri en me torchant de ma braguette.

« Puis je me torchai aux draps, à la couverture, aux rideaux, d'un coussin, d'un tapis, d'un tapis vert, d'un torchon, d'une serviette, d'un mouchoir, d'un peignoir. Dans tout ça je trouvai autant de plaisir que les teigneux[3] quand on les gratte.

– Certes, dit Grandgousier, mais quel torche-cul trouvas-tu le meilleur ?

– J'y arrive, dit Gargantua, et bientôt vous en saurez le fin mot. Je me torchai de foin, de paille, d'étoupe, de bourre, de papier, mais

Toujours laisse aux couillons amorce
Qui son cul sale de papier torche.

– Quoi, dit Grandgousier, mon petit couillon, as-tu bu du vin, vu que tu rimes déjà ?

– Mais oui, mon roi, répondit Gargantua, je rime tant et plus et en rimant souvent m'enrime. Écoutez ce que disent nos cabinets aux chieurs :

Chiard,
Foirard,
Péteux,

---

1. **Chat de mars** : chat de la saison des amours, chat en chaleur.
2. **Consoude** : plante aux vertus médicinales.
3. **Teigneux** : malades de la teigne, une infection de la peau provoquant des démangeaisons.

Breneux,
Ton lard
Fuyard
S'épart
Sur nous.
Sale Merdeux
Vidé,
Que le feu de saint Antoine te brûle
Si tous
Tes trous
Ouverts
Tu ne torches avant ton départ.

En voulez-vous davantage ?
– Oh oui », dit Grandgousier.
Alors Gargantua récita :

RONDEAU

En chiant l'autre jour je sentis
L'impôt qu'à mon cul je dois,
L'odeur fut autre que j'espérais,
J'en fus pleinement empuanti.

Oh si quelqu'un eût consenti
À m'amener une que j'attendais
En chiant !

Car je lui aurais bien garni
Son trou d'urine, en villageois,
Pendant qu'elle eut avec ses doigts
Mon trou de merde garanti
En chiant.

« Dites maintenant que je n'y entends rien ! Par la Mère de Dieu, je ne les ai pas faits, mais en les entendant réciter à une grande dame que vous voyez ici, je les ai conservés dans la gibecière[1] de ma mémoire.

– Retournons, dit Grandgousier, à notre propos.

– Lequel ? dit Gargantua. Chier ?

– Non, dit Grandgousier, mais se torcher le cul.

– Mais, dit Gargantua, voulez-vous me payer un tonneau de vin breton, si je vous épate sur ce sujet ?

– Oui vraiment, dit Grandgousier.

– Il n'y a pas besoin, dit Gargantua, de se torcher le cul sauf s'il y a ordure. Ordure ne peut y être si on n'a pas chié ; il nous faut donc chier avant d'avoir le cul torché.

– Oh, que tu as du bon sens, petit garçonnet, dit Grandgousier. Un de ces jours je te ferai passer docteur en gaie science, pardieu, car tu as plus de raison que d'années. Mais poursuis ce propos torcheculatif, je t'en prie. Et par ma barbe, au lieu d'un tonneau, tu en auras soixante ; je précise : de ce bon vin breton, qui ne se fait pas en Bretagne, mais en ce bon pays de Verron[2].

– Je me torchai, dit Gargantua, d'un couvre-chef, d'un oreiller, d'une pantoufle, d'une gibecière, d'un panier. Mais quel déplaisant torche-cul ! Puis d'un chapeau, et notez que les chapeaux sont les uns ras, les autres velus, les autres veloutés, les autres en taffetas, les autres satinés. Le meilleur de tous est celui de fourrure. Car il enlève très bien la matière fécale.

« Puis me torchai d'une poule, d'un coq, d'un poulet, de la peau d'un veau, d'un lièvre, d'un pigeon, d'un cormoran, d'un sac d'avocat, d'un capuchon, d'une coiffe, d'un leurre[3] emplumé.

« Mais en conclusion je dis et maintiens qu'il n'y a pas de torche-cul supérieur à un oison bien en duvet, pourvu qu'on lui tienne la

---

1. **Gibecière** : au sens propre, sac à gibier.
2. **Pays de Verron** : région de la ville de Chinon, entre la Loire et la Vienne.
3. **Leurre** : petite pièce de cuir utilisée en fauconnerie.

tête entre les jambes. Et vous pouvez me croire sur mon honneur. Car vous sentez au trou du cul une volupté mirifique[1], tant de la douceur de ce duvet que de la douce chaleur de l'oison, qui se communique facilement au boyau culier et autres viscères, jusqu'à monter à la région du cœur et du cerveau. Et ne pensez pas que la béatitude des héros et demi-dieux des Champs Élysées[2] vient de leur asphodèle[3] ou de leur ambroisie, ou du nectar[4], comme disent les vieilles d'ici. Elle est, selon mon opinion, qu'ils se torchent le cul d'un oison. Et telle est l'opinion de Maître Jean Duns Scot. »

1. **Mirifique** : merveilleuse.
2. **Champs Élysées** : dans la mythologie grecque et romaine, partie des Enfers réservée aux plus méritants.
3. **Asphodèle** : herbe qui tapisse le lieu des Enfers où séjournent les âmes ordinaires.
4. **Ambroisie et nectar** : substances, boissons dont se nourrissent les dieux de l'Olympe.

Arrêt sur lecture 1

Pour comprendre l'essentiel

Un début comique

1 Dans les deux textes liminaires (l'adresse aux lecteurs et le prologue), le rire est omniprésent. Dites quelle place lui donne le narrateur.

2 Le récit de la naissance et de l'enfance de Gargantua, présenté sur un mode humoristique, montre un héros hors norme. Notez, dans les chapitres 1 à 13, les éléments héroïcomiques, c'est-à-dire qui relèvent du merveilleux mais sont détournés de façon comique.

3 Dans les chapitres 1 à 13, le rire apparaît sous différentes formes. Donnez deux ou trois exemples d'un comique farcesque, gigantesque, gras (reposant sur la scatologie, par exemple) ; puis quelques exemples d'un comique léger, fin, intellectuel (exagérations, jeux de mots, par exemple).

Un narrateur joueur

4 Le narrateur, Alcofribas Nasier, se donne volontiers des airs très sérieux. Dites quels procédés il utilise pour cela et si, selon vous, il parvient à convaincre le lecteur de son sérieux.

5 Ce narrateur aime brouiller les pistes. Montrez comment il joue à mêler les références, authentiques et fantaisistes, et les pistes de lecture, vraies et fausses.

6 Le narrateur a aussi parfois recours à des références que l'on peut qualifier de « pantagruélistes ». Relevez-en quelque-unes et prouvez qu'elles donnent une image humaniste du narrateur.

L'esprit en liberté

7 Le début de ce récit montre une grande liberté de parole. Indiquez trois passages où se manifeste ce plaisir du langage.

8 Cette ivresse de la parole peut générer une certaine complexité. Expliquez pourquoi, à votre avis, l'auteur a choisi d'insérer dans son récit des passages si difficiles.

9 Gargantua, comme le narrateur, joue à imiter des styles nobles et sérieux, pour mieux en rire. Observez plus particulièrement le jeu qu'il mène au chapitre 13 et dites en quoi il permet de faire à la fois une satire du prêt-à-penser des sophistes et l'éloge d'une parole libre.

✔ *Rappelez-vous !*

- François Rabelais consacre une part importante du récit à **la naissance et l'enfance de Gargantua** ; c'est un choix plutôt rare dans les récits qui font la biographie de **héros** (récits mythologiques, romans de chevalerie, etc.). Le narrateur joue sur les codes de ces récits, souvent teintés de **merveilleux**, pour donner une assise **comique** à cette **vie légendaire**.
- En littérature, le **ton héroïcomique** consiste à parler sur un ton haut de sujets bas, tandis que le **ton burlesque** consiste à parler sur un ton bas de sujets hauts. François Rabelais joue de cette **logique d'inversion** pour renverser les codes et donner à penser ou à rire.

Vers l'oral du Bac

Explication linéaire du début du prologue (p. 19-20, l. 1-27)

→ *En quoi le premier paragraphe du prologue donne-t-il le ton de l'œuvre Gargantua ?*

Conseils pour la lecture à voix haute

– Le narrateur s'adresse à des lecteurs choisis ; vous aussi, faites sentir que vous dialoguez avec votre interlocuteur ; regardez-le, n'hésitez pas à appuyer vos propos par des gestes.

– Ce texte est construit sur une série de parallélismes. Pour le souligner, vous pouvez soit varier le ton entre les moments qui évoquent des éléments comiques et ceux comprenant des éléments très sérieux ; soit conserver toujours le même effet de liste, assez neutre, afin de marquer la symétrie.

Explication linéaire du texte

Introduction

Pendant la Renaissance, l'Antiquité devient un modèle central : tandis que les statues antiques fleurissent dans les palais et jardins européens, les humanistes se tournent vers les littératures grecque et latine, qu'ils redécouvrent et retraduisent. En commençant son prologue par l'évocation d'un célèbre philosophe de l'Antiquité, François Rabelais s'insère clairement dans cette tendance humaniste. Toutefois, ce n'est pas lui, c'est son *alter ego*, le narrateur Alcofribas Nasier, qui s'adresse aux lecteurs pour évoquer ce personnage, qui n'est d'ailleurs pas anodin. En effet, Socrate fit à ce point scandale, par ses méthodes novatrices et son ironie, qu'il fut condamné à mort par la cité. Il constitue ici la première des nombreuses allégories qu'utilisera le narrateur dans ce prologue pour lancer des pistes de lecture (vraies ou fausses). Il indique dans le dizain liminaire que « rire est le propre de l'homme » – ce qui inciterait à prendre au second degré le contenu du récit.

Mais, dans le prologue, il explique ce que peut receler de profond ce second degré, en envisageant les deux faces d'une médaille : les comiques Silènes, puis le grossier Socrate. Nous allons nous demander en quoi, par ce procédé, le narrateur donne le ton de l'ouvrage à venir. Dans un premier temps, nous verrons comment cette entrée en matière joue sur les contrastes. Puis, nous analyserons la double nature des Silènes mise en avant par le narrateur. Enfin, nous nous intéresserons à la façon dont celui-ci présentela double nature de Socrate.

■ *Explication guidée*

I. Lignes 1 à 5: Une entrée en matière contrastée

a. Pourquoi l'apostrophe qui ouvre ce prologue peut-elle sembler étonnante ?

b. Comment expliquez-vous le choix étrange que fait le narrateur de s'adresser à de tels destinataires ?

c. En quoi la suite de la phrase, mentionnant un texte antique, joue-t-elle, elle aussi, sur les contrastes ?

II. Lignes 5 à 14: La double nature des Silènes

a. À quoi voit-on que le narrateur tient à nous expliquer très clairement ce que sont les Silènes ?

b. Comment nous montre-t-il que l'apparence de ces boîtes et leur contenu sont totalement opposés ?

c. Le narrateur ne traite pas de la même façon l'intérieur et l'extérieur de la boîte. Pour quelle raison ?

d. En quoi ces Silènes, qui évoqueront Socrate, peuvent-ils rappeler le destinataire idéal du livre, annoncé dans l'apostrophe initiale ?

III. Lignes 14 à 27: La double nature de Socrate

a. Comment le narrateur parvient-il à convaincre le lecteur que Socrate a une apparence risible ?

b. Quels points cependant insistent sur l'aspect ambigu de Socrate (l. 14-22) ?

c. Quelles sont les qualités intérieures de Socrate, selon l'auteur ? Comment les met-il en valeur (l. 22-27) ? Comment montre-t-il que Socrate est bien supérieur moralement au reste des hommes ?

d. En analysant la manière dont sont présentés le comparant (les Silènes) et le comparé (Socrate), que remarquez-vous ?

e. En quoi ce passage portant sur Socrate entre-t-il en résonance avec le reste de l'extrait étudié ?

Conclusion

Ce prologue, énoncé par un narrateur facétieux, présente les références antiques de l'humanisme. Il met en valeur le goût du plaisir et du rire et interroge le lecteur sur le fait que les apparences peuvent être trompeuses. Il donne ainsi bien le ton du reste du récit, par ce contraste permanent entre rire et sérieux, entre être et paraître. Cette entrée en matière propose donc une première piste de lecture de *Gargantua*, récit apparemment léger, mais qui recèle une interprétation plus profonde, voire ambiguë. D'autres images viendront enrichir ou contredire cet *incipit*, dans la suite du prologue. L'auteur continuera ensuite à brouiller les pistes d'interprétation possibles, d'un bout à l'autre du texte.

Question de grammaire

Commentez la présence des négations, grammaticales et lexicales, dans les deux dernières phrases du texte : « Il disait... à rire », (l. 14-27).

CHAPITRE 14

Comment Gargantua fut éduqué par son sophiste aux lettres latines

En entendant ces propos, le vieux Grandgousier fut ravi en admiration, considérant le haut sens et la merveilleuse intelligence de son fils Gargantua.

Il dit à ses gouvernantes: «Philippe[1], roi de Macédoine, connut le bon sens de son fils Alexandre à son dressage habile d'un cheval. Car ledit cheval était si terrible et effréné que personne n'osait le monter. Parce qu'à tous ses chevaucheurs il faisait faire le grand saut, à l'un rompant le cou, à l'autre les jambes, à l'autre la cervelle, à l'autre les mandibules. Alexandre avait observé cela dans l'hippodrome (c'était le lieu où on promenait et exerçait les chevaux), il avisa que la fureur du cheval ne venait que de la frayeur qu'il avait de son ombre. Donc montant dessus, il le fit courir face au soleil, si bien que l'ombre tombait par-derrière, et par ce moyen il rendit le cheval docile à sa volonté. À quoi son père connut le divin entendement qui était en lui, et le fit très bien instruire par Aristote, qui était alors estimé le plus grand de tous les philosophes de la Grèce.

«Mais je vous dis, rien que par cette discussion que j'ai eue devant vous avec mon fils Gargantua, je connais que son entendement participe de quelque divinité, tant je le vois aigu, subtil, profond, et serein. Et il parviendra à quelque degré souverain de sagesse s'il est bien éduqué. Pour cela, je veux le donner à instruire selon ses capacités à quelque homme savant.»

---

1. **Philippe II** (IVe siècle av. J.-C.): roi de Macédoine, père d'Alexandre le Grand. Ce dernier, à la destinée légendaire, est connu comme conquérant et bâtisseur.

De fait, on lui enseigna[1] un grand docteur sophiste[2] nommé maître Thubal Holopherne, qui lui apprit son alphabet si bien qu'il le disait par cœur à l'envers, et cela lui prit cinq ans et trois mois ; puis il lui lut *Donat*, le *Facetum*, *Theodolet* et Alain de Lille, *Sur les paraboles*[3], et il y fut treize ans, six mois et deux semaines.

Mais notez que pendant ce temps il lui apprenait à écrire en lettres gothiques, et il recopiait tous ses livres. Car l'art d'imprimer n'était pas encore en usage.

Et il portait d'ordinaire un gros écritoire[4] pesant plus de 7 000 quintaux, dont le plumier était aussi gros et grand que les gros piliers de l'église d'Enay, et le cornet y pendait à grosses chaînes de fer de la taille d'un tonneau de marchandise.

Puis il lui expliqua le *Des manières de signifier*, avec les commentaires de Heurtebise, Fasquin, Tropdentreux, Galehaut, Jean le Veau, Billonio, Brelingandus, et un tas d'autres, et il y resta plus de dix-huit ans et onze mois. Et il le sut si bien qu'à l'épreuve il le redisait par cœur à l'envers. Et il prouvait sur ses doigts à sa mère qu'il n'y a pas de science exacte de l'art de signifier.

Puis il lui expliqua le calendrier, où il fut bien seize ans et deux mois, lorsque son précepteur mourut : ce fut l'an 1420 de la vérole qui lui vint.

Après, il eut un autre vieux tousseux, nommé maître Jobelin Bridé, qui lui expliqua Hugutio, Hébrard, *Grécisme*, le *Doctrinal*, les *Parties*, le *Qu'est-ce que c'est*, le *Supplément*, le *Marmotret*, *Des manières à garder à table*, Sénèque, *Des quatre vertus cardinales*, Passavant avec commentaires. Et le *Dormez tranquille*, pour les fêtes[5]. Et quelques autres de même farine, à la lecture desquels il devint si sage que nous n'en avons jamais mieux sorti du moule depuis.

---

1. **Enseigna** : ici, indiqua.
2. **Sophiste** : ici, spécialiste de théologie, qui manie des raisonnements complexes.
3. Ensemble de traités d'éducation médiévaux.
4. **Écritoire** : coffret contenant le nécessaire à écrire.
5. Ensemble de manuels de grammaire, de morale, de vie pratique ou religieux, jugés peu pertinents par François Rabelais ; la mention de Sénèque, philosophe romain du Iᵉʳ siècle et stoïcien, est donc incongrue au milieu de cette liste.

CHAPITRE 15

Comment Gargantua fut mis sous d'autres pédagogues

Alors son père s'aperçut que vraiment il étudiait très bien et y passait tout son temps, mais qu'il ne profitait[1] en rien. Et ce qui est pire, il en devenait fou, niais, tout rêveur et rassoté[2].

En s'en plaignant à don Philippe des Marais, vice-roi de Papeligosse, il apprit qu'il vaudrait mieux pour lui ne rien apprendre, plutôt que de tels livres sous de tels précepteurs. Car leur savoir n'était que bêtise, et leur sagesse que rembourrages, abâtardissant les bons et nobles esprits, et corrompant toute la fleur de la jeunesse. « Prenez par exemple, dit-il, un de ces jeunes gens du temps présent, qui ait seulement étudié deux ans ; au cas où il n'aurait pas un meilleur jugement, de meilleures paroles, un meilleur discours que votre fils et une meilleure conversation et de meilleures manières en société, tenez-moi à jamais pour un taille-jambon de Brenne. » Ce qui plut bien à Grandgousier et il commanda qu'on fasse l'épreuve.

Le soir en soupant, Des Marais présenta un de ses jeunes pages de Villegongis, nommé Eudémon, si bien peigné, si bien tiré, si bien épousseté, si élégant en son maintien, qu'il ressemblait bien plus à un angelot qu'à un homme. Puis il dit à Grandgousier : « Voyez-vous ce jeune enfant ? il n'a pas encore douze ans. Voyons, si bon vous semble, la différence entre le savoir de vos rêveurs docteurs ès[3] folies du temps jadis, et les jeunes gens de maintenant. » L'essai plut à Grandgousier, et il ordonna que le page fasse le premier discours.

Alors Eudémon demanda la permission de le faire au vice-roi son maître, le bonnet au poing, le visage ouvert, la bouche vermeille,

---

1. **Profitait** : ici, progressait.
2. **Rassoté** : sot.
3. **Docteurs ès** : spécialistes en.

les yeux assurés et le regard posé sur Gargantua ; avec une modestie juvénile il se tint debout, et commença à le louer et magnifier, premièrement de sa vertu et de ses bonnes mœurs, secondement de son savoir, troisièmement de sa noblesse, quatrièmement de sa beauté corporelle. Et pour le cinquième point il l'exhortait[1] doucement à révérer son père en tous points, lui qui prenait tant de soin pour le faire instruire, et enfin il le priait de bien vouloir le retenir comme un de ses très humbles serviteurs. Car il ne demandait maintenant d'autre don des cieux, sinon d'en recevoir la grâce de lui complaire dans quelque service agréable.

Le tout fut proféré avec des gestes si adaptés, une prononciation si distincte, une voix si éloquente, et un langage si orné et de si bonne latinité[2], qu'il ressemblait mieux à un Gracchus, un Cicéron, ou un Emilius[3] du temps passé, qu'à un jouvenceau de ce siècle.

Mais toute la contenance de Gargantua fut de se mettre à pleurer comme une vache, et de se cacher le visage de son bonnet, et il ne fut pas possible d'en tirer une parole, non plus qu'un pet d'un âne mort.

Ce dont son père fut si courroucé qu'il voulut faire occire[4] maître Jobelin Bridé. Mais ledit Des Marais l'en empêcha par une belle remontrance, de façon que sa colère soit modérée. Après quoi il commanda qu'on lui paie ses gages[5] et qu'on le fasse bien chopiner[6] en sophiste, et cela fait, qu'il parte à tous les diables. « Au moins, pour aujourd'hui, disait-il, il ne coûterait guère à son hôte, s'il mourait comme ça, saoul comme un Anglais. »

Maître Jobelin parti de la maison, Grandgousier discuta avec le vice-roi quel précepteur on pourrait lui donner, et il fut décidé

1. **L'exhortait** : l'encourageait.
2. **De si bonne latinité** : en si bon latin, dans une langue très correcte.
3. **Cicéron, Gracchus, Emilius** : exemples de jeunes hommes de l'Antiquité romaine qui ont reçu une excellente éducation et furent appelés à un grand destin.
4. **Occire** : tuer.
5. **Gages** : salaire dû à un domestique, à un précepteur dans le cas présent.
6. **Qu'on le fasse bien chopiner** : qu'on lui paie un coup à boire (familier).

entre eux de mettre dans cette fonction Ponocratès[1], le pédagogue d'Eudémon, et que tous ensemble ils iraient à Paris pour connaître quelle était l'éducation des jeunes gens de France à cette époque.

CHAPITRE 16

Comment Gargantua fut envoyé à Paris, de l'énorme jument qui le porta, et comment elle extermina les mouches à bœufs de la Beauce

À la même période, Fayole, quatrième roi de Numidie[2], envoya du pays d'Afrique pour Grandgousier une jument, la plus énorme et la plus grande qu'on ait jamais vue, et la plus extraordinaire. Car vous savez bien que l'Afrique apporte toujours quelque chose de nouveau.

Car elle était grande comme six éléphants, et elle avait les pieds fendus en doigts, comme le cheval de Jules César, les oreilles pendantes comme les chèvres de Languedoc, et une petite corne au cul. Pour le reste elle avait le poil alezan[3] grillé, entremêlé de tachetures grises. Mais surtout elle avait la queue horrible. Car elle était, plus ou moins, grosse comme la pile de Cinq-Mars auprès de Langeais[4], et carrée de la même façon, avec des mèches en crochets, ni plus ni moins, comme les épis de blé.

Si vous vous émerveillez de cela, émerveillez-vous davantage de la queue des béliers de Scythie et des moutons de Syrie, auxquels il faut, si Thenaud[5] dit vrai, ajuster une charrette au cul pour la porter,

---

1. **Ponocratès** : ce nom grec signifie « travailleur endurant ».
2. **Numidie** : territoire situé au nord de l'Afrique.
3. **Alezan** : couleur proche du roux.
4. **Pile de Cinq-Mars** : tour édifiée sous l'Antiquité, qui se situe à proximité de Tours.
5. **Jean Thenaud** (XVe-XVIe siècle) : religieux, auteur de récits de voyages en Orient.

tant elle est longue et pesante. Vous n'en avez pas une pareille, vous autres paillards de plat pays ! Et elle fut amenée par mer dans trois caraques et un brigantin[1] jusqu'au port d'Olonne en Talmondois[2].

Lorsque Grandgousier la vit, il dit: « Voilà bien ce qu'il faut pour porter mon fils à Paris. Or çà, par Dieu, tout ira bien. Il sera plus tard grand clerc. Si ce n'étaient messieurs les bêtes, nous vivrions comme des clercs[3] ! »

Le lendemain après boire (vous le comprenez bien), ils se mirent en chemin, Gargantua, son précepteur Ponocratès et ses gens, avec eux Eudémon, le jeune page. Et parce que le temps était serein et bien stable, son père lui fit faire des bottes fauves. Babin[4] les appelle brodequins.

Ainsi ils passèrent joyeusement leur chemin, et toujours grande vie, jusqu'au-dessus d'Orléans.

Il y avait là une ample forêt de 35 lieues de long et de 17 ou environ de large. Elle était horriblement fertile en mouches à bœufs et en frelons de sorte que c'était une vraie attaque de brigands contre les pauvres juments, ânes et chevaux. Mais la jument de Gargantua vengea noblement tous les outrages qu'on avait perpétrés en cette forêt sur les bêtes de son espèce, par un tour dont ils ne se doutaient pas.

Car dès qu'ils furent entrés en ladite forêt, et que les frelons lui eurent livré l'assaut, elle dégaina sa queue, et en s'escarmouchant[5] elle les moucha si bien qu'elle en abattit tout le bois, à tort et à travers, de-çà de-là, par-ci par-là, de long, de large, dessus dessous, elle abattait le bois comme le faucheur l'herbe. En sorte que depuis il n'y eut ni bois ni frelons, mais tout le pays fut transformé en campagne.

---

1. **Caraques, brigantin**: types de navires.
2. **Olonne en Talmondois**: les Sables-d'Olonne, ville de la côte Atlantique.
3. François Rabelais reprend ici un dicton populaire et inverse la place des termes « bêtes » et « clercs ».
4. **Babin**: nom attesté d'un ou plusieurs cordonniers de Chinon.
5. **S'escarmouchant**: combattant.

En voyant ça, Gargantua y prit un bien grand plaisir, sans autrement s'en vanter, et dit à ses gens: «Je trouve beau ce.» D'où ce pays fut depuis appelé la Beauce. Mais tout leur déjeuner fut de bâiller[1]. En mémoire de quoi encore à présent les gentilshommes de Beauce déjeunent d'un bâillement[2], et ils s'en trouvent fort bien et n'en crachent que mieux.

Finalement ils arrivèrent à Paris. Il s'y rafraîchit deux ou trois jours, faisant bonne vie avec ses gens, en demandant quelles personnes savantes étaient pour lors en ville et quel vin on y buvait.

CHAPITRE 17

Comment Gargantua fit son cadeau de bienvenue aux Parisiens et comment il prit les cloches de l'église Notre-Dame

Après qu'ils se furent reposés quelques jours, il visita la ville, et tout le monde l'admira. Car le peuple de Paris est si sot, si badaud, et si inepte de nature qu'un bateleur[3], un porteur de reliques, un mulet avec ses cymbales, un joueur de vielle au milieu d'un carrefour, rassembleront plus de gens que ne ferait un bon prêcheur évangélique.

Et ils le poursuivirent de façon si importune qu'il fut contraint de se reposer sur les tours de l'église Notre-Dame. En ce lieu, et voyant tant de gens autour de lui, il dit: «Je crois que ces marroufles veulent

1. C'est-à-dire qu'ils ne déjeunent pas.
2. Jeu possible avec les idées reçues sur les paysans de la Beauce: ils sont pauvres ou avares.
3. **Bateleur**: saltimbanque.

que je leur paie ici mon droit de bienvenue et une gratification. C'est juste. Je leur vais donner un pourboire. Mais ce sera par ris[1]. »

Alors en souriant il détacha sa belle braguette et tirant son membre en l'air les compissa si énergiquement qu'il en noya 260 418. Sans compter les femmes et les enfants.

Un certain nombre d'entre eux échappèrent à cette cascade de pisse grâce à la légèreté de leurs pieds. Et quand ils furent au plus haut de la montagne de l'université, suant, toussant, crachant et hors d'haleine, ils commencèrent à blasphémer et jurer, les uns de colère, les autres par ris. « Carimari Carimara, par sainte Mamie, vous nous baignez par ris. » Voilà pourquoi la ville fut nommée Paris, elle qui auparavant se nommait Lutèce, comme le dit Strabon[2] au livre IV, c'est-à-dire Blanchette, à cause des blanches cuisses des dames du lieu.

Et pour autant que les assistants, lors de cette nouvelle imposition de nom, jurèrent chacun les saints de leur paroisse, les Parisiens, qui sont extraits de toutes sortes de nations et de toutes pièces, sont par nature et bons jureurs et bons juristes, et quelque peu vaniteux. Ce pourquoi Joaninus de Barranco, au livre *De l'abondance des saluts*[3], estime qu'ils sont dits Parrhesiens selon une forme grecque, c'est-à-dire hardis en paroles.

Cela fait, Gargantua considéra les grosses cloches qui étaient dans les tours et les fit sonner bien harmonieusement. Ce qui lui fit penser qu'elles serviraient bien de clochettes au cou de sa jument, qu'il voulait renvoyer à son père toute chargée de fromage de Brie et de harengs frais. De fait il les emporta en son logis.

---

1. **Par ris** : pour rire.
2. **Strabon** (Ier siècle av. J.-C.-Ier siècle ap. J.-C.) : géographe grec. Il évoque Lutèce dans *Géographie, IV*.
3. Auteur et titre inventés par François Rabelais.

Pendant ce temps, un commandeur jambonnier de Saint-Antoine[1] passa pour faire sa quête porcine, qui, pour se faire entendre de loin et faire trembler le lard dans les garde-manger, voulut les emporter en cachette. Mais il les laissa poliment, non parce qu'elles lui brûlaient les doigts, mais parce qu'elles étaient un peu trop lourdes à porter. Il ne s'agit pas de celui de Bourg, qui est trop de mes amis.

Toute la ville fut mise en sédition, car vous savez que les Parisiens le sont si facilement que les nations étrangères s'étonnent de la patience des rois de France, qui ne les arrêtent pas par bonne justice, vu les inconvénients qui en sortent de jour en jour. Plût à Dieu que je sache dans quel atelier sont forgés ces schismes[2] et complots pour les dénoncer publiquement aux confréries de ma paroisse. Croyez que le lieu où se rassembla le peuple tout agité et désordonné fut l'hôtel de Nesle, où était alors – maintenant il n'y est plus – l'oracle[3] de Lutèce. Là fut exposée la situation, et remontré l'inconvénient que les cloches aient été transportées.

Après avoir bien ergoté[4] pour et contre, il fut conclu en cinquième figure du syllogisme[5] que l'on enverrait le plus vieux et le plus compétent docteur de la faculté de théologie vers Gargantua, pour lui remontrer l'horrible inconvénient de la perte de ces cloches. Et nonobstant la protestation de certains de l'université qui alléguaient que cette charge conviendrait mieux à un orateur qu'à un sophiste, on élut à cette affaire notre maître Janotus de Bragmardo.

---

1. Commandeur jambonnier de Saint-Antoine: membre d'un ordre religieux. Saint Antoine est traditionnellement représenté avec un cochon, et on pensait que les membres de cet ordre avaient le pouvoir de guérir les cochons, ce qui explique le terme «jambonnier».

2. Schismes: conflits qui aboutissent à la séparation d'un groupe.

3. Oracle: sous l'Antiquité, divinité à qui l'on peut poser des questions. Il s'agit peut-être ici d'une statue d'Isis, abattue par un évêque au début du XVIe siècle.

4. Ergoté: débattu en discutant de chaque point.

5. Syllogisme: raisonnement structuré.

CHAPITRE 18

Comment Janotus de Bragmardo fut envoyé pour reprendre les grosses cloches sur Gargantua

Maître Janotus, tondu comme un Jules César, vêtu de son capuchon à l'antique, et l'estomac bien protégé de cotignac[1] au four et d'eau bénite de cave, se transporta au logis de Gargantua, poussant devant lui un attelage de trois ou quatre bedeaux[2] à rouges museaux, et traînant après lui cinq ou six maîtres ès lèse-arts bien crottés abondamment.

Ponocratès les rencontra à l'entrée ; les voyant ainsi déguisés, il pensait que c'étaient quelques masques hors de leur bon sens. Puis il s'enquit auprès d'un quelconque desdits maîtres ès arts de ce que cherchait cette mascarade ? Il lui fut répondu qu'ils demandaient que les cloches leur soient rendues.

Dès qu'il eut entendu ce propos, Ponocratès courut annoncer la nouvelle à Gargantua, afin qu'il prépare la réponse et délibère sur-le-champ de ce qu'il fallait faire. Gargantua, averti du cas, appela à part Ponocratès son précepteur, Philotome son maître d'hôtel, et Eudémon, et discuta rapidement avec eux de ce qu'il fallait faire et de ce qu'il fallait répondre.

Tous furent d'avis qu'on les menât au cabinet des gobelets, et que là on les fît boire à la campagnarde, et afin que ce tousseux ne se gonfle pas de vaine gloire parce que les cloches auraient été rendues à sa requête, on allât chercher pendant qu'il chopinait le prévôt de la ville, le recteur de la Faculté, le vicaire de l'Église, auxquels on rendrait les cloches avant que le sophiste ait exécuté sa mission. Après cela, en leur présence, on écouterait la belle harangue[3].

1. **Cotignac**: compote de coings.
2. **Bedeaux**: employés des églises.
3. **Harangue**: discours argumenté, qui doit produire un effet sur l'auditoire.

Ce qui fut fait, et les susdits arrivés, le sophiste fut introduit dans la grande salle et commença en toussant ce qui s'ensuit.

CHAPITRE 19

La harangue que fit Janotus de Bragmardo à Gargantua pour reprendre les cloches

« Ehen, hen, hen, b'jour, monsieur. B'jour, et à vous messieurs. Ce ne serait que bon de nous rendre les cloches. Car nous en avons bien besoin. Hen, hen, hen, hasch. Nous en avons autrefois refusé du bon argent à ceux de Londres en Cahors et aussi nous l'avions fait de ceux de Bordeaux en Brie[1] qui voulaient les acheter pour la substantifique qualité de la complexion de leurs éléments, qui est introduite dans la forme terrestre de leur nature d'espèce "cloche", pour exterritorialiser les halos[2] et les tourbillons de dessus nos vignes – en fait pas les nôtres, mais celles pas loin. Car si nous perdons le vin, nous perdons tout, et sens et loi. Si vous nous les rendez à ma requête, je gagnerai six pans de saucisses et une bonne paire de chausses, qui me feront grand bien à mes jambes, sauf s'ils ne tiennent pas leur promesse. Oh, de par Dieu, seigneur, une paire de chausses est un bien. Et l'homme sage ne crache pas dessus. Ah ah, n'a pas paire de chausses qui veut. Je le sais bien en ce qui me concerne. Avisez, seigneur, il y a huit jours que je suis à tournicoter cette belle harangue. Rendez à César ce qui est à César, et à Dieu ce qui est à Dieu[3]. C'est là qu'est l'os.

1. Londres en Cahors, Bordeaux en Brie: petites communes françaises.
2. Halos: lueurs. La phrase est à comprendre en lien avec la croyance selon laquelle les cloches peuvent chasser les orages.
3. Maxime biblique.

Par ma foi, seigneur, si vous voulez souper avec moi, dans le logement de par Dieu de la charité chrétienne, nous ferons bonne chèrubine[1]. J'ai tué un cochon, et moi j'ai du bon vin. Mais du bon vin on ne peut pas faire du mauvais latin.

Or sus, de la part de Dieu, donnez-nous nos cloches. Tenez, je vous donne de par la faculté un recueil de sermons d'Utino[2], que plaise au ciel que vous nous bailliez nos cloches. Voulez-vous aussi des pardons ? Par Dieu, vous en aurez et vous ne les paierez pas.

Ô monsieur seigneur, clochez-nous. Vraiment, c'est le bien de la ville. Tout le monde s'en sert. Si votre jument s'en est trouvée bien, notre faculté aussi, qui a été comparée aux juments ignorantes, et a été faite semblable à elles, voir je ne sais plus quel psaume, pourtant je l'avais bien noté sur mon papier, et c'est l'Achille[3] des arguments. Hen, hen, ehen, hasch.

Çà, je vous prouve que vous devez me les donner. Moi j'argumente ainsi.

Toute cloche clochante qui doit clocher dans un clocher clochant par le clochatif doit faire clocher clochantement les clochants. Paris a des cloches. Donc gluc. Ah Ah Ah ! c'est parlé, ça. Mon syllogisme est en troisième ou quatrième figure ou ailleurs. Par mon âme, j'ai vu le temps que j'arguais comme un diable. Mais à présent je ne fais plus que rêver. Et il ne me faut plus dorénavant que bon vin, bon lit, le dos au feu, le ventre à table, et une écuelle bien profonde.

Ahiii seigneur, je vous prie au nom du Père et du Fils et du Saint-Esprit, amen, que vous rendiez nos cloches, et que Dieu vous garde de mal et Notre- Dame de santé, qui vit et règne par tous les siècles des siècles, amen. Hen hen, hasch hasch hasch grenenhasch.

Il est vrai en effet certes quand évidemment sans doute par Pollux quoique oui certes mon Dieu juste, une ville sans cloches est

1. Jeu avec l'expression « faire bonne chère », bien manger, et le mot « chérubin », ange.
2. Les sermons de Léonard d'Udine, prédicateur italien du XVe siècle, étaient très populaires au XVIe siècle.
3. **C'est l'Achille des arguments** : c'est un argument invincible.

comme un aveugle sans bâton, un âne sans croupière, et une vache sans cloche à vache. Jusques à ce que vous nous les ayez rendues, nous ne cesserons de crier après vous, comme un aveugle qui a perdu son bâton, de brailler comme un âne sans croupière et de bramer comme une vache sans cloche à vache.

Un quidam[1] latinisateur, qui demeurait près de l'Hôtel-Dieu, dit une fois, alléguant l'autorité d'un certain Tamponus – je me trompe, c'est Pontanus, un poète mondain –, qu'il désirait qu'elles soient en plume et le battant en queue de renard, parce qu'elles lui engendraient la colique aux tripes du cerveau quand il composait ses vers versifiés. Mais nac petetin petetac, ricque, torche lorgne, il fut déclaré hérétique. Nous les faisons d'un coup de main, et plus n'en dit le discourant. Allez et applaudissez. J'ai signé, Calepinus, Fin. »

CHAPITRE 20

Comment le sophiste emporta son drap, et comment il eut un procès avec tous les autres docteurs de l'université

Le sophiste n'eut pas plutôt achevé que Ponocratès et Eudémon s'esclaffèrent si profondément qu'ils crurent rendre leur âme à Dieu, ni plus ni moins que Crassus en voyant un âne couillard[2] qui mangeait des chardons, et comme Philémon en voyant un âne qui mangeait des figues qu'on avait apprêtées pour le dîner en mourut à force de rire ; avec eux, maître Janotus commença à rire, à qui mieux mieux, si bien que les larmes leur venaient aux yeux à cause

1. Un quidam : une certaine personne.
2. Couillard : dont on voit les testicules.

du fort ébranlement de la substance du cerveau, de laquelle furent pressées ces humidités lacrymales qui découlèrent le long des nerfs optiques. En quoi ils représentaient Démocrite le rieur héraclitisant et Héraclite[1] le pleureur démocritisant.

Ces rires une fois calmés, Gargantua consulta avec ses gens sur ce qu'il fallait faire. Là Ponocratès fut d'avis qu'on fasse reboire ce bel orateur. Et puisqu'il leur avait donné du passe-temps et les avait fait plus rire que ne l'eût fait le bateleur Songecreux, qu'on lui donne les dix chapelets de saucisses mentionnés dans sa magnifique harangue, avec une paire de chausses, 3 cents de bûches épaisses, 25 muids de vin, un lit à trois couches de plumes d'oie, et une écuelle de belle capacité et profonde, qu'il disait être nécessaires à sa vieillesse.

Le tout fut fait comme il avait été délibéré. Excepté que Gargantua, doutant qu'on trouve immédiatement des chausses commodes pour ses jambes, doutant aussi du modèle qui irait le mieux à l'orateur, ou à la martingale (avec un pont-levis au cul pour pouvoir plus aisément fienter[2]), ou à la marinière pour mieux soulager ses reins, ou à la suisse pour tenir chaud à la bedondaine, ou à queue de merlu[3] de peur d'échauffer les reins, lui fit donner sept aunes de drap noir et trois de blanchet pour la doublure. Le bois fut porté par des hommes de peine, les maîtres ès arts portèrent les saucisses et l'écuelle. Maître Janot voulut porter le drap.

Un desdits maîtres, nommé maître Josse Bandouille, lui remontrait que ce n'était pas honnête ni décent pour son état, et qu'il le donne à porter à l'un d'entre eux.

---

1. **Démocrite ; Héraclite** (V^{e}-IVe siècle av. J.-C.) : philosophes grecs ; le premier est connu pour être un rieur, le second se distingue par son esprit de sérieux.
2. **Fienter** : déféquer.
3. **Martingale, marinière, à la suisse, queue de merlu** : différents types de chausses. Les martingales comportent un rabat à l'arrière ; les marinières sont larges et bouffantes, les suisses sont rembourrées au niveau de la ceinture et les queues de merlu sont fendues.

« Ah, dit Janotus, Baudet, Baudet, tu ne conclus pas selon les règles. Voilà à quoi servent les propositions hypothétiques et les petits exercices de logique. Étoffe se rapporte à quoi ?

– En général et par distribution.

– Je ne te demande pas, dit Janotus, de quelle manière le mot se rapporte aux choses, mais pour qui ; et c'est, baudet, pour mes tibias. Et c'est pourquoi je le porterai, moi je, comme la supposition porte l'apposition. »

Ainsi il l'emporta en tapinois, comme Pathelin[1] remporte son drap.

La meilleure fut quand le tousseux, glorieusement, en pleine séance chez les Mathurins, demanda ses chausses et saucisses. Car elles lui furent péremptoirement déniées, pour autant qu'il les avait reçues de Gargantua, selon les enquêtes faites à ce sujet. Il leur remontra que ce don avait été de gratification et selon sa libéralité, cas par lequel eux n'étaient pas libérés de leur promesse.

Ce nonobstant ils lui répondirent de se satisfaire de cette raison et qu'il n'en aurait pas d'autre bribe.

« Raison ? dit Janotus, nous ne l'utilisons pas ici ! Traîtres, misérables, vous êtes des vauriens. La terre ne porte pas de gens plus méchants que vous. Je sais, je sais, ne donnez pas une leçon de clocherie à un boiteux. J'ai exercé la méchanceté avec vous. Par la rate de Dieu, j'avertirai le roi des énormes abus que vous forgez ici, par vos mains, par vos intrigues. Que j'attrape la lèpre s'il ne vous fait pas tous brûler vifs comme sodomites, traîtres, hérétiques et pervertisseurs, ennemis de Dieu et de vertu. »

À ces mots, ils prirent des arrêts contre lui. Lui de l'autre côté les fit convoquer en justice. Total, le procès fut retenu par la cour et y est encore. Les maîtres firent vœu de ne pas se décrotter, et

---

1. **Pathelin** : allusion à *La Farce de maître Pathelin*, pièce anonyme du XVe siècle. À la scène 1, le personnage vole une pièce de tissu, ce qui déclenche une série de péripéties.

maître Janot de ne pas se moucher, jusqu'à ce qu'il fût décidé par arrêt définitif.

Conséquence, ils sont jusqu'à aujourd'hui demeurés crottés et morveux, car la cour n'a pas encore bien épluché toutes les pièces. L'arrêt sera donné aux prochaines calendes grecques. C'est-à-dire jamais. Car vous savez qu'ils font plus que la Nature et contre leurs règlements propres. Les règlements de Paris chantent que Dieu seul peut faire les choses infinies, et que Nature ne fait rien que mortel, car elle met fin et cycle à toutes les choses qu'elle a produites. Car « tout ce qui naît meurt », etc. Mais ces avaleurs de brouillards font les procès qui passent devant eux et infinis, et immortels. Grâce à quoi ils ont vérifié l'adage de Chilon de Lacédémone[1] consacré à Delphes, qui dit que misère est compagne de procès, et les plaideurs[2] misérables. Car ils voient plus tôt la fin de leur vie que l'aboutissement du droit qu'ils réclament.

---

1. **Chilon de Lacédémone** (VIIe siècle av. J.-C.) : philosophe grec, auquel on attribue des adages, préceptes formulés dans de brèves expressions frappantes. Il serait l'auteur du « Connais-toi toi-même » inscrit au fronton du temple d'Apollon à Delphes.
2. **Plaideurs** : ceux qui portent une affaire devant la justice.

CHAPITRE 21

Les études de Gargantua selon la discipline de ses précepteurs sophistes

Les premiers jours ainsi passés et les cloches remises à leur place, les citoyens de Paris, pour remercier de cette bonne manière, s'offrirent à entretenir et nourrir sa jument tant qu'il lui plairait, ce que Gargantua agréa, et ils l'envoyèrent dans la forêt de Bièvre. Je crois qu'elle n'y est plus maintenant.

Cela fait, il voulut étudier de toute son intelligence selon les choix de Ponocratès. Mais Ponocratès ordonna qu'il fasse au commencement selon sa manière accoutumée, afin de voir par quels moyens ses anciens précepteurs l'avaient rendu si sot, niais et ignorant.

Il répartissait donc son temps de telle façon qu'ordinairement il s'éveillait entre huit et neuf heures, qu'il fasse jour ou non, comme l'avaient prescrit ses vieux régents[1], alléguant David : « Il est vain de se lever avant la lumière[2]. »

Puis il gambadait, tourniquait, et se vautrait au milieu du lit quelque temps, pour mieux réjouir ses esprits animaux et s'habillait selon la saison, mais il portait volontiers une grande et longue robe de gros tissu de Frise fourré de renard. Après il se peignait du peigne d'Almain, c'est-à-dire des quatre doigts et du pouce. Car ses précepteurs disaient que se peigner, laver, et nettoyer autrement, c'était perdre son temps en ce monde.

Puis il fientait, pissait, vomissait, rotait, pétait, bâillait, crachait, toussait, hoquetait, éternuait et se mouchait en archidiacre, et il déjeunait pour combattre la rosée et le mauvais air : de belles tripes frites, de belles carbonnades, de beaux jambons, belles grillades et force grosses tartines.

---

1. **Régents** : précepteurs, éducateurs.
2. Extrait du psaume 126, dont l'auteur serait, selon l'Ancien Testament, le roi David.

Ponocratès lui faisant remarquer qu'il ne devait pas se nourrir aussi vite au sortir de son lit sans avoir fait quelque exercice, Gargantua répondit: « Quoi ? je n'ai pas fait un exercice suffisant? Je me suis vautré six ou sept tours au milieu du lit avant de me lever. Ce n'est pas assez? Le pape Alexandre VI faisait ça selon le conseil de son médecin juif, et il vécut jusqu'à sa mort, en dépit de ses ennemis. Mes premiers maîtres m'y ont accoutumé, en me disant que le déjeuner faisait la mémoire bonne et donc ils y buvaient les premiers. Je m'en trouve très bien, et n'en dîne que mieux. Et maître Thubal (qui était premier à l'examen de licence à Paris) disait que ce n'est pas le tout de courir vite, mais qu'il faut partir à point, aussi n'est-ce pas le bon régime de santé de notre humanité que de boire à tas, à tas, à tas, comme des canes, mais bien de boire matin. D'où les vers:

Lever matin n'est point bon heur
Boire matin est le meilleur.

Après avoir bien à point déjeuné, il allait à l'église, et on lui portait dans un grand panier un gros bréviaire emmitouflé, qui pesait tant en graisse qu'en fermoirs et parchemin plus ou moins onze quintaux six livres. Là il entendait vingt-six ou trente messes ; pendant ce temps venait son diseur de prières attitré, emballé comme une huppe et ayant très bien antidoté son haleine à force de sirop de vignoble. Avec lui il marmonnait toutes ces Kyrielles[1] et les épluchait si soigneusement qu'il n'en tombait un seul grain par terre.

En sortant de l'église on lui amenait sur un chariot à bœufs une masse de gros chapelets de Saint-Claude, chaque grain aussi gros que le moule d'un bonnet, et en se promenant dans les cloîtres, il en disait plus que seize ermites.

Puis il étudiait quelque méchante demi-heure, les yeux posés sur son livre, mais (comme dit Térence) son âme était en cuisine.

---

1. **Kyrielles**: litanies religieuses.

Pissant donc un plein pot, il s'asseyait à table. Et comme il était flegmatique par nature, il commençait son repas par quelques douzaines de jambons, de langues de bœuf fumées, de caviar, d'andouilles et tels autres avant-coureurs du vin.

Cependant quatre de ses gens lui jetaient dans la bouche l'un après l'autre en continu de pleines palerées[1] de moutarde ; puis il buvait un horrifique trait de vin blanc, pour se soulager les reins. Après il mangeait selon la saison des nourritures à son appétit, et il cessait de manger quand la peau de son ventre était bien tendue.

De boire, il n'y avait pas de fin, ni de règle. Car il disait que les limites et les bornes de boire étaient atteintes quand on voyait enfler d'un demi-pied le liège des pantoufles du buveur.

CHAPITRE 22

Les jeux de Gargantua

Puis en grignotant un morceau d'action de grâces[2], il se lavait les mains de vin frais, se curait les dents avec un pied de porc, et bavardait joyeusement avec ses gens ; puis le tapis vert sur la table on déployait force cartes, force dés, force renfort de tabliers[3]. Là ils jouaient[4] :

Au flux
À la prime
À la vole

---

1. **Palerées**: pelletées, avalanches.
2. **Action de grâces**: prière réalisée après manger.
3. **Tabliers**: plateaux de jeux d'échecs ou de dames.
4. La liste qui suit comporte des jeux attestés du XVIe siècle, d'autres sont inconnus aujourd'hui ou leur nom est fantaisiste. Les termes entre crochets sont des notes de l'autrice de la translation en français moderne.

À la pille
À la triomphe
À la picardie
Au cent [au piquet]
À l'épinet
À la malheureuse
Au fourbi
À la passe à dix
Au trente et un
À pair et suite
À trois cents
Au malheureux
À la condamnade
À tourne une carte
Au malcontent
Au lansquenet
Au cocu
À parle qui a
À pille, naque, joque, fore
Au mariage
Au geai
À l'opinion
À qui fait l'un fait l'autre
À la suite
Aux luettes
Aux tarots
À coquimbert qui gagne perd
Au trompé
À tourment
À la ronfle
Au glic [au poker]
Aux honneurs
À la mourre
Aux échecs

Au renard
Aux marelles
Aux vaches
À la loterie
À la chance
À trois dés
Aux tables
À la nicnoque
Au lourche [au trictrac]
À la renette
Au barignin
Au trictrac
À toutes tables
À tables rabattues
À jarnidieu
Au forcé
Aux dames
À la grimace
À premier second
Au pied du couteau
Aux clés
Au franc du carreau
À pair ou impair
À pile ou face
Aux martres [aux osselets normands]
Aux pingres [aux osselets angevins]
À la bille
À la savate
Au hibou
Au chéri du lièvre
À la tirelitantaine
À cochonnet va devant
Aux pies
À la corne

Au bœuf violé
À la chouette
À pince sans rire
À picoter
À déferrer l'âne
À la iautru
À bourri bourri zou
À je m'assieds
À la barbe d'oribus
À la bousquine
À tire la broche
À la boute-foire
À compère prêtez-moi votre sac
À la couille de bélier
À boute-hors
À la figue de Marseille
À la mouche
À l'archer tru
À écorcher le renard [vomir ?]
À la ramasse [au traîneau ?]
Au croc madame
À vendre l'avoine
À souffler le charbon
Aux réponses
À juge vif, juge mort
À tirer les fers du four
Au vilain s'y trompe
Aux petits cailloux
Au bossu aulican
À saint trouvé
À pince morille
Au poirier
Au pimponnet [aux coups de pied au cul]
Au triori [à la danse bretonne]

Au cercle
À la truie [au croquet]
Au ventre contre ventre
Aux trous
À la baguette
Au palet
Au j'en suis
Au fouquet [à l'écureuil, à la petite bête qui monte]
Aux quilles
Au rapeau [quilles]
À la boule plate
À la flèche
Au pique à Rome
À rongemerde
À angenart
À courte boule
Au volant
À la recoquillette
Au casse-pot
À montalent
À la pirouette
Aux jonchets
Au court bâton
Au pirevollet
À cligne-musette
Au piquet
À la loterie
Au furet
À la poursuite des billes
Au châtelet
À la rangée
À la fossette
À la toupie
À la toupie fouettée

Au moine
Au tenebri
À l'ébahi
À la soule
À la navette
À fessart
Au balai
À saint Côme je te viens adorer
À scarabée le brun
À je vous prends sans vert
À bien et beau s'en va en carême
Au chêne fourchu
À cheval fondu
À la queue leu leu
Au pet en gueule
À Guillemin donne-lui ma lance
À la balançoire
Au treseau
Au bouleau
À la mouche
À la migne migne bœuf
À question réponse
À neuf mains
À colin-maillard
Au pont qui tombe
À colin bridé
Au corbeau
Au cocquantin
À colin-maillard
À mirelimoufle
Au mouchard
Au crapaud
À la crosse
Au piston

Au bilboquet
Aux reines
Aux métiers
À tête bêche
Au pinot
À male mort
Aux gifles
À laver la coiffe madame
Au tamis
À semer l'avoine
À briffaut
Au moulin
À je défends
À la virevolte
À la bascule
Au laboureur
Au hibou
Aux pailles enragées
À la bête morte
À monte monte l'échelle
Au pourceau mort
À cul salé
À pigeon vole
Au troisième
À saute fagot
À saute buisson
À croiser
À cache-cache
À la maille bourse en cul
Au nid de la buse
Au passavant
À la figue
Aux pétarades
À pile-moutarde

À cambos
À la rechute
Au picandeau
À croque-tête
Au corbeau
À la grue
À taille-coup
Aux nasardes
Aux alouettes
Aux chiquenaudes.

Après avoir bien joué, tamisé, passé et bluté[1] le temps, il convenait de boire quelque peu, c'est-à-dire une soixantaine de litres par homme, et aussitôt après de banqueter, c'est-à-dire s'étendre sur un beau banc ou un beau plein lit, et dormir deux ou trois heures sans penser à mal ni médire.

À son réveil, il remuait un peu les oreilles, cependant on apportait du vin frais, et il buvait mieux que jamais.

Ponocratès lui remontrait que c'était un mauvais régime de boire ainsi après dormir. « C'est, répondit Gargantua, la vraie vie des pères. Car de ma nature je dors salé, et dormir équivaut pour moi à autant de jambon. »

Puis il commençait à étudier quelque peu, et en avant les patenôtres, et pour mieux les expédier en forme il montait sur une vieille mule qui avait servi neuf rois ; ainsi marmottant de la bouche et dodelinant de la tête, il allait voir prendre quelque lapin aux filets.

Au retour il se transportait en la cuisine pour savoir quel rôti était sur la broche.

Et il soupait très bien, par ma conscience, et conviait volontiers quelques buveurs de ses voisins, avec lesquels buvant à qui mieux mieux ils se racontaient des histoires, des vieilles jusqu'aux nouvelles.

---

1. **Bluté** : au sens propre, ayant fait passer la farine dans un blutoir, sorte de tamis.

Entre autres, il avait pour familiers les seigneurs du Fou, de Gourville, de Grignault et de Marigny.

Après souper arrivaient les beaux évangiles de bois, c'est-à-dire force tabliers de jeu ; ou le beau flux, un, deux, trois, ou en risquant tout pour abréger ; ou alors ils allaient voir les garces[1] d'alentour, et petits banquets au milieu des collations et arrière-collations. Puis il dormait sans débrider jusqu'au lendemain huit heures.

CHAPITRE 23

Comment Gargantua fut éduqué par Ponocratès en telle discipline qu'il ne perdait aucune heure du jour

Quand Ponocratès connut la vicieuse manière de vivre de Gargantua, il résolut de l'éduquer aux Lettres, mais les premiers jours il la toléra, considérant que la nature ne supporte pas les changements soudains sans une grande violence.

Donc pour mieux commencer son travail, il supplia un savant médecin de ce temps nommé maître Théodore de voir s'il était possible de remettre Gargantua dans une meilleure voie. Il le purgea[2] selon les règles avec de l'hellébore[3] d'Anticyre, et par ce médicament lui nettoya toute l'altération et la perverse disposition du cerveau. Par ce moyen aussi Ponocratès lui fit oublier tout ce qu'il avait appris sous ses antiques précepteurs, comme Thimotée le faisait à ses élèves qui avaient été instruits sous d'autres musiciens.

1. **Garces** : ici, jeunes filles.
2. **Le purgea** : le débarrassa de ce qui l'encombrait.
3. **Hellébore** : plante médicinale, aux qualités purgatives.

Pour mieux réussir, il l'introduisait dans les compagnies de gens savants du pays, à l'émulation desquels lui grandissent l'esprit et le désir d'étudier autrement et de se faire valoir.

Ensuite il le mit à tel train d'études qu'il ne perdait aucune heure du jour, mais emplissait tout son temps dans les Lettres et le savoir honnête.

Gargantua s'éveillait donc vers quatre heures du matin. Pendant qu'on le frottait, on lui lisait quelque page de l'Écriture sainte à voix haute et clairement avec la prononciation qui convenait à la matière, et ce rôle était confié à un jeune page natif de Basché nommé Anagnoste. Selon le propos et le sujet de cette leçon, souvent il s'adonnait à révérer, adorer, prier et supplier le bon Dieu, dont la lecture montrait la majesté et le jugement merveilleux.

Puis il allait au privé[1] vider les résidus naturels ; là son précepteur répétait ce qui avait été lu, lui expliquant les points les plus obscurs et les plus difficiles.

En revenant ils observaient l'état du ciel, s'il était comme ils l'avaient noté le soir précédent, en quels signes entraient le soleil et aussi la lune pour cette journée.

Ce fait Gargantua était habillé, peigné, frisé, arrangé et parfumé, et pendant ce temps on lui répétait les leçons du jour précédent. Lui-même les disait par cœur, et y appliquait quelques cas pratiques et concernant l'état des hommes, analyses qu'ils étendaient parfois jusqu'à deux ou trois heures, mais ordinairement ils arrêtaient lorsqu'il était complètement habillé.

Puis par trois bonnes heures on lui faisait lecture.

Ce fait, ils sortaient, toujours discutant du sujet de la lecture, puis se déplaçaient au jeu de paume[2] de Bracque ou dans les prés et jouaient à la balle, à la paume, à la balle à trois, exerçant élégamment les corps comme ils avaient auparavant exercé les âmes.

---

1. **Au privé** : aux toilettes.
2. **Jeu de paume** : salle d'exercice où l'on pratique les ancêtres des sports de raquette.

Tout leur jeu était libre, car ils laissaient la partie quand cela leur plaisait et s'arrêtaient ordinairement lorsqu'ils suaient ou étaient fatigués. Ils étaient donc très bien essuyés, frottés, ils changeaient de chemise, et en se promenant doucement allaient voir si le dîner était prêt. Là, en attendant, ils récitaient clairement et éloquemment quelques sentences retenues de la leçon.

Cependant monsieur l'appétit venait et ils s'asseyaient à table au bon moment.

Au commencement du repas, on leur lisait quelque histoire plaisante des anciens hauts faits, jusqu'à ce qu'il ait pris son vin. Alors, si bon lui semblait on continuait la lecture, ou ils commençaient à deviser[1] joyeusement ensemble, parlant (pour les premiers mois) des vertus, propriétés, effets et nature de tout ce qui leur était servi à table. Du pain, du vin, de l'eau, du sel, des viandes, poissons, fruits, herbes, racines, et de toutes leurs préparations. En faisant cela il apprit en peu de temps tous les passages qui touchent ce sujet chez Pline, Athénée, Dioscoride, Julius Pollux, Galien, Porphyre, Oppien, Polybe, Héliodore, Aristote, Élien[2], et autres. Ils faisaient souvent, pour être plus sûrs, apporter les susdits livres à table. Et il retint si bien et complètement dans sa mémoire ce qui était dit, qu'aucun médecin d'alors ne savait la moitié de ce qu'il savait.

Après, ils discutaient des leçons lues le matin et ils terminaient leur repas par quelque dessert à base de confiture de coings, se nettoyaient les dents avec un brin de lentisque, se lavaient les mains et les yeux de belle eau fraîche, et rendaient grâce à Dieu par quelque beau cantique fait à la louange de la générosité et de la bonté divines. Ce fait, on apportait des cartes, non pour jouer, mais pour y apprendre mille petites gentillesses et inventions nouvelles, qui toutes venaient de l'arithmétique.

---

1. **Deviser**: discuter.
2. Ensemble de philosophes, poètes, historiens, médecins, naturalistes et érudits de l'Antiquité, appréciés des humanistes.

De cette manière, il prit de l'intérêt à cette science des nombres et tous les jours après dîner et après souper il y passait le temps aussi plaisamment qu'il en prenait d'habitude aux dés et cartes. Si bien qu'il sut d'elle et la théorique et la pratique, si bien que l'Anglais Tunstall[1], qui en avait amplement écrit confessa qu'en comparaison de lui, il n'y comprenait que du baragouin[2].

Et non seulement de celle-là, mais des autres sciences mathématiques, comme géométrie, astronomie et musique. Car en attendant la digestion de sa nourriture, ils faisaient mille joyeux instruments et figures géométriques, et de même pratiquaient les tables d'astronomie. Après ils se distrayaient à chanter la musique à quatre ou cinq parties, ou sur un thème en improvisation de voix.

Pour les instruments de musique, il apprit à jouer du luth, de l'épinette[3], de la harpe, de la flûte allemande ou à neuf trous, de la viole et de la sacquebute[4].

Une heure ainsi employée, la digestion parachevée, il se purgeait des excréments naturels. Puis se remettait à son étude principale trois heures ou davantage, tant à répéter la lecture du matin qu'à poursuivre le livre entrepris et aussi à écrire et bien dessiner et former les lettres antiques et romaines.

Ce fait, ils sortaient de leur hôtel[5] avec un jeune gentilhomme de Touraine nommé l'écuyer Gymnaste, qui leur montrait l'art de chevalerie.

Il changeait de vêtements, montait sur un coursier, sur un roussin, sur un genet, sur un cheval barbe, cheval léger, et lui donnait cent courses, le faisant voltiger en l'air, franchir un fossé, sauter une palissade, tourner serré dans un cercle, tant à droite qu'à gauche.

---

1. **Cuthbert Tunstall** (1474-1559): évêque anglais auteur d'un traité de mathématiques.
2. **Du baragouin**: une langue incompréhensible.
3. **Épinette**: instrument à cordes pincées, proche du clavecin.
4. **Sacquebute**: instrument à vent, proche du trombone.
5. **Hôtel**: logis.

Là, on ne pouvait pas dire qu'il rompe la lance[1]. Car c'est la plus grande absurdité du monde de dire «j'ai rompu dix lances en tournoi, ou en bataille»: un charpentier le ferait bien. Mais c'est une gloire digne d'éloge d'avoir abattu d'une lance dix de ses ennemis.

Donc de sa lance droite, solide et raide, il rompait une porte, enfonçait une armure, renversait un arbre, perçait un anneau, enlevait une selle d'armes, un haubert[2], un gantelet[3].

Il faisait le tout armé de pied en cap. Pour ce qui était du pas de parade et de faire les petites acrobaties sur un cheval, nul ne le fit mieux que lui. Le voltigeur de Ferrare[4] n'était qu'un singe en comparaison. Il avait particulièrement appris à sauter rapidement d'un cheval sur l'autre sans toucher terre – et on nommait ces chevaux « de voltige » –, et à monter de chaque côté sans étriers et la lance au poing, et à guider son cheval sans bride. Car telles choses servent à l'art militaire.

Un autre jour il s'exerçait à la hache qu'il coulait si bien, resserrait si bien sur tous les coups de pointe, descendait si souplement en cercle, qu'il serait passé chevalier en campagne, et pour tous les exercices.

Puis il maniait la pique, brandissait l'épée à deux mains, l'épée bâtarde, l'épée espagnole, la dague et le poignard, en armure, non armé, au bouclier, à la cape, au bouclier rond.

Il courait le cerf, le chevreuil, l'ours, le daim, le sanglier, le lièvre, la perdrix, le faisan, l'outarde[5]. Il jouait au ballon et le faisait bondir en l'air aussi bien du pied que du poing.

Il luttait, courait, sautait, non d'un saut de trois pas, comme à cloche-pied, ni au saut d'allemand, car, disait Gymnaste, « tels sauts sont inutiles et d'aucune efficacité en guerre ». Mais d'un saut

1. **Qu'il rompe sa lance**: au sens propre, qu'il combattait. François Rabelais joue avec l'expression pour montrer la supériorité de Gargantua, qui ne brise pas sa lance.
2. **Haubert**: armure.
3. **Gantelet**: gant de protection pour le combat.
4. Allusion à un célèbre écuyer né à Ferrare (Italie), Cesare Fiasci (1523-1558).
5. **Outarde**: oiseau de grande taille.

il perçait un fossé, volait au-dessus d'une haie, montait six pas le long d'une muraille, et grimpait de cette façon à une fenêtre de la hauteur d'une lance.

Il nageait en eau profonde, à l'endroit, à l'envers, de côté, seulement avec les pieds, une main en l'air, avec un livre en main avec lequel il traversait la rivière de Seine sans le mouiller en tirant par les dents son manteau comme le fit Jules César, puis d'une main entrait de force dans un bateau, de là se jetait à nouveau dans l'eau la tête la première, sondait le fond, visitait le creux des rochers, plongeait aux abîmes et aux gouffres. Puis il faisait tourner ce bateau, le gouvernait, le menait vite, lentement, au fil de l'eau, à contre- courant, le retenait dans une écluse, le guidait d'une main en s'escrimant de l'autre avec un grand aviron, tendait la voile, grimpait au mât par les cordages, courait sur les vergues, ajustait la boussole, mettait les boulines[1] à contre-vent, bloquait le gouvernail.

Sortant de l'eau il montait encore tout droit la montagne et dévalait aussi librement, grimpait aux arbres comme un chat, sautait de l'un en l'autre comme un écureuil, abattait les grosses branches comme un autre Milon de Crotone[2], avec deux poignards acérés et deux poinçons solides il montait en haut d'une maison comme un rat, descendait du haut en bas avec telle disposition des membres que la chute ne le blessait jamais.

Il lançait le javelot, la barre, la pierre, la javeline, l'épieu, la hallebarde, tendait l'arc, bandait à force des reins les fortes arbalètes pour les sièges, visait à l'arquebuse sans fourche, mettait le canon sur affût, tirait au but, au perroquet[3], de bas en haut, de haut en bas, devant, de côté, en arrière comme les Parthes[4].

---

1. **Boulines** : cordes qui permettent de maintenir l'orientation de la voile.
2. **Milon de Crotone** (VIe siècle av. J.-C.) : athlète grec, vainqueur de nombreuses compétitions, à la force devenue légendaire.
3. **Perroquet** : cible en forme d'oiseau utilisée pour l'entrainement au tir.
4. **Parthes** : peuple de l'Antiquité, dont les guerriers étaient capables de tirer à l'arc en pivotant vers l'arrière sur un cheval au galop.

On lui attachait un câble depuis le haut d'une tour, et lui y montait avec les deux mains, puis dévalait si rapidement et avec une telle sûreté que vous ne feriez pas mieux dans un pré bien plat.

On lui mettait une grosse perche appuyée sur deux arbres à laquelle il se pendait par les mains et il allait et venait sans les toucher des pieds si vite qu'on n'aurait pu l'atteindre à la course.

Et pour s'exercer le thorax et le poumon, il criait comme tous les diables. Je l'entendis une fois appeler Eudémon depuis la porte Saint-Victor jusques à Montmartre. Stentor[1] n'eut jamais telle voix pendant la guerre de Troie.

Et pour fortifier les nerfs, on lui avait fait deux gros saumons[2] de plomb de chacun 8 700 quintaux, qu'il appelait ses haltères. Il les prenait par terre à chaque main et les levait au-dessus de sa tête, et il les tenait ainsi sans bouger trois quarts d'heure et plus, ce qui était une force inimitable.

Il jouait aux barres[3] avec les plus forts. Et quand il fallait marquer le point, il se tenait sur ses pieds si solidement qu'il se laissait aborder par les plus aventureux, au cas où ils le feraient bouger de sa place. Comme jadis faisait Milon.

À son imitation aussi il tenait une pomme de grenade dans sa main, et la donnait à qui la lui pourrait ôter.

Le temps ainsi employé, lui frotté, nettoyé et avec des vêtements frais, tout doucement ils retournaient et passant par quelques prés, ou autres lieux herbus, ils visitaient les arbres et les plantes, les rapprochant des livres des anciens botanistes, comme Théophraste, Dioscoride, Marinus, Pline, Nicandre, Macer et Galien, et ils en emportaient au logis à pleines mains, dont était chargé un jeune page nommé Rhizotome, avec les houes, pioches, serfouettes, bêches, tranchoirs, et autres instruments nécessaires pour bien herboriser.

---

1. **Stentor** : dans la mythologie grecque, crieur de l'armée grecque.
2. **Saumons** : ici, morceaux de plomb rectangulaires.
3. **Barres** : jeu collectif et tactique qui consiste à faire prisonniers des joueurs du camp adverse.

Arrivés au logis et pendant qu'on préparait le souper, ils répétaient quelque passage de ce qui avait été lu, et passaient à table.

Notez ici que son dîner était sobre et frugal[1], car il y mangeait seulement pour refréner les abois de l'estomac. Mais le souper était large et copieux. Car il en prenait autant qu'il en avait besoin pour s'entretenir et nourrir. Ce qui est le vrai régime prescrit par l'art de bonne et sûre médecine, bien qu'un tas de badauds médecins abrutis dans l'officine des sophistes conseillent le contraire.

Durant ce repas on continuait la leçon du dîner, tant qu'il semblait bon, le reste du temps était utilisé en propos tous cultivés et utiles.

Après avoir rendu les grâces, ils s'adonnaient à chanter musicalement, à jouer d'instruments harmonieux, ou à ces petits passe-temps qu'on prend aux cartes, aux dés et aux gobelets, et là ils demeuraient faisant grand chère, et se distrayant parfois jusqu'à l'heure de dormir ; parfois ils allaient visiter les compagnies de gens lettrés ou de gens qui avaient vu les pays étrangers.

En pleine nuit, avant que de se retirer ils allaient au lieu de leur logis le plus ouvert pour voir la disposition du ciel, et là ils notaient les comètes – s'il y en avait –, les figures, situations, aspects, oppositions et conjonctions des astres.

Puis, avec son précepteur, Gargantua récapitulait rapidement, à la mode des pythagoriciens, tout ce qu'il avait lu, vu, su, fait et entendu au cours de la journée.

Alors ils priaient Dieu le créateur en l'adorant et en proclamant leur foi envers lui, le glorifiant de sa bonté immense, et le remerciant de tout le temps passé, se recommandaient à sa divine clémence pour le temps à venir. Cela fait, ils se reposaient.

---

1. **Frugal** : simple, léger.

CHAPITRE 24

Comment Gargantua employait le temps quand il pleuvait

S'il arrivait que l'air fût pluvieux ou de mauvaise température, tout le temps d'avant dîner était employé comme de coutume, excepté qu'il faisait allumer un beau feu clair pour corriger le déséquilibre de l'air. Mais après dîner, au lieu des exercices physiques, ils restaient à la maison, et par manière de soin du corps, s'occupaient à botteler du foin, fendre et scier du bois, battre des gerbes dans la grange. Puis ils étudiaient l'art de peinture et de sculpture ; ou remettaient en usage l'ancien jeu des osselets, selon ce qu'en écrit Leonicus, et comme y joue notre bon ami Lascaris.

En y jouant, ils collectaient les passages des auteurs anciens auxquels il était fait mention de ce jeu, ou posée quelque métaphore à partir de lui. De même ils allaient aussi voir comment on étirait les métaux, ou comment on fondait l'artillerie, ou ils allaient voir les lapidaires, orfèvres et tailleurs de pierreries, ou les alchimistes et fabricants de monnaies, ou les tisseurs de haute lisse[1], les tisserands, les fabricants de velours, les horlogers, miroitiers, imprimeurs, facteurs d'orgues, teinturiers et autres telles sortes de travailleurs, et partout, en donnant le vin, ils apprenaient, et considéraient le travail et l'invention des métiers.

Ils allaient écouter les leçons publiques, les actes solennels, les répétitions, les déclamations, les plaidoyers des nobles avocats, les prédications des prêcheurs évangéliques.

Il passait par les salles et les lieux assignés à l'escrime, et là, il essayait de toutes les armes contre les maîtres, et leur démontrait par l'évidence qu'il en savait vraiment autant sinon plus qu'eux.

Et au lieu d'herboriser, ils visitaient les boutiques des pharmaciens, herboristes et apothicaires, et examinaient soigneusement

1. **Haute lisse**: tapisserie.

les fruits, racines, feuilles, gommes, semences, onguents exotiques, et aussi comment on les transformait.

Il allait voir les bateleurs, escamoteurs[1] et vendeurs de remèdes miracles, et il examinait leurs gestes, leurs ruses, leurs cabrioles et leur beau parler ; spécialement ceux qui viennent de Chauny en Picardie, car ils sont par nature grands jaseurs[2] et beaux débiteurs de balivernes en matière de singes verts.

À leur retour pour le souper, ils mangeaient plus sobrement que les autres jours, et des nourritures plus desséchantes et exténuantes, afin que le déséquilibre de l'air humide, qui se communique forcément au corps par voisinage, soit corrigé par ce moyen et ne les incommode pas, du fait qu'ils ne s'étaient pas exercés comme de coutume.

Ainsi fut éduqué Gargantua, et il continuait ce système de jour en jour, profitant comme vous savez que peut le faire un jeune homme de bon sens selon son âge, dans un tel exercice ainsi continué. Système qui au commencement semblait difficile, mais dont la continuation fut pourtant douce, légère et délectable, si bien qu'il ressemblait plus à un passe-temps de roi qu'aux études d'un écolier.

Toutefois Ponocratès pour le reposer de cette forte tension des esprits, choisissait une fois par mois quelque jour bien clair et bien serein, où ils sortaient le matin de la ville, et allaient à Gentilly, ou à Boulogne, ou à Montrouge, ou au pont de Charenton, ou à Vanves, ou à Saint-Cloud. Et là ils passaient toute la journée à faire la meilleure chère dont ils pouvaient s'aviser, raillant, plaisantant, buvant à qui mieux mieux, jouant, chantant, dansant, se vautrant en quelque beau pré, dénichant des cailles, pêchant aux grenouilles et aux écrevisses.

Et encore que la journée soit passée sans livres, elle n'était pourtant pas passée sans profit. Car dans le beau pré, ils récitaient par cœur quelque plaisant vers des *Géorgiques* de Virgile, d'Hésiode, du

---

1. **Escamoteurs** : saltimbanques.
2. **Jaseurs** : bavards.

Rustique de Politien, ils écrivaient quelques plaisantes épigrammes[1] en latin, puis ils les mettaient en balades et rondeaux en langue française.

En banquetant du vin coupé d'eau, ils séparaient l'eau comme l'enseignent Caton dans *La Vie rustique* et Pline, avec un gobelet en lierre, ils lavaient le vin dans un beau bassin d'eau, puis le retiraient avec un embout, faisaient aller l'eau d'un verre à l'autre, bâtissaient quelques petits engins automates, c'est-à-dire se mouvant par eux-mêmes.

1. **Épigrammes** : petits poèmes habilement tournés.

Arrêt sur lecture 2

Pour comprendre l'essentiel

La question de l'éducation

1 Ces onze chapitres font la satire de l'enseignement donné par les sophistes. Précisez ce qui est critiqué dans cette éducation, en vous appuyant sur les chapitres 14, 21 et 22.

2 Cette instruction a des résultats désastreux. Montrez-le en analysant les réactions de Ponocratès et d'Eudémon, situées avant et après la harangue de maître Janotus de Bragmardo (p. 84 et 87-88). Vous préciserez comment ces éléments permettent de tourner le personnage en ridicule.

3 Le modèle humaniste est présenté comme le versant opposé de cette éducation médiévale. Mettez-le en évidence en étudiant la structure du chapitre 15 et celle des chapitres 21 à 24.

Un détour comique par Paris

4 Pendant son voyage vers Paris, Gargantua explique l'origine des noms de villes et de régions par des jeux de mots. Relevez trois de ces jeux de mots et dites ce que vous pensez des étymologies proposées.

5 Le détour par Paris est l'occasion de revenir au comique lié à la condition de géant. Citez deux moments où ce comique survient et expliquez en quoi, chaque fois, il fait avancer le récit.

6 La harangue de maître Janotus de Bragmardo, qui est saoul, est complètement décousue. Comparez-la aux propos des bien ivres (chapitre 5).

Une satire de toute la société

7 À plusieurs reprises, le narrateur fait la satire du peuple de Paris dans le chapitre 17. Précisez les points sur lesquels il insiste.

8 Le narrateur fait aussi la satire de la justice. Prouvez-le en vous appuyant sur des éléments précis du texte.

9 Les personnages sont complexes ; c'est notamment le cas de Gargantua et de Grandgousier. Dites, dans ces onze chapitres (14 à 24), en quoi ils peuvent aussi bien être sujets de critiques que d'éloges.

✔ *Rappelez-vous !*

• À l'époque de François Rabelais, **le modèle éducatif dominant vient de l'époque médiévale** : il vise l'apprentissage, par le biais de leçons et de **formules apprises par cœur**, de la Bible et de la **scolastique**, discipline grâce à laquelle, potentiellement, l'éloquence permet de tout justifier. À ce modèle s'oppose le modèle d'éducation auquel les **humanistes** réfléchissent : celui-ci est fondé sur **l'esprit critique** de l'élève, créatif, récréatif et complet.

• La **satire** est un registre par lequel un auteur, sur un **ton souvent comique ou ironique**, dénonce des aspects de la société. François Rabelais l'utilise beaucoup, dans ses différents récits, et c'est ce qui fait de lui un **auteur engagé**.

Vers l'oral du Bac

Explication linéaire 1 : La dispute rhétorique
(p. 77-78, l. 24-43).

➜ *En quoi ce texte questionne-t-il ce qu'est une bonne éducation ?*

Conseils pour la lecture à voix haute

– Prononcez les énumérations posément, afin de faire ressortir l'éloge que le narrateur fait d'Eudémon.

– Analysez la structure du texte : insistez sur les connecteurs logiques utilisés par le narrateur pour montrer la solide structure du discours d'Eudémon, et marquez une pause nette aux moments opportuns (juste avant le paragraphe final, notamment).

Explication linéaire du texte

Introduction

La question de l'éducation est au cœur du mouvement humaniste ; si Érasme s'est demandé, dans un de ses traités, quelle éducation il convient de donner à un jeune prince chrétien, François Rabelais interroge également ce thème dans *Gargantua*. En effet, contrairement aux romans de chevalerie qui passent assez brièvement sur l'enfance des personnages, il est ici longuement question de l'enfance de Gargantua, et en particulier de sa formation. Avant le passage étudié, Grandgousier a choisi de confier son fils à un docteur sophiste, au nom ridicule : Thubal Holopherne. Mais, après le chapitre 14, qui décrit avec une grande précision le programme éducatif de celui-ci, le chapitre 15 commence sur un paradoxe : Gargantua étudie sans cesse, mais devient de plus en plus idiot. Grandgousier tâche donc d'évaluer l'instruction de son fils, en se prêtant au jeu proposé par un de ses amis : il organise une dispute rhétorique entre un jeune valet instruit et Gargantua. Le combat semble gagné d'avance, car le lecteur a été préparé par le narrateur : le jeune Eudémon, âgé de douze ans, qui « ressembl[e] plus à quelque petit angelot qu'à un homme », a déjà fait l'objet de remarques élogieuses. Nous nous demanderons en quoi ce texte questionne subtilement ce qu'est la bonne éducation en analysant la « dispute » des deux jeunes gens. Après avoir étudié l'éloge prononcé par Eudémon, nous montrerons tout ce qui oppose Gargantua et Eudémon, à la fin du texte.

Explication guidée

I. Lignes 24 à 35 : L'éloge de Gargantua prononcé par Eudémon

a. Comment le narrateur souligne-t-il l'idée qu'Eudémon est un jeune homme bien élevé ?

b. En quoi le discours d'Eudémon révèle-t-il qu'il est un bon orateur ?

c. Quelle étape du discours est particulièrement détaillée ?
De quelle manière et pourquoi, selon vous ?

d. Pourquoi pourrait-on penser que François Rabelais critique l'éducation de ce jeune garçon, capable de produire ainsi sur commande l'éloge d'un prince ?

II. Lignes 36 à 43 : Éloge d'Eudémon, blâme de Gargantua

a. Comment le narrateur met-il en valeur l'excellente éloquence d'Eudémon ?

b. En quoi la comparaison présente dans ce paragraphe fait-elle d'Eudémon un modèle humaniste ? En quoi peut-elle aussi paraître ambiguë ?

c. En quoi la chute du texte est-elle comique ?

d. Comment le narrateur renforce-t-il le comique en multipliant les échos entre ses descriptions d'Eudémon et celles de Gargantua ?

Conclusion

Ainsi, ce passage interroge les différents modèles éducatifs proposés à l'époque de François Rabelais. Gargantua, éduqué sur un modèle médiéval par Thubal Holopherne, n'est pas à la hauteur d'Eudémon, qui a été formé avec des méthodes novatrices et humanistes par Ponocratès. Est-ce à dire pour autant que l'éloge que fait le narrateur d'Eudémon est à prendre au pied de la lettre ? Comme tout ce que dit Alcofribas Nasier, il incite plutôt à réfléchir plus d'une fois afin de ne pas se laisser séduire par des interprétations simples : car c'est un éloge éloquent, mais aussi parfaitement mensonger, que prononce Eudémon. Est-ce là ce qu'on attend d'un humaniste ? Questionnant l'éducation, François Rabelais critique peut-être du même coup la vie à la cour, où règnent l'hypocrisie et les faux-semblants. En tout cas, dans une œuvre où tout est point et contrepoint, le contraste entre le discours savant d'Eudémon et la bêtise proprement animale de Gargantua a de quoi réjouir le lecteur, qui y trouvera un écho plus loin, aux chapitres 21-22 et 23-24, où s'opposeront également deux modèles éducatifs.

Question de grammaire

Expliquez la structure syntaxique de la dernière phrase du passage (p. 78, l. 40-43). Que met-elle en valeur, selon vous ?

Explication linéaire 2 : L'éducation par les sophistes (p. 92, l. 42-55)

→ ***Comment l'auteur fait-il la satire de l'éducation donnée par les sophistes ?***

Conseils pour la lecture à voix haute

– Soulignez par l'intonation les très nombreuses hyperboles et tous les nombres, qui font le caractère exagéré de ce texte.

– Ce passage montre une succession d'actions plus absurdes les unes que les autres. Essayez de le lire de manière continue, sans buter sur les mots ni marquer trop de pauses.

Explication linéaire du texte

Introduction

En 1542, François Rabelais apporte de nombreuses modifications à *Pantagruel* et à *Gargantua*, publiés quelques années auparavant. Beaucoup de celles-ci consistent à supprimer les attaques directes contre les théologiens de la Sorbonne et à remplacer leur nom par celui de « sophistes ». Il n'empêche que c'est bien le modèle éducatif prôné par cette célèbre université parisienne qui est visé dans l'extrait que nous allons étudier. L'absurde programme de lecture du docteur sophiste Thubal Holopherne exposé au chapitre 14 et la harangue ridicule prononcée par un autre maître sophiste, Janotus de Bragmardo, faisaient déjà la satire de ce modèle éducatif. Au sein des chapitres 21 et 22, le lecteur découvre le quotidien d'un élève des sophistes. Nous allons analyser les deux temps de ce passage, à l'église et hors de l'église, en nous demandant en quoi ils permettent de brosser une satire puissante de l'éducation donnée par les sophistes.

Explication guidée

I. Lignes 42 à 49 : À l'église

a. Comment le narrateur montre-t-il que le savoir religieux transmis ici n'est pas très spirituel ?

b. Dans les deux premières phrases, en quoi voit-on que Gargantua est passif dans cet apprentissage ?

c. En quoi peut-on dire que ce passage est comique ?

d. Dans la troisième phrase, quels sont les éléments qui entrent en résonance avec le début du passage, pour donner au texte un aspect à la fois comique et satirique ?

II. Lignes 50 à 55 : Hors de l'église

a. Quels ressorts comiques, déjà utilisés dans la première partie du passage, retrouve-t-on dans la première phrase ?

b. À votre avis, pourquoi ce passage, dans son ensemble, est-il si répétitif ?

c. Comment ces deux dernières phrases montrent-elles le caractère peu spirituel de toute cette routine religieuse ?

d. En quoi voit-on qu'une telle routine ne fait pas progresser Gargantua ?

Conclusion

En brossant cette image d'une routine religieuse pesante, triviale, grossière et passive, François Rabelais dresse un portrait peu flatteur de l'éducation médiévale. D'un côté, il joue sur un comique de répétition omniprésent, qui insiste sur le caractère routinier et creux de cette éducation ; de l'autre, il fait la satire d'une éducation sans âme, sans vie, où le corps seul et ses plaisirs sont vraiment à l'honneur. L'éducation, thème central de l'humanisme, est aussi une notion clé dans l'œuvre de François Rabelais. On l'a constaté, de nombreux chapitres sont consacrés à l'éducation de Gargantua ; et celle de son fils, Pantagruel, occupera aussi une place très importante dans l'ouvrage qui lui est consacré. De même, *Le Tiers Livre* puis *Le Quart Livre*, par le voyage instructif qu'il propose, présentent une certaine idée de ce que peut être une formation humaniste complète.

Question de grammaire

Analysez et commentez la proposition « qui pesait tant en graisse qu'en fermoirs et parchemin plus ou moins onze quintaux six livres » (p. 92, l. 43-45).

CHAPITRE 25

Comment s'enclencha entre les fouaciers[1] de Lerné et ceux du pays de Gargantua le grand débat dont sortirent de grosses guerres

Au temps de la saison de vendanges au commencement de l'automne, les bergers de la contrée étaient occupés à garder les vignes pour empêcher les étourneaux[2] de manger les raisins.

À cette époque les fouaciers de Lerné passaient le grand carrefour, emportant dix ou douze charges de fouaces à la ville.

Les bergers leur demandèrent courtoisement de leur en vendre, au prix du marché.

Car notez que c'est une nourriture céleste que de manger à déjeuner des raisins avec de la fouace fraîche, surtout des raisins pineaux, fiers, muscadeaux, bicanes et des foirards pour ceux qui sont constipés (car ils leur font chier des hallebardes, et souvent en croyant péter ils se conchient, ce pourquoi on les appelle les croyants de vendanges).

Les fouaciers ne furent d'aucune manière favorables à leur requête, mais (qui pis est) les outragèrent[3] excessivement, les appelant: surplus, brèche-dents, rouquins ridicules, crapules, chienlits, vauriens, hypocrites, fainéants, coquins, bouffis, fanfarons, minables, rustres, foutriquets, pique-assiettes, traîne-savates, petits mignons, farceurs, flemmards, malotrus, crétins, marauds, bornés, plaisantins, fadas, claquedents, gardiens de chiottes, bergers de merde, et

---

1. **Fouaciers**: vendeurs de fouaces, sortes de galettes de froment.
2. **Étourneaux**: oiseaux qui peuplent les jardins.
3. **Outragèrent**: offensèrent.

autres telles épithètes diffamatoires, ajoutant que manger de ces belles fouaces n'était pas pour eux, et qu'ils devaient se contenter de pain, de son et de tourte.

À ces outrages, l'un d'entre eux, nommé Frogier, bien honnête de sa personne et jeune homme notable, répondit en douceur : « Depuis quand vous est-il poussé des cornes, que vous êtes devenus si agressifs ? Vous aviez l'habitude de nous en donner, et maintenant vous refusez ? Vous n'agissez pas en bons voisins, et nous ne vous en faisons pas autant quand vous venez ici acheter notre bon froment[1] dont vous faites vos gâteaux et vos fouaces. Nous, par-dessus le marché, on vous aurait donné des raisins. Mais par la mère de Dieu, vous vous en pourriez repentir, et vous aurez un de ces jours affaire à nous, alors nous vous rendrons la pareille, souvenez-vous-en. »

Alors Marquet, grand bâtonnier de la compagnie des fouaciers, lui dit : « Vraiment, tu as bien la crête dressée, ce matin, tu as mangé trop de mil hier soir. Viens çà, viens çà, je te donnerai de ma fouace. » Alors Frogier, en toute naïveté, s'approcha, tirant un onzain[2] de son baudrier[3], croyant que Marquet allait lui sortir de ses fouaces, mais il lui donna un coup de fouet à travers les jambes, si rudement que les nœuds y apparaissaient, puis il voulut filer bien vite, mais Frogier cria au meurtre, et à l'aide, tant qu'il put, et en même temps lui jeta une grosse trique[4] qu'il portait sous l'aisselle : il l'atteignit à la jointure coronale du cerveau, du côté droit. De telle façon que Marquet tomba de sa jument, et avait l'air d'un mort plus que d'un vivant.

Cependant les métayers[5], qui non loin gaulaient[6] les noix, accoururent avec leurs grandes gaules, et frappèrent sur les fouaciers comme sur du seigle vert. Les autres bergers et bergères, entendant

---

1. **Froment** : blé de très bonne qualité.
2. **Onzain** : pièce de monnaie.
3. **Baudrier** : ceinture.
4. **Trique** : bâton.
5. **Métayers** : paysans.
6. **Gaulaient** : récoltaient, en frappant les arbres pour que les noix tombent.

le cri de Frogier, y vinrent avec leurs frondes et lance-pierres, et les poursuivirent à grands coups de pierres, dru comme de la grêle. Finalement ils les attrapèrent et leur prirent environ quatre ou cinq douzaines de leurs fouaces, toutefois en les payant au prix accoutumé, et ils leur donnèrent un cent[1] de raisins quecas et trois panerées[2] de francs-aubiers. Puis les fouaciers aidèrent Marquet, qui était vilainement blessé, à remonter à cheval, et ils retournèrent à Lerné, sans continuer le chemin de Parillé, menaçant fort et ferme les bouviers, bergers et métayers de Seuillé et de Sinais.

Ce fait, bergers et bergères firent un bon repas avec ces fouaces et ce beau raisin, et se divertirent ensemble au son de la belle musette, se moquant de ces beaux fouaciers vaniteux, qui avaient fait une mauvaise rencontre parce qu'ils n'avaient pas fait le matin leur signe de croix de la bonne main. Et avec de gros raisins chenins, ils lavèrent les jambes de Frogier mignonnement, si bien qu'il fut bientôt guéri.

1. **Un cent**: unité de mesure, environ cent kilogrammes.
2. **Panerées**: paniers remplis.

CHAPITRE 26

Comment les habitants de Lerné, par le commandement de Picrochole leur roi, assaillirent au dépourvu les bergers de Gargantua

Les fouaciers retournés à Lerné, avant de boire ni manger, se transportèrent à leur Capitole[1], et là, devant leur roi nommé Picrochole, troisième du nom, déposèrent plainte, montrant leurs paniers cassés, leurs bonnets aplatis, leurs robes déchirées, leurs fouaces détroussées, et surtout Marquet énormément blessé, disant que le tout avait été fait par les bergers et métayers de Grandgousier, près du grand carrefour au-delà de Seuillé.

Picrochole immédiatement entra dans une colère furieuse, et sans poser plus de questions sur quoi ni comment, fit crier dans son pays le ban[2] et l'arrière-ban, et que tous, sous peine de la corde, viennent en armes sur la grand-place devant le château à midi.

Pour mieux confirmer son entreprise, il envoya sonner du tambour à l'entour de la ville, et lui-même, pendant qu'on apprêtait son dîner, alla faire mettre son artillerie sur les affûts, déployer son drapeau et son oriflamme, et charger force munitions, tant des équipements d'armes que des provisions de bouche.

En dînant il donna les commissions et par son édit le seigneur Trepelu fut constitué chef de l'avant-garde, qui compta 16 014 arquebusiers et 35 011 aventuriers.

À l'artillerie fut commis le grand écuyer Touquedillon, et on y compta 914 grosses pièces de bronze, en canons, doubles canons, basilics[3], serpentines, couleuvrines, bombardes, fauconneaux, gros canons, canons étroits, et autres pièces. L'arrière-garde fut donnée

---

1. **Leur Capitole**: l'assemblée municipale, par référence au Capitole romain, siège du pouvoir.
2. **Ban**: ici, proclamation de guerre.
3. **Basilics**: sortes de canons.

au duc Racledeniers. Au corps principal de bataille se tinrent le roi et les princes de son royaume.

Ainsi sommairement équipés, avant que de se mettre en route, ils envoyèrent 300 chevau-légers[1] sous la conduite du capitaine Engoulevent, pour explorer le pays et savoir si aucune embûche ne se préparait dans la contrée. Mais après avoir diligemment[2] cherché, ils trouvèrent tout le pays d'environ en paix et silence, sans aucun rassemblement.

À cette nouvelle, Picrochole commanda que chacun marche rapidement sous son drapeau.

Donc sans ordre ni mesure ils prirent les champs les uns parmi les autres, gâtant et détruisant partout où ils passaient, sans épargner ni pauvre ni riche, lieu sacré ni profane, ils emmenaient bœufs, vaches, taureaux, veaux, génisses, brebis, moutons, chèvres et boucs, poules, chapons, poulets, oisons, jars, oies, porcs, truies, gorets, abattant les noix, vendangeant les vignes, emportant les ceps, secouant tous les fruits des arbres. Ils faisaient un désordre incomparable.

Et ils ne trouvèrent personne qui leur résistât ; chacun se mettait à leur merci, en les suppliant de les traiter plus humainement, en considération de ce qu'ils avaient été de tout temps de bons et agréables voisins, et qu'on n'avait jamais commis envers eux d'excès ni d'outrage qui mérite d'être ainsi molestés[3], et que bientôt Dieu les en punirait. À ces remontrances, ils ne répondaient rien, sinon qu'ils voulaient leur apprendre à manger de la fouace.

1. **Chevau-légers** : soldats montés à cheval.
2. **Diligemment** : soigneusement.
3. **Molestés** : brutalisés.

CHAPITRE 27

Comment un moine de Seuillé sauva le clos de l'abbaye du ravage des ennemis

Ils firent tant, et tant s'agitèrent en pillant et volant, qu'ils arrivèrent à Seuillé ; ils détroussèrent[1] hommes et femmes, et ils prirent ce qu'ils purent, rien ne leur fut trop chaud, trop froid ou trop pesant. Bien qu'il y ait la peste dans la plupart des maisons, ils entraient partout, volaient tout ce qui était dedans, et jamais ils n'en tombèrent malades. Ce qui est un cas assez merveilleux. Car les curés, vicaires, prêcheurs, médecins, chirurgiens et apothicaires qui allaient visiter, panser, guérir, prêcher et admonester[2] les malades étaient tous morts de l'infection, et ces diables pilleurs et meurtriers jamais n'y attrapèrent le mal. D'où vient cela, messieurs ? Pensez-y, je vous prie.

Le bourg ainsi pillé, ils se transportèrent à l'abbaye avec un horrible tumulte ; mais ils la trouvèrent bien close et fermée, alors l'armée principale marcha plus loin vers le gué de Vède, sauf sept enseignes[3] de gens de pied et 200 lances qui restèrent là et démolirent les murailles du clos afin de détruire toute la vendange.

Les pauvres diables de moines ne savaient auquel de leurs saints se vouer, à tout hasard ils firent sonner pour rassembler le chapitre[4] ; là ils décrétèrent qu'ils feraient une belle procession, renforcée de beaux psaumes et litanies du chantre contre les embûches des ennemis, et avec beaux répons[5] pour la paix.

Il y avait alors dans l'abbaye un jeune moine claustrier[6] nommé frère Jean des Entommeures, jeune, vaillant, gaillard, joyeux, bien habile, hardi, aventureux, résolu, haut, maigre, la gueule bien fendue,

1. **Détroussèrent** : dépouillèrent de toutes leurs possessions.
2. **Admonester** : administrer les derniers sacrements religieux, avant la mort.
3. **Enseignes** : ici, ensembles de soldats, sous un même drapeau.
4. **Chapitre** : ici, assemblée des moines.
5. **Répons** : refrains dans les prières.
6. **Claustrier** : cloîtrier, qui vit dans un cloître.

le nez avantageux, bel bâcleur de prières, beau débrideur de messes, beau décrotteur de vigiles[1], pour tout dire sommairement, vrai moine, si jamais il en fut depuis que le monde moina de moinerie. Au reste, savant jusqu'aux dents en matière de bréviaire.

Lui, en entendant le bruit que faisaient les ennemis dans le clos de leur vigne, sortit pour voir ce qu'ils faisaient. Et voyant qu'ils vendangeaient le clos sur lequel leur boisson de toute l'année était fondée, retourne au chœur de l'église où étaient les autres moines tout épouvantés comme des sonneurs de cloches, et en les voyant chanter *ini, nim, pe, ne, ne, ne, ne, ne, tum, ne, num, num, ini, i, mi, i, co, o, ne, no, o, o, ne, no, ne, no, no, no, rum, ne, num, num,* s'écria : « C'est bien chien chanté. Vertu Dieu, que ne chantez-vous "Adieu paniers vendanges sont faites" ? Je me donne au diable s'ils ne sont pas déjà dans notre clos, et ils y coupent si bien ceps et raisins, qu'il n'y aura, par le corps Dieu, qu'à peine de quoi grappiller dedans pendant quatre ans ! Ventre saint Jacques que boirons-nous pendant ce temps, nous autres pauvres diables ? Seigneur Dieu, donne-moi à boire ! »

Le prieur claustral[2] dit alors : « Que fait cet ivrogne ici ? Qu'on le mette en prison ! Troubler ainsi le service divin !

– Mais, dit le moine, le service du vin, faisons ce qu'il faut pour qu'il ne soit pas troublé, car vous-même, monsieur le prieur, vous aimez à boire du meilleur, comme fait tout homme de bien ! Jamais homme noble ne hait le bon vin, c'est un apophtegme monacal. Mais ces répons que vous chantez ici ne sont, par Dieu, pas de saison !

« Pourquoi est-ce que nos Heures sont courtes en temps de vendanges et de moissons, et longues en Avent et tout l'hiver ? Feu[3] frère Macé Pelosse de bonne mémoire, vrai zélateur (ou je me donne au diable) de notre religion, me dit, je m'en souviens, que le motif en était qu'en saison nous fassions bien rentrer et préparer le vin, et qu'en hiver nous le humions.

---

1. **Vigiles** : ici, offices religieux.
2. **Prieur claustral** : religieux haut placé dans la hiérarchie de l'abbaye.
3. **Feu frère Macé Pelosse** : le frère Macé Pelosse, qui est décédé.

« Écoutez, messieurs, vous autres qui aimez le vin, corps Dieu, suivez-moi donc ! car hardiment, que saint Antoine me brûle si ceux qui n'ont pas secouru la vigne tâteront de la bouteille ! Ventre Dieu, les biens de l'Église ! Ah non, non, diable ! Saint Thomas Becket[1] voulut bien mourir pour eux, si je meurs, ne serai-je pas saint, tout pareil ? Je n'y mourrai pourtant pas, c'est moi qui le ferai aux autres. »

Ce disant, il mit bas son grand habit et se saisit du bâton de la croix, qui était de cœur de cormier, long comme une lance, rond à plein poing, et quelque peu semé de fleurs de lis presque toutes effacées. Ainsi il sortit en casaque, mit son froc[2] en écharpe, et de son bâton de la croix il donna si brusquement sur les ennemis qui, sans ordre ni drapeau, sans tambour ni trompette, vendangeaient parmi le clos – car les porte-guidons et porte-enseignes avaient mis leurs guidons[3] et leurs enseignes au bord des murs, les tambourineurs avaient défoncé leurs tambours d'un côté pour les remplir de raisins, les trompettes étaient chargés de branches, chacun était hors des rangs – il choqua donc si rapidement sur eux sans crier gare qu'il les renversait comme des porcs, frappant à tort et à travers selon la vieille escrime.

Aux uns il écrabouillait la cervelle, aux autres il cassait bras et jambes, aux autres disloquait les spondyles du cou, aux autres démoulait les reins, écrasait le nez, pochait les yeux, fendait les mandibules, enfonçait les dents dans la gueule, écroulait les omoplates, marbrait les jambes, déboîtait les hanches, débezillait les abattis.

Si quelqu'un se voulait cacher entre les ceps au plus épais, il lui frottait toute l'arête du dos, et lui cassait les reins comme à un chien.

Si un autre se voulait sauver en fuyant, il lui faisait voler la tête en pièces par la commissure lambdoïde.

Si quelqu'un grimpait dans un arbre en pensant être en sûreté, il l'empalait de son bâton par le fondement.

---

1. **Saint Thomas Becket** (XIIe siècle) : archevêque de Cantorbery, assassiné sous le règne de Henri II pour avoir voulu défendre les biens du clergé contre l'État.
2. **Froc** : partie du costume du moine comportant un capuchon.
3. **Guidons** : drapeaux.

Si quelque vieille connaissance lui criait : « Frère Jean mon ami, frère Jean, je me rends !

– Tu y es bien forcé, disait-il. Mais tu rendras aussi ton âme à tous les diables », et immédiatement lui donnait un coup. Et si quelqu'un était si téméraire que de vouloir résister en face, il montrait la force de ses muscles. Car il leur transperçait la poitrine par le médiastin et par le cœur. À d'autres, en les frappant dans le creux des côtes, il leur retournait l'estomac et ils mouraient tout de suite ; aux autres il frappait si sauvagement par le nombril qu'il leur faisait sortir les tripes, et aux autres il perçait le boyau culier à travers les couilles. Croyez que c'était le plus horrible spectacle qu'on vît jamais.

Les uns criaient sainte Barbe.

Les autres saint Georges.

Les autres sainte Nitouche.

Les autres Notre-Dame de Cunault, de Lorette, de Bonne-Nouvelle, de La Lenou, de Rivière. Les uns se vouaient à saint Jacques, les autres au saint Suaire de Turin –, mais il brûla trois mois après si bien qu'on n'en put sauver un seul brin.

Les autres à Cadouin.

Les autres à saint Jean d'Angély.

Les autres à saint Eutrope de Saintes, à saint Mesme de Chinon, à saint Martin de Candes, à saint Cloud de Cinais, aux reliques de Javersay, et mille autres bons petits saints.

Les uns mouraient sans parler. Les autres parlaient sans mourir, les uns mouraient en parlant, les autres parlant en mourant.

Les autres criaient à haute voix « Confession, confession, je me confesse, ayez pitié, Entre vos mains Seigneur… »

Tant s'enfla le cri des blessés que le prieur de l'abbaye et tous ses moines sortirent. Quand ils aperçurent ces pauvres gens ainsi renversés au milieu de la vigne et blessés à mort, ils en confessèrent quelques-uns. Mais cependant que les prêtres s'amusaient à confesser, les petits moinetons[1] coururent au lieu où était frère Jean, et lui demandèrent en quoi il voulait qu'on l'aide.

À quoi il répondit qu'ils égorgent ceux qui étaient tombés par terre. Donc laissant leurs grandes chapes[2] sur la treille, ils commencèrent à égorger et achever ceux qui étaient déjà gravement blessés. Savez-vous de quels instruments ? Avec de beaux gouvets, qui sont des petits demi-couteaux dont les petits enfants de notre pays se servent pour ouvrir les noix.

Puis avec son bâton de la croix, il gagna la brèche que les ennemis avaient faite. Certains des moinetons emportèrent les enseignes et guidons dans leurs chambres pour en faire des jarretières. Mais quand ceux qui s'étaient confessés voulurent sortir par la brèche, le moine les assommait de coups, disant : « Ceux-ci sont confessés et repentants, ils ont gagné les pardons, ils s'en vont au paradis droit comme une faucille et droit comme le chemin de Faye. » Ainsi par sa prouesse furent déconfits tous ceux de l'armée qui étaient entrés dans le clos jusques au nombre de 13 622, sans les femmes et les petits enfants, cela s'entend toujours.

Jamais Maugis ermite ne se porta si vaillamment avec son bourdon[3] de pèlerin contre les Sarrasins, desquels parle la geste des *Quatre Fils Aymon*[4], que ne fit le moine contre les ennemis avec le bâton de la croix.

1. **Moinetons** : jeunes moines.
2. **Chapes** : manteaux portés par les ecclésiastiques.
3. **Bourdon** : ici, bâton.
4. ***Quatre Fils Aymon*** : chanson de geste du Moyen Âge.

CHAPITRE 28

Comment Picrochole prit d'assaut La Roche-Clermault et la douleur et les difficultés que fit Grandgousier pour entreprendre la guerre

Cependant que le moine s'escarmouchait comme nous avons dit contre ceux qui étaient entrés dans le clos, Picrochole en grand hâte passa le gué de Vède avec ses gens et assaillit La Roche-Clermault, où on ne lui fit aucune résistance, et, parce qu'il était déjà nuit, il délibéra de s'héberger dans cette ville avec ses gens et de se remettre de ses pulsations de colère.

Au matin il prit d'assaut les bastions, puis le château, et le fortifia très bien, et il le pourvut des provisions requises, pensant faire là sa retraite s'il était assailli d'un autre côté. Car le lieu était fort, par art et par nature, à cause de son site et de son aménagement.

Maintenant laissons-les là, et retournons à notre bon Gargantua qui est à Paris bien plongé dans l'étude des bonnes Lettres et dans ses exercices athlétiques, et vers le vieux bonhomme Grandgousier son père qui après souper se chauffe les couilles à un beau, clair et grand feu, et en attendant que des châtaignes grillent, écrit dans le foyer avec un bâton brûlé d'un bout, dont il éparpille le feu, faisant à sa femme et à sa famille de beaux contes du temps jadis.

Un des bergers qui gardait les vignes, nommé Pillot, arriva devant lui à cette heure-là et raconta en entier les excès et les pillages que faisait Picrochole, roi de Lerné, dans ses terres et ses domaines, et comment il avait pillé, gâté, saccagé tout le pays, excepté le clos de Seuillé que frère Jean des Entommeures avait sauvé à son honneur, et que maintenant ledit roi était à La Roche-Clermault, où, en grande activité, il se fortifiait avec ses gens.

« Hélas, hélas, dit Grandgousier, qu'est ceci, bonnes gens ? Est-ce que je rêve, ou est-ce qu'on me dit la vérité ? Picrochole, mon ami de longue date, de tout temps, de toute race et alliance, me vient-il assaillir ? Qui le pousse, qui le pique, qui le conduit, qui l'a ainsi conseillé ? ho ho ho ho ho. Mon Dieu mon sauveur, aide-moi, inspire-moi, conseille-moi ce qu'il faut faire.

« Je déclare, je jure devant toi, et sois-moi donc favorable, que jamais je ne lui ai fait déplaisir, ou dommage à ses gens, ou pillerie à ses terres ; mais bien au contraire je l'ai secouru de gens, d'argent, de faveur, de conseil, dans tous les cas où j'ai pu savoir qu'il y aurait avantage. Qu'il m'ait donc à ce point outragé, ce ne peut être que sous l'impulsion de l'esprit malin[1]. Bon Dieu, tu connais mon cœur, car rien ne peut t'être caché. Si par malheur il est devenu fou et que tu me l'avais envoyé pour lui remettre le cerveau en place, donne-moi le pouvoir et le savoir pour le ramener au joug de ta volonté sainte par une bonne façon de vivre.

« Ho ho ho, mes bonnes gens, mes amis, et mes loyaux serviteurs, faudra- t-il que je vous charge de m'y aider ? Hélas, ma vieillesse ne demandait maintenant que du repos, et toute ma vie je n'ai cherché que la paix. Mais il faut, je le vois bien, que je charge du harnois[2] mes pauvres épaules lasses et fatiguées et que ma main tremblante prenne la lance et la masse pour secourir et protéger mes pauvres sujets. La raison le veut ainsi, car je vis de leur labeur, je suis nourri de leur sueur, moi, mes enfants et ma famille.

« Malgré cela, je n'entreprendrai pas la guerre sans avoir essayé tous les arts et moyens de la paix, voilà ma décision. »

Donc il fit convoquer son conseil et présenta l'affaire comme elle était. Il fut conclu qu'on enverrait quelque homme prudent vers Picrochole, afin de savoir pourquoi aussi soudainement il était sorti de son repos et avait envahi les terres sur lesquelles il n'avait aucun droit. En plus on enverrait chercher Gargantua et ses gens, afin de maintenir le pays et de le défendre dans ce besoin. Le tout plut à Grandgousier et il commanda qu'ainsi fût fait.

Donc immédiatement il envoya le Basque, son laquais, chercher à toute vitesse Gargantua. Et il lui écrivait ce qui suit.

---

1. **L'esprit malin** : le diable.
2. **Harnois** : armure.

CHAPITRE 29

La teneur des lettres que Grandgousier écrivait à Gargantua

« La ferveur de tes études demandait que je ne te rappelle pas de longtemps de ce loisir philosophique, si l'outrecuidance[1] de nos amis et anciens alliés n'avait maintenant contrarié la sûreté de ma vieillesse. Mais puisque telle est la fatale destinée que je sois inquiété par ceux sur lesquels je me reposais le plus, force m'est de te rappeler au secours des gens et biens qui te sont liés par le droit naturel.

Car, de même que porter les armes au-dehors est bien fragile si on n'a pas réfléchi son entreprise, l'étude est vaine et le projet inutile s'ils ne sont pas en temps opportun exécutés avec énergie et menés à leur plein effet.

Ma pensée n'est pas de provoquer, mais d'apaiser, non d'assaillir mais de défendre, non de conquérir, mais de protéger mes féaux sujets et mes terres héréditaires[2] dans lesquelles Picrochole est entré avec hostilité, sans cause ni motif, et de jour en jour il poursuit sa furieuse entreprise avec des excès intolérables à des personnes libres.

Je me suis mis en devoir de modérer sa colère tyrannique, lui offrant tout ce que je pensais pouvoir lui donner contentement, et par plusieurs fois, j'ai envoyé pacifiquement vers lui pour savoir en quoi, par qui, et comment il se sentait outragé, mais je n'ai eu réponse de lui que de défi volontaire, et qu'il prétendait seulement avoir en mes terres le droit qui lui convenait à lui. J'ai connu à cela que le Dieu éternel l'a abandonné au gouvernail de son franc arbitre et de son propre sens, qui ne peut être que mauvais s'il n'est pas continuellement guidé par la grâce divine, et j'ai compris que Dieu

1. **Outrecuidance** : audace, arrogance.
2. **Héréditaires** : transmises par héritage.

me l'a ici envoyé sous des formes douloureuses pour le remettre dans son devoir et le faire retourner à la lucidité.

Donc, mon fils bien-aimé, reviens vite le plus tôt que tu pourras après avoir vu ces lettres, pour secourir non tant moi (ce que toutefois tu dois naturellement par piété filiale[1]), que les tiens, que la raison te commande de sauver et protéger. L'exécution sera faite avec le moins d'effusion de sang possible. Et si possible par moyens plus adaptés, cautèles[2] et ruses de guerre, nous sauverons toutes les âmes et les renverrons joyeux vers leur domicile.

Très cher fils, que la paix du Christ notre rédempteur soit avec toi. Salue Ponocratès, Gymnaste et Eudémon de ma part. Le vingt septembre, ton père, Grandgousier. »

---

1. **Piété filiale**: respect et dévouement qu'éprouve un fils ou une fille envers son père ou sa mère.
2. **Cautèles**: précautions.

CHAPITRE 30

Comment Ulrich Gallet fut envoyé devant Picrochole

Les lettres dictées et signées, Grandgousier ordonna qu'Ulrich Gallet, son maître des requêtes, homme sage et plein de discernement, dont il avait éprouvé la vertu et le bon avis en diverses affaires contentieuses, aille vers Picrochole pour lui exposer ce qu'ils avaient décrété.

À l'heure même, le bon homme Gallet partit, et, passé le gué, il demanda au meunier où était Picrochole : il lui répondit que ses gens ne lui avaient laissé ni coq ni poule, et qu'ils s'étaient renfermés dans La Roche-Clermault, et qu'il ne lui conseillait pas d'aller plus loin à cause du guet[1], parce que leur fureur était énorme. Ce qu'il crut aisément et pour cette nuit il logea avec le meunier.

Le lendemain matin, il se transporta avec son trompette à la porte du château et demanda aux gardes qu'ils le fassent parler au roi pour le bien du roi.

Ces paroles annoncées au roi, il ne consentit pas à ce qu'on ouvre la porte, mais il se transporta sur le bastion[2] et dit à l'ambassadeur : « Qu'y a-t-il de nouveau ? que voulez-vous dire ? » Donc l'ambassadeur tint les propos qui s'ensuivent.

1. **Guet** : sentinelle.
2. **Bastion** : rempart.

CHAPITRE 31

La harangue que Gallet fit à Picrochole

« Nulle plus juste cause de douleur ne peut naître entre les humains que de recevoir souffrance et dommage du lieu d'où ils espéraient légitimement grâce et bienveillance. Et non sans motif (combien que ce soit sans raison), plusieurs personnes à qui un tel malheur est arrivé, ont estimé cette indignité moins tolérable que leur propre vie, et se sont elles-mêmes privées de cette lumière lorsqu'elles ne l'ont pu réparer ni par force ni par habileté.

Donc ce n'est pas merveille[1] si le roi Grandgousier mon maître est saisi d'un grand déplaisir à ta venue furieuse et hostile, et s'il en a l'esprit troublé. Ce serait merveille s'il était sans émotion devant les excès incomparables que toi et tes gens avez commis contre ses terres et ses sujets, excès dans lesquels ne manque aucun exemple d'inhumanité. Ceci lui est si lourd en soi, à cause de la cordiale affection avec laquelle il a toujours chéri ses sujets, qu'on ne peut faire pis à un homme mortel ; mais toutefois il lui est encore plus lourd, au-dessus de la mesure humaine, que ces griefs[2] et ces torts aient été faits par toi et les tiens.

Vous qui, de toute mémoire et antiquité, aviez conçu, toi et tes pères, une amitié avec lui et tous ses ancêtres, amitié que vous aviez ensemble, jusqu'à maintenant, inviolablement maintenue, gardée, entretenue, si bien que lui et les siens, mais aussi les nations barbares, Poitevins, Bretons, Manceaux, et ceux qui habitent au-delà des îles des Canaries et d'Haïti, ont estimé aussi facile de détruire le firmament et de dresser les abîmes au-dessus des nuages que de démanteler votre alliance, et ils l'ont tant redoutée dans leurs entreprises qu'ils n'ont jamais osé provoquer, irriter ni endommager l'un par crainte de l'autre.

---

1. **Ce n'est pas merveille** : ce n'est pas étonnant.
2. **Griefs** : dommages, raisons d'en vouloir aux coupables.

Il y a plus. Cette amitié sacrée a tant empli le ciel qu'il y a peu de gens aujourd'hui habitant le continent et les îles de l'océan, qui n'aient eu pour ambition d'être reçus dans cette amitié par des pactes fixés par vous-mêmes, estimant autant votre confédération[1] que leurs propres terres et domaines. De sorte que de toute mémoire il n'y a eu aucun prince ni ligue[2] si présomptueuse et orgueilleuse qui ait osé assaillir, je ne dis pas vos terres, mais celles de vos alliés. Et si, par une décision précipitée, ils ont tenté quelque cas de nouvelleté, une fois le nom et le titre de votre alliance entendus, ils ont rapidement arrêté leurs entreprises.

Quelle furie donc te pousse maintenant, toute alliance brisée, toute amitié foulée aux pieds, tout droit transgressé, à envahir ses terres en ennemi, sans que lui et les siens t'aient causé un dommage, t'aient irrité ou provoqué ? Où est la foi ? Où est la loi ? Où est la raison ? Où est l'humanité ? Où est la crainte de Dieu ? Crois-tu que ces outrages soient cachés aux esprits éternels et au Dieu souverain, qui est le juste rétributeur[3] de nos entreprises ? Si tu le crois, tu te trompes, car toutes choses viendront devant son jugement. Est-ce de fatales destinées ou les influences des astres qui veulent mettre fin à tes aises et ton repos ? Car toutes choses ont leur fin et leur cycle. Et quand elles sont venues à leur point le plus haut, elles sont mises à bas, ruinées, car elles ne peuvent longtemps demeurer en tel état. C'est la fin[4] de ceux qui ne peuvent équilibrer leurs bonnes fortunes et prospérités[5] par la raison et la tempérance[6].

Mais si le destin l'avait décidé, et si ton bonheur et repos devaient prendre fin, fallait-il que ce fût en incommodant mon roi, celui par lequel tu étais établi ? Si tu devais ruiner ta maison, fallait-il

1. **Confédération** : alliance, association.
2. **Ligue** : alliance, en particulier militaire.
3. **Rétributeur** : celui qui donne ce qui est dû, qui récompense.
4. **C'est la fin** : ici, c'est le destin.
5. François Rabelais se fonde ici sur la théorie de la fortune, c'est-à-dire le succès comparé à une roue qui peut précipiter vers le bas ceux qui étaient au plus haut. Pour l'éviter, le fortuné doit faire preuve de volonté et mener les actions adéquates.
6. **Tempérance** : sobriété.

que dans sa ruine elle tombe sur les foyers de celui qui l'avait mise en honneur ? La chose est tellement hors des bornes de la raison, tellement abhorrente[1] au sens commun, qu'à peine peut-elle être conçue par l'entendement humain, et elle demeurera incroyable à tous les étrangers jusques à ce que l'effet certain et attesté leur donne à comprendre que rien n'est saint ni sacré à ceux qui se sont émancipés de Dieu et de la raison pour suivre leurs affections perverses.

Si nous avions fait quelque tort à tes sujets et à tes domaines, si nous avions favorisé vos ennemis, si nous ne t'avions pas secouru dans tes affaires, si nous avions blessé ton nom et ton honneur, ou pour mieux dire, si l'esprit calomniateur, tentant de t'attirer au mal, avait par des illusions trompeuses et des visions illusoires mis dans ta tête que nous avions fait une chose indigne de notre ancienne amitié, tu devais d'abord t'enquérir de la vérité, puis nous en admonester[2]. Et nous aurions tant satisfait à ton désir que tu aurais eu l'occasion d'être content. Mais, ô Dieu éternel, quelle est ton entreprise ?

Voudrais-tu comme un tyran perfide, piller ainsi et détruire le royaume de mon maître ? L'as-tu connu si lâche et impotent qu'il ne veuille résister à tes iniques[3] assauts, ou si dépourvu de gens, d'argent, de conseil, d'art militaire, qu'il ne le puisse ? Pars d'ici maintenant, et demain dans la journée sois retiré dans tes domaines, sans faire en chemin tumulte ni violence. Et paie mille besants d'or pour les dégâts que tu as faits dans ces terres. Tu donneras la moitié demain, et l'autre moitié aux prochaines ides[4] de mai, nous laissant pendant ce temps en otages les ducs de Tournemoule, Basdefesses et de Menuail, avec le prince de Gratelles et le vicomte de Morpiaille. »

---

1. **Abhorrente** : incompréhensible, inentendable.
2. **Nous en admonester** : ici, nous le reprocher, nous blâmer.
3. **Iniques** : injustes.
4. **Ides** : selon le calendrier romain, le 15 du mois.

CHAPITRE 32

Comment Grandgousier, pour acheter la paix, fit rendre les fouaces

Alors le bon homme Gallet se tut, mais Picrochole ne répond à tous ses propos que : « Venez les chercher, venez les chercher. Ils ont belle couille et beau pilon. Ils vous broieront de la fouace. » Donc Gallet retourne chez Grandgousier, qu'il trouva à genoux tête nue, incliné dans un recoin de son cabinet, priant Dieu d'adoucir la colère de Picrochole, et de le ramener à la raison, sans qu'on recoure à la force. Quand il vit le vieillard de retour, il lui demanda : « Ah, mon ami, mon ami, quelles nouvelles m'apportez-vous ?

– Il n'y a pas moyen, dit Gallet, cet homme est complètement hors du sens et délaissé de Dieu.

– Certes, mon ami, dit Grandgousier, mais quelle cause donne-t-il comme prétexte à cet excès ?

– Il ne m'a donné aucun motif, dit Gallet. Sinon qu'il m'a dit en colère quelques mots de fouaces. Je ne sais si on n'aurait pas fait quelque outrage à ses fouaciers.

– Je voudrais bien savoir cela avant de délibérer autre chose sur l'action convenable », dit Grandgousier.

Alors il envoya enquêter sur cette affaire, et il trouva pour vrai qu'on avait pris de force quelques fouaces à ses gens et que Marquet avait reçu un coup de bâton sur la tête. Toutefois que le tout avait été bien payé et que ledit Marquet avait en premier blessé Frogier aux jambes avec son fouet. Et il sembla à tout son conseil qu'il devait se défendre de toutes ses forces. « Ce nonobstant, dit Grandgousier, puisqu'il n'est question que de quelques fouaces, j'essaierai de le contenter, car cela me déplaît par trop de lever une guerre. » Donc il s'enquit de la quantité de fouaces qu'on avait prise, et en entendant quatre ou cinq douzaines, il commanda qu'on en fît cinq charretées cette nuit-là, et que l'une fût de fouaces faites au bon beurre, beaux jaunes d'œufs, beau safran, et belles épices, pour qu'elles soient distribuées à Marquet, et que pour indemnités il lui donnait 700 003 philippus[1] pour payer les barbiers qui l'auraient pansé[2], et en plus il lui donnait la métairie de La Pomardière[3] à perpétuité en propriété exemptée d'impôts pour lui et les siens. Pour emmener le tout et passer, on envoya Gallet, qui par le chemin fit cueillir près de la saulaie force rameaux de cannes et de roseaux dont il fit munir l'entour de leurs charrettes et chacun des charretiers, et lui-même en tint un en main, voulant par là faire connaître qu'ils ne demandaient que la paix et qu'ils venaient pour l'acheter. Arrivés à la porte, ils demandèrent à parler à Picrochole de la part de Grandgousier.

Picrochole ne voulut pas les laisser entrer, ni aller leur parler, et il leur fit savoir qu'il était occupé, mais qu'ils disent ce qu'ils voudraient au capitaine Touquedillon, qui installait quelque pièce sur les murailles. Donc le vieillard lui dit : « Seigneur, pour vous retirer de ce débat et vous ôter toute excuse de ne pas retourner à notre première alliance, nous vous rendons présentement les fouaces d'où vient la controverse. Nos gens en prirent cinq douzaines, elles furent très bien payées ; nous aimons tant la paix que nous en rendons cinq charrettes, et celle-ci sera pour Marquet qui se plaint le plus. Davantage, pour le satisfaire complètement, voilà 700 003 philippus que je lui livre, et pour le dédommagement qu'il pourrait demander, je lui cède la métairie de La Pomardière à perpétuité pour lui et les siens à posséder en franc-alleu[4]. Voici le contrat de la transaction. Et, pour Dieu, vivons dorénavant en paix, et retirez-vous en vos terres joyeusement, rendant cette place-ci, à laquelle vous n'avez aucun droit, comme vous l'avouez bien. Et amis comme auparavant. »

---

1. **Philippus** : pièces en or.
2. **Pansé** : soigné.
3. **Métairie** : domaine comprenant une ferme et des champs. La métairie de La Pomardière appartenait à la famille de François Rabelais.
4. **En franc-alleu** : sans dépendre d'un seigneur, contrairement aux terres que cultivent les métayers.

Touquedillon raconta le tout à Picrochole, et envenima son humeur de plus en plus en lui disant : « Ces rustres[1] ont une belle peur. Par Dieu, Grandgousier se conchie, le pauvre buveur, ce n'est pas son truc d'aller en guerre, mais bien de vider les flacons ! Je suis d'avis que nous gardions les fouaces et l'argent, et pour le reste nous hâtions de fortifier ici et de poursuivre notre chance. Mais pensent-ils bien avoir affaire à une dupe[2], de vous paître[3] de ces fouaces ? Voilà ce que c'est, le bon traitement et la grande familiarité que vous avez eus envers eux par le passé, vous ont rendu méprisable à leurs yeux. Oignez vilain, il vous poindra. Poignez vilain, il vous oindra.

– Çà çà çà, dit Picrochole, ils auront leur dose. Faites comme vous avez dit.

– Je veux vous avertir d'une chose, dit Touquedillon. Nous sommes ici assez mal approvisionnés et maigrement pourvus des équipements de bouche. Si Grandgousier nous assiégeait, j'irais tout de suite me faire arracher toutes les dents, sauf trois, et autant à vos gens comme à moi ; avec trois, nous n'irons que trop vite à manger nos provisions.

– Nous n'aurons que trop de mangeaille, dit Picrochole. Sommes-nous ici pour manger ou pour batailler ?

– Pour batailler, bien sûr, dit Touquedillon. Mais de la panse vient la danse. Et où faim règne, force s'en va.

– Assez de baratin, dit Picrochole. Saisissez ce qu'ils ont amené. »

Donc ils prirent l'argent, les fouaces, les bœufs et les charrettes, et les renvoyèrent sans dire un mot, sinon qu'ils n'approchent plus de si près, pour un motif qu'on leur dirait demain. Ainsi ils retournèrent vers Grandgousier sans rien faire, et lui racontèrent le tout, ajoutant qu'il n'y avait aucun espoir de les amener à la paix, sinon une vive et forte guerre.

1. **Rustres** : personnes grossières, malpolies.
2. **Dupe** : personne crédule, naïve.
3. **Vous paître de** : vous satisfaire avec.

CHAPITRE 33

Comment certains gouverneurs de Picrochole, par leur conseil précipité, le mirent au dernier péril

Les fouaces détroussées, comparurent devant Picrochole le duc de Menuail, le comte Spadassin, le capitaine Merdaille, et ils lui dirent: « Sire, aujourd'hui nous vous rendons le plus heureux, le plus chevalereux prince qui existât jamais depuis la mort d'Alexandre de Macédoine.

– Couvrez, couvrez-vous, dit Picrochole.

– Grand merci, Sire, dirent-ils, nous accomplissons notre devoir. Voilà le moyen. Vous laisserez ici quelque capitaine en garnison avec une petite bande de gens, pour garder la place, qui nous semble assez forte, tant par nature que par les remparts faits selon votre invention. Vous séparerez votre armée en deux, comme vous l'entendez bien.

« Une partie ira se ruer sur ce Grandgousier et ses gens. Il sera facilement déconfit[1] au premier assaut. Là vous récupérerez de l'argent à tas[2]. Car le vilain[3] a du comptant, vilain, disons-nous, parce que noble prince n'a pas un sou. Thésauriser est fait de vilain[4].

« L'autre partie s'en ira cependant vers l'Aunis, la Saintonge, l'Angoumois et la Gascogne, ensemble le Périgord, le Médoc et les Landes. Sans résistance ils prendront villes, châteaux et forteresses. À Bayonne, à Saint-Jean-de-Luz et Fontarabie, vous saisirez tous les navires, et en suivant les côtes vers la Galice et le Portugal, vous pillerez tous les lieux maritimes jusqu'à Lisbonne, où vous aurez un renfort de tout l'équipage requis pour un conquérant.

---

1. **Déconfit**: battu.
2. **À tas**: en grande quantité.
3. **Vilain**: homme pauvre, misérable. Dans le système féodal, personne du peuple, roturier (par opposition au noble).
4. **Thésauriser est fait de vilain**: ce sont les vilains qui économisent et accumulent de l'argent.

« Par le corbieu[1], l'Espagne se rendra, car ce ne sont que des rustres. Vous passerez par le détroit de la Sibylle et là vous érigerez deux colonnes plus magnifiques que celles d'Hercule[2], à la perpétuelle mémoire de votre nom. Et ce détroit sera nommé la mer Picrocholine.

« Passé la mer Picrocholine, voilà Barberousse[3] qui se rend votre esclave.

– J'accepterai sa reddition[4], dit Picrochole.

– Certes, dirent-ils, à condition qu'il se fasse baptiser.

« Et vous attaquerez les royaumes de Tunis, Hippone, Alger, Bône, Cyrénaïque, hardiment toute la Barbarie. Allant plus loin, vous mettrez la main sur Majorque, Minorque, la Sardaigne, la Corse et les autres îles de la mer Ligustique et Baléare.

« Suivant la côte vers la gauche, vous dominerez toute la Gaule Narbonnaise, la Provence, les Allobroges, Gênes, Florence, Lucques et, Vive Dieu !, Rome. Le pauvre monsieur du pape meurt déjà de peur.

– Par ma foi, dit Picrochole, je ne baiserai pas sa pantoufle.

– L'Italie prise, voilà Naples, la Calabre, l'Apulie, et la Sicile mises à sac, et Malte avec. Je voudrais bien voir que les plaisants chevaliers jadis rhodiens vous résistassent, pour les voir se pisser dessus.

– J'irais volontiers à Notre-Dame de Lorette, dit Picrochole.

– Du tout, du tout, dirent-ils, ce sera pour le retour. De là nous prendrons Candie, Chypre, Rhodes et les îles Cyclades, et nous attaquerons la Morée. Nous la tenons. Saint Treignan[5], que Dieu garde Jérusalem, car le sultan n'est pas comparable à votre puissance.

– Moi, dit-il, je ferai donc bâtir le temple de Salomon[6].

---

1. **Par le cordieu** : juron.
2. Allusion au mythe grec dans lequel le héros Hercule élève deux colonnes de chaque côté de la Méditerranée.
3. **Khayr ad-Din Barberousse** (XVe-XVIe siècles) : corsaire ottoman.
4. **Reddition** : capitulation, fait de se rendre.
5. **Saint Treignan** : juron.
6. **Temple de Salomon** : selon la Bible, premier temple de Jérusalem, édifié par le roi Salomon et détruit au VIe siècle av. J.-C. Reconstruit, il est à nouveau détruit en l'an 70.

– Non, dirent-ils, pas encore, attendez un peu, ne soyez donc pas si impulsif dans vos entreprises. Savez-vous ce que disait Octave Auguste ? “Hâte-toi lentement.” Il vous convient d’abord d’avoir l’Asie Mineure, Carie, Lycie, Pamphylie, Cilicie, Lydie, Phrygie, Mysie, Bithynie, Carrasie, Satalie, Samagarie, Castamoun, Luga, Sébaste jusqu’à l’Euphrate.

– Verrons-nous Babylone, dit Picrochole, et le mont Sinaï ?

– Pas besoin maintenant. N’est-ce pas bien assez d’activité d’avoir traversé la mer Caspienne, chevauché les deux Arménies et les trois Arabies ?

– Par ma foi, dit-il, nous sommes épuisés. Ah mes pauvres gens !

– Quoi ? dirent-ils.

– Que boirons-nous à travers tous ces déserts ? Car l’empereur Julien et toute son armée y moururent de soif, à ce qu’on dit.

– Nous avons déjà donné ordre à tout, dirent-ils. Sur la mer de Syrie, vous avez 9 014 grands navires chargés des meilleurs vins du monde, ils sont arrivés à Jaffa. Là se sont trouvés 2 200 000 et 1 600 éléphants, que vous aurez pris dans une chasse près de Sigeilmes quand vous êtes entrés en Libye, et en plus vous avez eu toute la caravane de La Mecque. Ne vous ont-ils pas fourni de vin à suffisance ?

– Certes, dit-il, mais nous ne bûmes point frais.

– Par la vertu d’un pas petit poisson, dirent-ils, un conquérant, un aspirant et prétendant à l’empire universel ne peut pas toujours avoir ses aises ! Dieu soit loué de ce que vous êtes venus entiers, vous et vos gens jusqu’au fleuve du Tigre !

– Mais, dit-il, que fait pendant ce temps la partie de notre armée qui a déconfit ce vilain buveur Grandgousier ?

– Ils ne chôment pas, dirent-ils. Nous les rejoindrons bientôt. Ils ont pris pour vous la Bretagne, la Normandie, les Flandres, le Hainaut, le Brabant, Artois, Hollande, Zélande, ils ont passé le Rhin sur le ventre des Suisses et des Lansquenets, et une partie d’entre eux a dompté le Luxembourg, la Lorraine, Champagne, Savoie jusqu’à Lyon, où ils ont trouvé vos garnisons qui revenaient des conquêtes navales de la mer Méditerranée. Et ils se sont rassemblés en Bohême, après avoir mis à sac Souabe, Wurtemberg, Bavière, Autriche, Moravie et Styrie. Puis ils ont donné fièrement ensemble sur Lübeck, la Norvège, Suède, Dacie, Gothie, Groenland, la Ligue hanséatique, jusqu'à la mer Glaciale. Ce fait, ils ont conquis les îles Orcades, et subjugué[1] l'Écosse, l'Angleterre et l'Irlande.

« De là naviguant par la mer Sablonneuse et chez les Polonais, ils ont vaincu et dominé Prusse, Pologne, Lituanie, Russie, Valachie, Transylvanie et Hongrie, Bulgarie, Turquie, et sont à Constantinople.

– Allons les rejoindre le plus tôt possible, dit Picrochole, car je veux être empereur de Trébizonde. Ne tuerons-nous pas tous ces chiens turcs et mahométans[2] ?

– Et que diable ferons-nous donc ? dirent-ils. Et vous donnerez leurs biens et terres à ceux qui vous auront servi honnêtement.

– La raison le veut, dit-il, c'est justice. Je vous donne la Caramanie, la Syrie et toute la Palestine.

– Ah, Sire, dirent-ils, que vous faites de bien ! Grand merci. Que Dieu vous fasse toujours prospérer. »

Là était présent un vieux gentilhomme, qui avait fait ses preuves dans de nombreux dangers, et vrai routier de guerre, nommé Echephron, qui, en entendant ces propos, dit : « J'ai grand peur que toute cette entreprise soit semblable à la farce du pot au lait[3], dont un cordonnier se faisait riche par rêverie, et puis, le pot cassé, n'eut de quoi dîner. Que prétendez-vous par ces belles conquêtes ? Quelle sera la fin de tant de travaux et traverses[4] ?

– Ce sera qu'au retour nous nous reposerons à notre aise », dit Picrochole ; à quoi répondit Echephron : « Et si par hasard vous n'en revenez jamais ? Car le voyage est long, et périlleux. N'est-ce pas mieux que dès maintenant nous nous reposions, sans nous mettre dans ces dangers ?

---

1. **Subjugué** : soumis.
2. **Mahométans** : musulmans.
3. **Farce du pot au lait** : fable traditionnelle, qui met en scène un personnage rêvant des richesses que lui apportera son pot au lait, juste avant que celui-ci ne se brise.
4. **Tant de travaux et de traverses** : tant de peines et d'obstacles.

– Oh, dit Spadassin, par Dieu, voilà un bon gâteux. Mais allons donc nous cacher au coin de la cheminée, et passons-y notre vie et notre temps avec les dames, à enfiler des perles, ou à filer, comme Sardanapale[1] ! "Qui ne s'aventure n'a cheval ni mule", c'est Salomon qui le dit.

– Et Malchus lui répond : "Qui trop s'aventure, perd cheval et mule", rétorqua Echephron.

– Basta, dit Picrochole, passons outre. Je ne crains que ces diables de légions de Grandgousier ; pendant que nous serons en Mésopotamie, s'ils nous donnaient sur la queue en nous attaquant par-derrière, quel remède ?

– Un très bon, dit Merdaille. Une belle petite commission que vous envoyez aux Moscovites vous alignera pour un moment 450 000 combattants d'élite. Oh ! si vous me faites votre lieutenant, je tuerais un peigne pour un mercier[2] , je mords, je rue, je frappe, j'attrape, je tue, je renie !

– En avant, en avant, dit Picrochole, qu'on active tout, et qui m'aime me suive ! »

---

1. Sardanapale : roi légendaire d'Assyrie, symbole de la débauche et de la mollesse, parfois représenté pratiquant des activités traditionnelles de femmes.
2. Il s'agit ici de l'inversion d'une locution connue : « tuer un mercier pour un peigne », qui signifie être prêt à tout pour une broutille.

CHAPITRE 34

Comment Gargantua laissa la ville de Paris pour secourir son pays, et comment Gymnaste rencontra les ennemis

À la même heure, Gargantua, qui était sorti de Paris tout de suite après avoir lu les lettres de son père, venant sur sa grande jument, avait passé le pont de la Nonnain près de Fontevraud, lui, Ponocratès, Gymnaste et Eudémon, qui avaient pris des chevaux de poste[1] pour le suivre ; le reste de son équipage venait à journées normales[2], amenant tous ses livres et son matériel intellectuel.

Arrivé à Parillé, il fut averti par le métayer de Gouguet que Picrochole s'était fortifié à La Roche-Clermault et avait envoyé le capitaine Tripet avec une grosse armée assaillir le bois de Vède et Vaugaudry, qu'ils avaient couru la poule jusqu'au pressoir Billard, et que les excès qu'ils commettaient dans le pays étaient extraordinaires et difficiles à croire. Tellement qu'il lui fit peur, et il ne savait que dire ni que faire. Mais Ponocratès lui conseilla d'aller chez le seigneur de La Vauguyon, qui de tout temps avait été leur ami et confédéré, et qu'il les informerait mieux de leurs affaires ; ce qu'ils firent immédiatement, et ils le trouvèrent en bonne intention de les secourir. Et il fut d'opinion d'envoyer un de ses serviteurs pour explorer le pays et savoir en quel état étaient les ennemis afin d'y procéder en réfléchissant selon la réalité des faits. Gymnaste s'offrit à y aller, mais il fut conclu que pour mieux réussir il mène avec lui quelqu'un qui connaisse les voies et les détours, et les rivières d'alentour.

Donc, ils partirent, lui et Prelingand, l'écuyer du sieur de La Vauguyon, et sans faire de bruit épièrent de tous côtés. Cependant

---

1. **Chevaux de poste** : chevaux postés dans des relais, le long d'une route, à disposition des voyageurs.
2. **À journées normales** : selon un rythme normal.

Gargantua se rafraîchit et se nourrit quelque peu avec ses gens, et il fit donner à sa jument un picotin[1] d'avoine, soit 74 muids et 3 boisseaux.

Gymnaste et son compagnon chevauchèrent tant qu'ils rencontrèrent les ennemis tous éparpillés et en désordre, pillant et volant tout ce qu'ils pouvaient, et de si loin qu'ils l'aperçurent ils accoururent sur lui en foule pour le détrousser. Alors il leur cria: « Messieurs, je suis un pauvre diable, je vous demande de m'épargner. J'ai encore quelque écu, nous le boirons, car c'est de l'or potable, et le cheval que voici sera vendu pour payer ma bienvenue ; cela fait, gardez-moi avec vous, car jamais homme ne sut mieux prendre, larder, rôtir et préparer, et même, par Dieu, démembrer et engouffrer une poule que moi, et pour mon cadeau d'arrivée je bois à tous les bons compagnons. »

Alors il découvrit sa gourde, et sans mettre le nez dedans il buvait assez honnêtement. Les maroufles le regardaient, ouvrant un grand pied de gueule et tirant la langue comme des lévriers qui attendent de boire après, mais le capitaine Tripet accourut à ce moment-là voir ce que c'était. Gymnaste lui offrit sa bouteille en disant: « Tenez, capitaine, buvez-en hardiment, je l'ai essayé, c'est du vin de La Faye Montjaut.

– Quoi, dit Tripet, ce type se moque de nous. Qui es-tu?

– Je suis, dit Gymnaste, un pauvre diable[2].

– Ah, dit Tripet, puisque tu es un pauvre diable, c'est raisonnable que tu passes outre, car tout pauvre diable passe partout sans péage ni gabelle[3]. Mais ce n'est pas la coutume que les pauvres diables soient si bien montés. Donc, monsieur le diable, descendez, que je prenne le cheval, et s'il ne me porte pas bien, vous, maître diable, vous me porterez. Car j'aime beaucoup qu'un diable m'emporte. »

---

1. **Picotin**: ration.
2. **Un pauvre diable**: un pauvre homme.
3. **Sans péage ni gabelle**: sans payer d'impôts ni de droits de passage.

CHAPITRE 35

Comment Gymnaste, souplement, tua le capitaine Tripet et d'autres gens de Picrochole

En entendant ces mots, certains d'entre eux commencèrent à avoir peur et faisaient le signe de croix de toutes leurs mains, pensant que ce soit un diable déguisé, et l'un d'entre eux, nommé Bon Joan, capitaine de la milice rurale, sortit ses heures[1] de sa braguette et cria assez haut: « Dieu est saint ! Si tu es de Dieu, parle, si tu es de l'autre[2], va-t'en. » Et il ne s'en allait pas, ce que comprirent plusieurs de la bande, et ils se séparaient de la compagnie.

Gymnaste notait et examinait le tout. Donc il fit semblant de descendre de cheval, et quand il fut suspendu du côté du montoir, il fit souplement le tour de l'étrier, son épée bâtarde au côté, et en passant par-dessous il se lança en l'air et se tint debout des deux pieds sur la selle, le cul tourné vers la tête du cheval. Puis il dit: « Mon affaire va à l'envers. » Donc là où il était, il fit la gambade sur un pied, et en tournant à gauche il ne manqua pas de se retrouver dans son assiette[3] normale, sans changement.

Ce dont Tripet dit: « Ah ! je ne ferai pas ce tour-là maintenant, et pour cause.

– Merde, dit Gymnaste, je me suis trompé, je vais défaire ce saut. »

Alors avec une grande force et agilité, il fit comme auparavant la gambade, sur le côté droit. Cela fait, il mit le pouce droit sur l'arçon de la selle, et leva tout le corps en l'air, se soutenant tout le corps sur le muscle et le nerf dudit pouce, et ainsi il tourna trois fois ; à la quatrième il se renversa tout le corps sans rien toucher et il se dressa entre les deux oreilles du cheval, soulevant tout le corps en l'air sur le pouce de la main gauche, et dans cette position

1. **Heures**: ici, livre de prières.
2. **Si tu es de l'autre**: si tu es du diable, si tu viens de sa part.
3. **Dans son assiette**: à cheval, selon la position adéquate.

il fit un moulinet, puis frappant du plat de la main sur le milieu de la selle, il se donna un tel élan qu'il s'assit sur la croupe comme font les demoiselles[1].

Cela fait, tout à l'aise il passe la jambe droite par-dessus la selle, et se mit en position de chevaucheur sur la croupe. « Mais, dit-il, il vaut mieux que je me mette entre les arçons » : donc s'appuyant sur les pouces des deux mains à la croupe devant lui, il se renversa cul par-dessus tête en l'air, et se trouva entre les arçons dans la bonne position, puis d'un soubresaut il leva tout son corps en l'air et ainsi se tint pieds joints entre les arçons, et là il tournoya plus de cent fois les bras en croix, en criant à voix haute : « J'enrage, diables, j'enrage, j'enrage, tenez-moi, diables, tenez-moi, tenez ! »

Tandis qu'il voltigeait ainsi, les maroufles, bien ébahis, se disaient l'un à l'autre : « Sainte Mère de Dieu, c'est un lutin, ou un diable déguisé comme ça. *Du Malin*[2], *délivre-nous, Seigneur*! » et ils fuyaient en déroute regardant derrière eux comme un chien qui emporte une volaille.

Alors Gymnaste, voyant son avantage, descend de cheval, dégaine son épée, et à grands coups chargea sur les plus fiers[3], et il les faisait tomber par grands monceaux, blessés, navrés[4] et meurtris, sans que nul ne lui résiste, pensant que ce soit un diable affamé, tant à cause des merveilleuses voltiges qu'il avait faites, que par les propos que Tripet lui avait tenus en l'appelant pauvre diable.

Sinon que Tripet traîtreusement voulut lui fendre la cervelle de sa grande épée de lansquenet ; mais il était bien armé et il ne sentit que le choc de ce coup, et vite en se tournant il lança un coup de pointe audit Tripet, et pendant que celui-ci se couvrait en haut, il lui tailla d'un coup l'estomac, le côlon et la moitié du foie, ce dont il tomba par terre et en tombant rendit plus de quatre potées de soupes et l'âme mêlée parmi les soupes.

---

1. **Comme font les demoiselles** : les deux jambes du même côté.
2. **Malin** : diable.
3. **Les plus fiers** : les plus distingués.
4. **Navrés** : abîmés, morts.

Cela fait Gymnaste se retire, considérant que les situations hasardeuses ne doivent pas être poussées à leur extrémité, et qu'il convient à tous les chevaliers de respecter leur chance sans la molester ni la forcer. Et montant sur son cheval, il lui donne des éperons en prenant son chemin tout droit jusqu'à La Vauguyon, et Prelingand avec lui.

CHAPITRE 36

Comment Gargantua démolit le château du gué de Vède, et comment ils passèrent le gué[1]

Quand il fut arrivé, il raconta l'état dans lequel il avait trouvé les ennemis, et le tour de guerre qu'il avait fait, lui seul contre toute leur troupe, affirmant que ce n'étaient que des marauds[2], pilleurs et brigands, ignorant toute discipline militaire, et qu'il leur fallait se mettre en route hardiment, car il leur serait très facile de les assommer comme des bêtes.

Alors Gargantua monta sur sa grande jument, accompagné comme nous l'avons dit. Et trouvant sur son chemin un arbre haut et grand (qu'on nommait communément l'arbre de saint Martin, parce qu'il avait poussé d'un bâton que jadis saint Martin y avait planté), il dit: « Voilà ce qu'il me fallait. Cet arbre me servira de bâton et de lance », et il l'arracha facilement de terre, en enleva les branches et le prépara pour ce qu'il lui plairait de faire. Cependant sa jument pissa pour se lâcher le ventre, mais ce fut en telle abondance qu'elle en fit sept lieues de déluge, et tout le pissat dériva au gué de Vède et l'enfla tellement au fil de l'eau que toute cette

1. **Gué**: endroit d'un cours d'eau assez peu profond pour qu'on le traverse à pied.
2. **Marauds**: bandits.

bande des ennemis fut en grande horreur noyée, sauf certains qui avaient pris le chemin vers les coteaux à gauche.

Gargantua, arrivé au bois de Vède, fut prévenu par Eudémon qu'il y avait quelque reste des ennemis dans le château, et pour vérifier la chose, Gargantua cria tant qu'il put: « Vous êtes là, ou n'y êtes-vous pas ? Si vous y êtes, n'y soyez plus, si vous n'y êtes pas, je n'ai plus rien à dire. » Mais un ribaud[1] de canonnier, qui était au mâchicoulis[2], lui tira un coup de canon et l'atteignit furieusement sur la tempe droite: toutefois il ne lui fit pas plus de mal que s'il lui avait jeté une prune. « Qu'est-ce que c'est ? dit Gargantua. Vous nous jetez ici des grains de raisin ? La vendange vous coûtera cher », car il pensait que le boulet était un grain de raisin.

Ceux qui étaient dans le château amusés à piller, en entendant le bruit, coururent sur les tours et les fortifications, et lui tirèrent plus de 9025 coups de fauconneaux[3] et d'arquebuses, visant tous à la tête, et ils tiraient si serrés contre lui qu'il s'écria: « Ponocratès, mon ami, ces mouches m'aveuglent, donnez-moi quelques rameaux de ces saules pour les chasser », pensant des boulets et des pierres d'artillerie que c'étaient des taons. Ponocratès l'avisa qu'il n'y avait pas d'autres mouches que les coups d'artillerie qu'on lui tirait du château. Alors il choqua son grand arbre contre le château et à grands coups il abattit les tours et les fortifications, et il ruina tout par terre. Par ce moyen, tous ceux qui étaient à l'intérieur furent tous brisés et mis en pièces.

Partant de là, ils arrivèrent au pont du moulin, et ils trouvèrent le gué couvert de corps morts en telle abondance qu'ils avaient engorgé le cours du moulin: et c'étaient ceux qui avaient péri dans le déluge urinal de la jument. Ils furent perplexes pour savoir comment ils allaient passer, vu que ces cadavres les en empêchaient. Mais Gymnaste dit: « Si les diables y ont passé, j'y passerai fort bien.

---

1. **Ribaud**: vaurien.
2. **Mâchicoulis**: dans une fortification, balcon où se poste un soldat pour observer l'ennemi et envoyer des projectiles.
3. **Fauconneaux**: canons.

– Les diables y sont passés pour emporter les âmes damnées, dit Eudémon.

– Saint Treignan ! dit Ponocratès, en conséquence nécessaire, il passera !

– Certes, certes, dit Gymnaste, ou je resterai en route ! » Et en éperonnant son cheval il passa franchement par-dessus, sans que son cheval ait peur des corps morts. Car il l'avait accoutumé (selon la doctrine d'Élien[1]) à ne craindre ni les âmes ni les corps morts, non pas en tuant des gens comme Diomède tuait les Thraces[2], ou comme Ulysse mettait les corps de ses ennemis aux pieds de ses chevaux, selon que le raconte Homère, mais en lui mettant un mannequin parmi son foin et en le faisant passer ordinairement sur lui quand il lui donnait son avoine. Les trois autres le suivirent sans problème, sauf Eudémon, dont le cheval enfonça du pied droit jusqu'au genou dans la panse d'un gros et gras vilain qui était là noyé à l'envers, et qui ne pouvait l'en sortir ; ainsi il serait demeuré empêtré jusqu'à ce que Gargantua, du bout de son bâton, fasse tomber le reste des tripes du vilain dans l'eau, pendant que le cheval levait le pied. Et, ce qui est une chose merveilleuse en médecine des chevaux, ledit cheval fut guéri d'une tumeur qu'il avait sur ce pied par le contact avec les boyaux de ce gros maroufle.

---

1. **Claude Élien** (IIe-IIIe siècle) : zoologiste romain. Dans *De Natura animalium*, il évoque les méthodes employées pour dresser un cheval à ne pas craindre les cadavres.
2. **Diomède** : dans la mythologie grecque, roi de Thrace (dans l'actuelle région des Balkans), qui nourrissait ses chevaux de chair humaine.

CHAPITRE 37

Comment Gargantua en se peignant faisait tomber de ses cheveux des boulets d'artillerie

Passé la rive de Vède, ils abordèrent peu de temps après au château de Grandgousier qui les attendait avec un grand désir.

À sa venue, ils le fêtèrent à tour de bras, jamais on ne vit gens plus joyeux. Car le *Supplément du supplément de la Chronique* dit que Gargamelle y mourut de joie ; pour ma part je n'en sais rien, et je ne me soucie ni d'elle ni d'autre.

La vérité fut que Gargantua, renouvelant ses vêtements et se peignant de son peigne (qui était grand de cent cannes, garni de grandes défenses d'éléphant toutes entières) faisait tomber à chaque coup plus de sept balles de boulets qui lui étaient restés dans les cheveux à la démolition du bois de Vède. Ce que voyant, Grandgousier, son père, croyait que c'étaient des poux, et il lui dit: « Vraiment mon fils, tu nous as apporté jusqu'ici des éperviers de Montaigu[1] ? Je ne voulais pas que tu y résides. »

Mais Ponocratès répondit: « Seigneur, ne pensez pas que je l'aie mis au collège de pouillerie qu'on nomme Montaigu. J'aurais préféré le mettre parmi les gueux du cimetière des Saints-Innocents[2], à cause de l'énorme cruauté et de la vilenie que j'y ai connues. Car les esclaves sont mieux traités chez les Maures et les Tartares[3], les meurtriers dans la prison criminelle, et certes bien mieux les chiens dans votre maison, que ne sont ces misérables dans ce collège. Et si j'étais roi de Paris, le diable m'emporte si je ne mettrais pas le feu dedans, et je ferais brûler principal et

1. **Des éperviers de Montaigu**: des poux, par référence au collège de Montaigu, réputé particulièrement sale.
2. **Les gueux du cimetière des Saints-Innocents**: les pauvres gens qui vivaient dans ce cimetière parisien.
3. **Les Maures et les Tartares**: peuples d'Afrique du Nord et d'Asie centrale qui pratiquaient l'esclavage.

régents[1] qui supportent que cette inhumanité soit exercée sous leurs yeux. » Alors levant un des boulets, il dit : « Ce sont des coups de canon que votre fils Gargantua a reçus récemment en passant devant le bois de Vède, par la trahison de vos ennemis. Mais ils en eurent une telle récompense qu'ils sont maintenant tous péris dans la ruine du château, comme les Philistins par la ruse de Samson[2], et ceux qu'écrasa la tour de Siloé, dont écrit Luc, chap. 13[3].

« Je suis d'avis que nous les poursuivions pendant que la chance est avec nous. Car l'occasion a tous ses cheveux sur le front, quand elle est passée vous ne pouvez la rappeler, elle est chauve sur l'arrière de la tête et jamais plus elle ne revient.

– Vraiment, dit Grandgousier, ce ne sera pas à cette heure-ci, car je veux vous festoyer pour ce soir, et soyez les très bienvenus. »

Cela dit on apprêta le souper, et furent rôtis en supplément 16 bœufs, 3 génisses, 32 veaux, 63 chevreaux de lait, 95 moutons, 300 cochons de lait à la sauce au vin, 220 perdrix, 700 bécasses, 400 chapons du Loudunois et de Cornouailles, 6 000 poulets et autant de pigeons, 600 gélinottes[4], 1 400 levrauts[5], 303 outardes, et 7 000 petits chapons ; de la venaison[6] on ne put en trouver si rapidement, sauf 11 sangliers qu'envoya l'abbé de Turpenay, et 18 marcassins que donna le seigneur de Grandmont, avec 140 faisans qu'envoya le seigneur des Essars, et quelques douzaines de ramiers[7], d'oiseaux de rivière, sarcelles, buors, courlis, pluviers, francolins, oies, bécasses, vanneaux, tadornes, spatules, hérons, héronneaux, foulques, aigrettes, cigognes, canes pétières, flamants roses (qui sont des phénicoptères), terrigoles, poules d'Inde, beaucoup

1. **Principal et régents** : directeur et professeurs de collège.
2. Dans la Bible, Samson tue ses ennemis, les Philistins, en faisant s'écrouler le temple dans lequel ils sont enfermés.
3. Dans l'Évangile selon saint Luc, on rapporte la chute d'une tour qui tua dix-huit personnes.
4. **Gélinottes** : oiseaux qui ressemblent à des perdrix.
5. **Levrauts** : jeunes lièvres.
6. **Venaison** : gros gibier.
7. **Ramiers** : pigeons sauvages.

de couscous[1], et un renfort de potages. Sans faute, il y avait abondance de vivres, et ils furent apprêtés comme il faut par Fripesauce, Hochepot et Pilleverjus, cuisiniers de Grandgousier ; Janot Miquel et Verrenet apprêtèrent fort bien à boire.

CHAPITRE 38

Comment Gargantua mangea six pèlerins en salade

Le récit nous oblige à raconter ce qui advint à six pèlerins qui venaient de Saint-Sébastien près de Nantes, et qui, pour se loger cette nuit de peur des ennemis, s'étaient cachés au jardin sous les rames[2] de pois parmi les choux et les laitues. Gargantua se trouva quelque peu altéré et il demanda si l'on pouvait trouver des laitues pour faire une salade. En entendant qu'il y en avait de belles et grandes du pays – car elles étaient grandes comme des pruniers ou des noyers –, il voulut y aller lui-même et en emporta dans sa main ce qui lui sembla bon, et ensemble il emporta les six pèlerins qui avaient si grand-peur qu'ils n'osaient ni parler ni tousser.

Pendant qu'il les lavait d'abord à la fontaine, les pèlerins se disaient à voix basse l'un à l'autre : « Que faut-il faire ? Nous nous noyons au milieu de ces laitues, parlerons-nous ? Mais si nous parlons, il nous tuera comme espions. » Et comme ils discutaient ainsi, Gargantua les mit avec ses laitues dans un plat de la maison, grand comme la cuve de Cîteaux[3], et avec de l'huile, du vinaigre et du sel, il les mangeait pour se rafraîchir avant le souper. Et il avait déjà engouffré

---

1. Couscous : ici, semoule de blé.
2. Rames : tiges.
3. Cuve de Cîteaux : réservoir de vin de l'abbaye de Cîteaux, en Bourgogne, célèbre pour sa taille.

cinq des pèlerins, le sixième était dans le plat caché sous une laitue, sauf son bourdon qui apparaissait au-dessus.

En le remarquant, Grandgousier dit à Gargantua: «Je crois que voilà une corne de limaçon, ne le mangez pas.

– Pourquoi? dit Gargantua. Ils sont bons tout ce mois-ci.»

Puis il but un horrible trait de vin pineau, et ils attendirent que l'on apprête le souper.

Les pèlerins ainsi dévorés s'écartèrent des meules de ses dents le mieux qu'ils purent, et ils pensaient qu'on les avait mis dans quelque basse-fosse[1] des prisons. Et lorsque Gargantua but le grand trait, ils crurent se noyer dans sa bouche, et le torrent du vin les emporta presque au gouffre de son estomac, mais en sautant avec leurs bourdons comme font les pèlerins de Saint-Michel[2], ils se mirent à l'abri au bord des dents. Mais par malheur l'un d'eux, tâtant le pays avec son bourdon pour savoir s'ils étaient en sûreté, frappa rudement dans la faille d'une dent creuse, et heurta le nerf de la mandibule, ce qui causa une très forte douleur à Gargantua, et il commença à crier de la rage qu'il endurait. Pour se soulager du mal, il fit apporter son cure-dents et en sortant vers le noyer grolier[3], il vous dénicha messieurs les pèlerins. Car il attrapait l'un par les jambes, l'autre par les épaules, l'autre par sa besace, l'autre par la bourse, l'autre par l'écharpe, et le pauvre hère[4] qui l'avait frappé de son bourdon, il l'accrocha par sa braguette ; toutefois ce fut pour lui une grande chance, car il lui perça une bosse chancreuse[5] qui le martyrisait depuis le moment où ils avaient passé Ancenis.

Ainsi les pèlerins dénichés s'enfuirent à travers la plantation au trot, et la douleur s'apaisa. À ce moment-là il fut appelé par Eudémon pour souper, car tout était prêt. «Je m'en vais donc, dit-il, pisser

1. **Basse-fosse**: cachot.
2. **Pèlerins de Saint-Michel**: pèlerins qui se rendent au Mont Saint-Michel ; ils passaient le bras de mer à marée basse, mais pouvaient être surpris par la montée des eaux.
3. **Noyer grolier**: arbre produisant des noix à la coquille très dure.
4. **Pauvre hère**: homme infortuné.
5. **Bosse chancreuse**: pustule infectée.

mon malheur. » Et alors il pissa si copieusement que l'urine coupa la route aux pèlerins, et ils furent contraints de passer ce grand canal. Passant de là par le bord du petit bois, en plein chemin, ils tombèrent tous, sauf Fournillier, dans une trappe qu'on avait faite pour prendre les loups au piège. Ils en échappèrent grâce à l'habileté dudit Fournillier, qui rompit les cordes et cordages. Sortis de là, ils logèrent pour le reste de la nuit dans une cabane près du Coudray.

Là, ils furent réconfortés dans leur malheur par les bonnes paroles d'un de leur compagnie, appelé Lasdaller, qui leur montra que cette aventure avait été prédite par David au Psaume 124[1] « Lorsque les hommes se levèrent contre nous, peu s'en fallut qu'ils ne nous engloutissent tout vifs, quand nous fûmes mangés en salade à la croque-au-sel[2]. Quand leur fureur se déchaîna sur nous, peu s'en fallut que l'eau nous emporte, quand il but le grand trait ; notre âme passa le torrent, quand nous passâmes le grand canal ; peu s'en fallut que notre âme passe l'eau insoutenable, de son urine dont il nous coupa le chemin. Béni soit Seigneur qui ne nous a pas donnés en pâture à leurs dents. Notre âme, comme le passereau, a été libérée des lacs des chasseurs, quand nous tombâmes en la trappe. Le piège a été brisé, par Fournillier, et nous sommes libérés. Notre secours, etc. »

1. Texte biblique. François Rabelais se moque ici de ceux qui voient dans les textes religieux des prophéties pour le moindre événement.
2. **À la croque-au-sel** : cru, accompagné de sel.

CHAPITRE 39

Comment le moine fut fêté par Gargantua, et des beaux propos qu'il tint en soupant

Quand Gargantua fut à table, et que la première pointe des morceaux fut bâfrée, Grandgousier commença à raconter la source et la cause de la guerre surgie entre lui et Picrochole, et il en vint au moment de narrer comment frère Jean des Entommeures avait triomphé à la défense du clos de l'abbaye, et il le loua très au-dessus des prouesses de Camille, Scipion, Pompée, César et Thémistocle[1]. Gargantua requit donc qu'on l'envoie chercher immédiatement, afin qu'on réfléchisse avec lui sur ce qu'il fallait faire. Son maître d'hôtel alla le chercher sur leur ordre, et l'amena joyeusement avec son bâton de croix sur la mule de Grandgousier. Quand il fut arrivé, mille caresses, mille embrassements, mille bonjours furent échangés. « Hé frère Jean mon ami, frère Jean mon grand cousin, frère Jean de par le diable. Une accolade, mon ami ; à moi de l'embrasser. Ah çà, couillon, que je t'éreinte à force de t'embrasser. » Et frère Jean de rigoler, jamais homme ne fut si courtois ni si gracieux.

« Cza cza, dit Gargantua, une escabelle[2] ici près de moi, à ce bout de la table.

– Très volontiers, dit le moine, puisque cela vous plaît. Page, de l'eau, apporte, mon enfant, apporte, elle me rafraîchira le foie. Donne ici, que je me gargarise.

– À bas les manteaux, dit Gymnaste, ôtons ce froc !

– Ho, par Dieu, mon gentilhomme, dit le moine, il y a un chapitre dans les statuts de l'Ordre, auquel ça ne plairait pas.

– Merde, merde pour votre chapitre, dit Gymnaste. Ce froc vous casse les deux épaules. Enlevez-le.

---

1. Ensemble de généraux de l'Antiquité grecque et romaine.
2. **Escabelle** : type de chaise.

– Mon ami, dit le moine, laisse-le-moi, car par Dieu je n'en bois que mieux. Il me fait le corps tout joyeux. Si je le laisse, messieurs les pages en feront des jarretières[1], comme on me l'a fait une fois à Coulaines[2]. En plus, je n'aurai pas d'appétit. Mais si je m'assieds à table dans cet habit, je boirai, par Dieu, à toi et à ton cheval. Et gaiement ! Dieu garde de mal la compagnie. J'avais soupé. Mais pour ça je n'en mangerai pas moins. Car j'ai un estomac pavé, creux comme la grande cuve de saint Benoît[3], toujours ouvert comme la gibecière d'un avocat. De tous les poissons, sauf la tanche. Prenez l'aile de la perdrix, ou la cuisse d'une nonnain[4] ; n'est-ce pas joyeusement mourir quand on meurt le vit[5] raide ? Notre prieur aime bien le blanc de chapon.

– En cela il ne ressemble pas aux renards, dit Gymnaste, car ils ne mangent jamais le blanc des chapons, poules et poulets qu'ils attrapent.

– Pourquoi ? dit le moine.

– Parce qu'ils n'ont pas de cuisiniers pour les cuire, dit Gymnaste. Et s'ils ne sont pas bien cuits comme il faut, ils demeurent rouges et non blancs. La rougeur des viandes est un signe qu'elles ne sont pas assez cuites. Sauf les homards et les écrevisses que l'on cardinalise[6] à la cuisson.

– Fête Dieu Bayard, comme disait Bayard, dit le moine, l'infirmier de notre abbaye n'a donc pas la tête bien cuite, car il a les yeux rouges comme une jatte en bois d'aulne. Cette cuisse de levraut est bonne pour les goutteux[7].

---

1. **Jarretières** : sortes de rubans ; pièce du costume masculin ou féminin.
2. **Coulaines** : village de la région de Chinon.
3. **Grande cuve de saint Benoît** : tonneau dans un couvent à Bologne.
4. **Nonnain** : nonne, religieuse.
5. **Vit** : sexe masculin.
6. **Que l'on cardinalise** : que l'on fait rougir, par référence à la couleur de l'habit de cardinal.
7. **Goutteux** : malades de la goutte, inflammation périodique des articulations, causée notamment par l'excès de bonne chère.

Un modèle d'éducation ?

Maître de Pétrarque, *Un maître illettré*, 1532, gravure sur bois colorisée.
➡ Voir p. 224.

Georges Ripart, *Gargantua sur les tours de Notre-Dame de Paris*, vers 1890, fusain et gouache sur papier, musée Rabelais, La Devinière, Seuilly. ➡ Voir p. 224.

Gustave Doré, *Gargantua apprenant les comètes et les astres*, gravure pour les *Œuvres de Rabelais*, 1873. ➡ Voir p. 224

Les représentations de Gargantua à travers les arts

Gustave Doré, *Le peuple de Paris émerveillé par le géant Gargantua*, 1873, gravure colorisée. ➡ Voir p. 224.

Xavier Kozminski, *Gargantua dominant la ville*, 1932, illustration. ➡ Voir p. 224.

Le Célèbre Gargantua, vers 1860, image d'Épinal, gravure coloriée, musée de Bretagne, Rennes. ➡ Voir p. 224.

Albert Dubout, *La Naissance de Gargantua*, 1931, illustration.
➡ Voir p. 224.

Joan Miró, *Gargantua*, 1977, eau-forte et aquatinte sur papier, collection particulière.
➡ Voir p. 224.

Irene Rinaldi, illustration pour *Gargantua et Pantagruel*, livre II, éditions Gorilla Sapiens, 2017.
➡ Voir p. 224.

L'abbaye de Thélème : une cité idéale

Luciano Laurana (anciennement attribué à Piero della Francesca), *La Cité idéale*, 1470, détrempe sur bois, Galerie nationale des Marches, Urbino (Italie). ➡ Voir p. 224.

Robida, *À l'abbaye de Thélème*, illustration couleur pour les *Œuvres complètes* de François Rabelais, 1885. ➡ Voir p. 224.

« À propos truelle[1], pourquoi est-ce que les cuisses d'une demoiselle sont toujours fraîches ?

– Voilà un problème qui n'est pas dans Aristote, dit Gargantua, ni dans Alexandre d'Aphrodisias, ni dans Plutarque !

– C'est pour trois causes qui rafraîchissent naturellement ce lieu, dit le moine. Primo, parce que l'eau glisse tout du long. Secundo, parce que c'est un lieu ombragé, obscur et ténébreux, où jamais le soleil ne luit. Et troisièmement, par ce qu'il est continuellement éventé des vents du trou de bise, de chemise et en plus de la braguette.

« Et gaiement ! Page, à la beuverie ! Crac crac crac. Que Dieu est bon qui nous donne ce bon vin. J'avoue, Dieu, si j'avais été du temps de Jésus-Christ, j'aurais bien pris garde à ce que les juifs ne le prennent pas au jardin des Oliviers[2]. En plus, que le diable me rate si j'aurais manqué de couper les jarrets à messieurs les apôtres, qui s'enfuirent si lâchement après avoir bien soupé et qui laissèrent leur bon maître quand il avait besoin d'eux. Je hais plus que le poison un homme qui fuit quand il faut jouer des couteaux. Hon ! Que ne suis-je roi de France pour quatre-vingts ou cent ans ! Par Dieu, je vous couperais la queue des fuyards de Pavie[3]. Leur fièvre quarte[4] ! Pourquoi ne mourraient-ils pas là plutôt que de laisser leur bon prince dans cette nécessité ? N'est-il pas meilleur et plus honorable de mourir vertueusement en bataillant que de vivre en fuyant vilainement ?

« Nous ne mangerons guère d'oisons cette année. Ah mon ami, donne de ce cochon ! Diable. Il n'y a plus de sauce au vin. Je renie ma vie, je meurs de soif. Ce vin n'est pas des pires ! Quel vin buviez-vous à Paris ? Je me donne au diable si je n'y ai pas tenu six mois durant maison ouverte à tous venants[5]. Connaissez-vous frère Claude

---

1. **À propos truelle** : à propos d'autre chose.
2. Épisode du Nouveau Testament où Jésus-Christ est arrêté avant sa crucifixion.
3. Allusion à la défaite de l'armée française à Pavie, en Italie, en 1525 (➡ voir verso de couverture, en fin d'ouvrage).
4. **Fièvre quarte** : fièvre qui se manifeste par intervalles, tous les quatre jours.
5. **Si je n'y ai pas tenu six mois durant maison ouverte à tous venants** : si je n'y ai pas vécu pendant six mois, en ouvrant ma porte à tous.

des Hauts Barrois[1] ? Oh le bon compagnon que c'est ! Mais quelle mouche l'a piqué ? Il ne fait rien qu'étudier depuis je ne sais quand. Je n'étudie pas, pour ma part. Dans notre abbaye nous n'étudions pas, de peur des oreillons. Notre feu abbé disait que c'est une chose monstrueuse de voir un moine savant. Par Dieu, monsieur mon ami, les plus grands clercs ne sont pas les plus grands sages. Vous n'avez jamais vu tant de lièvres que cette année. Je n'ai pu trouver un autour, ni un tiercelet[2] de nulle part au monde. Monsieur de la Bellonière m'avait promis un faucon lanier, mais il m'a écrit qu'il était récemment tombé malade. Les perdrix nous mangeront les oreilles cette année. Je ne prends pas de plaisir à la chasse avec des cages, car j'y attrape froid. Si je ne cours pas, si je ne m'active pas, je ne suis pas à mon aise. Il est vrai qu'en sautant des haies, mon froc y laisse du poil. J'ai trouvé un gentil lévrier. Je donne au diable s'il lui échappe un lièvre. Un laquais le menait à M. de Maulévrier, je l'ai volé. J'ai mal fait ?

– Nenni, frère Jean, dit Gymnaste, nenni de par tous les diables, nenni !

– Alors, à ces diables, dit frère Jean, pendant qu'ils durent. Vertu Dieu[3], qu'en aurait fait ce boiteux ? Corps Dieu, il prend plus de plaisir quand on lui fait présent d'un bon couple de bœufs.

– Comment, dit Ponocratès, vous jurez, frère Jean ?

– Ce n'est que pour orner mon langage, dit le moine. Ce sont les couleurs de la rhétorique cicéronienne[4]. »

---

1. **Claude des Hauts Barrois** : il s'agit peut-être d'une connaissance de François Rabelais.
2. **Tiercelet** : oiseau de proie.
3. **Vertu Dieu** : juron.
4. **Cicéron** (Ier siècle av. J.-C.) : orateur romain, auteur de traités de rhétorique très étudiés à la Renaissance.

CHAPITRE 40

Pourquoi les moines sont fuis des gens, et pourquoi les uns ont le nez plus grand que les autres

« Foi de chrétien, dit Eudémon, j'entre en grande méditation en considérant l'honnêteté de ce moine. Car il nous esbaudit tous ici. Et pourquoi donc est-ce qu'on chasse les moines de toutes les bonnes compagnies en les appelant trouble-fêtes, comme les abeilles chassent les frelons des alentours de leur ruche ? "Elles expulsent de leurs ruches le troupeau paresseux des frelons", dit Virgile. »

Gargantua répondit : « Il n'y a rien de si vrai que le froc et la capuche tirent à eux les opprobres, injures et malédictions du monde, comme le vent du nord-est attire les nuages. La raison décisive est qu'ils mangent la merde du monde, c'est-à-dire les péchés, et on les rejette comme des machemerdes dans leurs cabinets, c'est-à-dire leurs couvents et abbayes, loin de la conversation publique comme le sont les cabinets d'une maison. Mais si vous comprenez pourquoi un singe dans une famille est toujours moqué et harcelé, vous comprenez pourquoi les moines sont fuis par tout le monde, et des vieux et des jeunes. Le singe ne garde pas la maison, comme un chien ; il ne tire pas la charrue, comme le bœuf ; il ne produit ni lait ni laine, comme la brebis ; il ne porte pas les fardeaux, comme le cheval. Ce qu'il fait est de tout conchier et abîmer, ce qui est la cause pour laquelle il reçoit de tous moqueries et coups de bâton. De même un moine (j'entends de ces moines paresseux) ne travaille pas, comme le paysan, ne garde pas le pays, comme l'homme de guerre, ne guérit pas les malades, comme le médecin, ne prêche ni n'endoctrine les gens, comme le bon docteur évangélique et le pédagogue, ne transporte pas les commodités et les choses nécessaires à l'État, comme le marchand. Voilà la cause pour laquelle ils sont hués et abhorrés par tous.

– Certes, dit Grandgousier, mais ils prient Dieu pour nous.

– Rien n'est moins sûr, dit Gargantua. Il est vrai qu'ils molestent tout leur voisinage à force de trinqueballer[1] leurs cloches.

– Évidemment, dit le moine. Une messe, des matines, des vêpres[2] bien sonnées sont déjà à moitié dites.

– Ils marmonnent à grand renfort de lectures et de psaumes qu'ils ne comprennent pas. Ils racontent force *Notre Père* entrelardés de longs *Je vous salue Marie*, sans y penser ni les comprendre. Et j'appelle ça moquedieu, et pas prières. Mais certes que Dieu les aide s'ils prient pour nous, et non par peur de perdre leurs miches[3] et leurs soupes grasses. Tous les vrais chrétiens de tous les états, en tous lieux, en tout temps, prient Dieu, et l'Esprit[4] prie et interpelle pour eux, et Dieu les prend en grâce. Tel est maintenant notre bon frère Jean. C'est pour cela que chacun le souhaite en sa compagnie. Il n'est pas bigot, il n'est pas négligé, il est honnête, joyeux, hardi, bon compagnon. Il travaille, il se rend utile, il défend les opprimés, il réconforte les affligés, il subvient à ceux qui souffrent, il garde les clos de l'abbaye.

– Je fais bien davantage, dit le moine. Car en dépêchant nos matines et nos messes anniversaires au chœur, pendant ce temps je fais des cordes d'arbalètes, je polis des carreaux d'arbalètes[5] et des flèches, pareil ! Je fais des collets[6] et des poches pour prendre les lapins. Jamais je ne suis oisif. Mais or cza, à boire, à boire, cza. Apporte le fruit. Ce sont des châtaignes du bois d'Estroc. Avec du bon vin nouveau, vous voilà composeur de pets. Vous n'êtes pas encore émoustillés, ici ? Par Dieu, je bois dans tous les gués, comme un cheval de promoteur[7]. »

---

1. **Trinqueballer** : remuer, faire sonner.
2. **Matines** : premier office religieux du matin. **Vêpres** : office religieux du soir.
3. **Miches** : pains.
4. **L'Esprit** : avec Dieu et le Christ, troisième membre de la trinité divine, dans la religion chrétienne.
5. **Carreaux d'arbalètes** : sortes de flèches.
6. **Collets** : pièges.
7. **Promoteur** : juge ecclésiastique, que l'on accusait d'accepter des pots-de-vin, quels que soient ceux qui les offraient.

Gymnaste lui dit: « Frère Jean, ôtez cette roupie[1] qui vous pend au nez !

– Ah ah ah !, serais-je en danger de me noyer, dit le moine. Vu que j'ai de l'eau jusqu'au nez ! Non, non. Pourquoi ? Parce qu'elle en sort bien, mais n'y entre pas. Car il est bien antidoté de pampre. Oh mon ami, celui qui aurait des bottes d'hiver dans ce cuir pourrait hardiment pêcher des huîtres, car jamais il ne prendrait l'eau.

– Pourquoi est-ce que frère Jean a un si beau nez? dit Gargantua.

– Parce qu'ainsi Dieu l'a voulu, dit Grandgousier, Dieu qui nous a faits en telle forme et à telle fin selon son vouloir divin, comme un potier façonne ses pots.

– Parce qu'il a été un des premiers à la foire aux nez, dit Ponocratès. Il a pris un des plus beaux et des plus grands.

– Pffft ! dit le moine. Selon la vraie philosophie monastique, c'est parce que ma nourrice avait les tétins mollets, et la tétant mon nez s'y enfonçait comme dans du beurre, et il s'élevait et grandissait comme de la pâte dans le pétrin[2]. Les durs tétins de nourrice font les enfants camus[3]. Mais gai, gai ! à la forme du nez on connaît celui qui s'élève ! Je ne mange jamais de confitures. Page, à la beuverie ! Et aussi du pain grillé ! »

1. **Roupie**: morve.
2. **Pétrin**: récipient dans lequel on pétrit la pâte et on la laisse gonfler.
3. **Camus**: au nez plat.

CHAPITRE 41

Comment le moine fit dormir Gargantua, et de son bréviaire et de son livre de prières

Le souper achevé ils tinrent conseil sur l'affaire en cours, et il fut conclu que vers la minuit ils sortiraient faire une escarmouche pour savoir quel guet et quel zèle faisaient leurs ennemis. Et pendant l'intervalle, qu'ils se reposeraient quelque peu pour être plus frais. Dont dit le moine: «Je ne dors jamais bien à mon aise que lorsque je suis au sermon[1] ou quand je prie Dieu. Je vous supplie, commençons, vous et moi, les sept psaumes pour voir si vous ne serez pas bientôt endormis.»

L'invention[2] plut beaucoup à Gargantua.

Et en commençant le premier Psaume, sur le verset «*Bienheureux ceux dont*»... ils s'endormirent l'un et l'autre. Mais le moine ne manqua pas de s'éveiller avant minuit, tant il était habitué à l'heure des matines claustrales. Lui éveillé, il éveilla tous les autres, en chantant à pleine voix la chanson *Ah Renaud réveille-toi, Oh Renaud réveille-toi*[3].

Quand tous furent éveillés, il dit: «Messieurs, on dit que les matines commencent par tousser et souper, et par boire. Faisons l'inverse, commençons nos matines par boire, et ce soir à l'entrée du souper nous tousserons à qui mieux mieux.» Alors Gargantua dit: «Boire si tôt après avoir dormi? Ce n'est pas une vie conforme au régime de médecine. Il faut d'abord se récurer l'estomac des superfluités et des excréments.

– C'est bien médeciné, dit le moine. Que cent diables me sautent au corps s'il n'y a pas plus de vieux ivrognes que de vieux médecins. J'ai passé avec mon appétit un pacte tel que toujours il se couche avec moi – et pour cela j'y donne bon ordre durant toute

---

1. **Je suis au sermon**: j'écoute le sermon d'un prêtre, un discours d'édification prononcé lors des messes.
2. **Invention**: ici, idée.
3. Paroles d'une chanson connue au XVIe siècle.

la journée – et donc toujours il se lève avec moi. Rendez tant que vous voudrez vos récurages, je m'en vais chercher mon tiroir.

– De quel tiroir voulez-vous parler ? dit Gargantua.

– Mon bréviaire, dit le moine. Car tout ainsi que les fauconniers, avant de nourrir leurs oiseaux, leur font tirer[1] quelque pied de poule pour leur purger le cerveau des phlegmes[2] et pour les mettre en appétit, ainsi en prenant ce joyeux bréviaire le matin, je me nettoie tout le poumon, et vois-moi là prêt à boire.

– Selon quel usage dites-vous ces belles heures ? dit Gargantua.

– Selon l'usage de Fécamp, dit le moine, avec trois psaumes et trois lectures, ou rien du tout pour qui ne veut pas. Jamais je ne m'astreins aux heures, les heures sont faites pour l'homme et non l'homme pour les heures. Donc je fais les miennes à la manière des étrivières[3], je les raccourcis ou les rallonge quand bon me semble. Une brève oraison[4] pénètre le ciel, une longue boisson vide les coupes. Où est-ce écrit ?

– Par ma foi, je ne sais pas, mon petit couillaud, dit Ponocratès, mais tu vaux trop.

– En cela je vous ressemble, dit le moine. Mais venez que nous buvions. » On apprêta des carbonnades[5] en quantité et de belles soupes de prime[6], et le moine but tant qu'il voulut.

Certains lui tinrent compagnie, les autres s'en abstinrent. Après, chacun commença à s'armer et s'équiper. Et ils armèrent le moine contre sa volonté, car il ne voulait d'autres armes que son froc devant sa poitrine, et le bâton de la croix dans son poing. Toutefois ils voulurent qu'il fût armé de pied en cap et monté sur un bon coursier du roi, et avec un gros glaive[7] à son côté. Et tous avec lui, Gargantua,

1. **Leur font tirer** : les laisse grignoter.
2. **Phlegmes** : selon une théorie médicale du temps, sortes de glaires.
3. **À la manière des étrivières** : en les allongeant ou les raccourcissant à volonté, comme les étriers du cavalier.
4. **Oraison** : prière.
5. **Carbonnades** : viandes grillées.
6. **Soupes de prime** : soupes au pain trempé.
7. **Glaive** : épée courte à deux tranchants.

Ponocratès, Gymnaste, Eudémon et 25 des plus aventureux de la maison, tous armés avantageusement la lance au poing, et montés comme saint Georges[1], chacun ayant un arquebusier en croupe.

CHAPITRE 42

Comment le moine donna courage à ses compagnons, et comment il resta pendu dans un arbre

Maintenant s'en vont les nobles champions[2] vers leur aventure, bien décidés à comprendre quelle rencontre il faudra continuer et de quoi il faudra se garder quand viendra la journée de la grande et horrible bataille.

Et le moine leur donna courage, disant : « Mes enfants, n'ayez ni peur ni hésitation. Je vous conduirai en sécurité, Dieu et saint Benoît soient avec nous. Si j'avais autant de force que de courage, par la mort Dieu, je vous les plumerais comme un canard. Je ne crains rien que l'artillerie. Toutefois, je sais quelque oraison que m'a donnée le sous-sacristain de notre abbaye, qui garantit la personne de toutes les bouches à feu[3]. Mais elle ne me servira à rien, car je n'y crois pas. Toutefois mon bâton de la croix fera diables[4]. Pardieu, si l'un de vous cane[5], je me donne au diable si je ne le fais pas moine à ma place et ne le ficelle dans mon froc. Il sert de médecine à la couardise[6] des gens. N'avez-vous pas entendu

1. **Saint Georges** : personnage saint qui aurait terrassé un dragon, selon la tradition chrétienne, habituellement représenté en armure et à cheval.
2. **Champions** : combattants du Moyen Âge, choisis parmi les meilleurs pour défendre une cause.
3. **Bouches à feu** : canons.
4. **Fera diables** : fera merveille, fonctionnera très bien.
5. **Cane** : recule devant le danger (familier).
6. **Couardise** : lâcheté.

parler du lévrier de monsieur de Meurles, qui ne valait rien pour les champs ? Il lui mit au cou un froc : par le corps Dieu, il ne ratait ni lièvre ni renard devant lui, et en plus il a couvert toutes les chiennes du pays, lui qui auparavant était sans reins et du rang des frigides et ensorcelés. »

Le moine, en disant ces paroles en colère, passa sous un noyer tout près de la saulaie, et il embrocha la visière de son heaume à la saillie[1] d'une grosse branche du noyer. Ce nonobstant il donna énergiquement des éperons à son cheval, qui était chatouilleux sur les piqûres, de telle façon que le cheval bondit en avant, et le moine, voulant défaire sa visière du croc, lâche la bride, et de la main se pend aux branches, pendant que le cheval se dérobe de dessous lui.

Par ce moyen, le moine demeura pendu au noyer, et criant à l'aide et au meurtre, jurant aussi que c'était une trahison. Eudémon l'aperçut le premier et, appelant Gargantua : « Sire, venez vite, voyez Absalon[2] pendu. » Gargantua, arrivé, considéra la position du moine et la façon dont il pendait et dit à Eudémon : « Vous vous êtes trompé en le comparant à Absalon, car Absalon s'est pendu par les cheveux, mais le moine rasé s'est pendu par les oreilles.

– Aidez-moi, par le diable ! dit le moine. Est-ce que c'est bien le moment de jaser ? Vous me ressemblez aux docteurs décrétalistes[3] qui disent que si on voit son prochain en danger de mort, on doit sous peine de triple excommunication[4] l'admonester de se confesser et de se mettre en état de grâce[5] avant que lui venir en aide. Alors quand je les verrai tomber dans la rivière et près d'être noyés, au lieu d'aller les chercher et de leur tendre la main, je leur ferai un

---

1. **Saillie** : ici, extrémité, partie qui dépasse d'une branche brisée.
2. **Absalon** : personnage biblique (Deuxième Livre de Samuel) qui se retrouve pris au piège par les cheveux dans les branches d'un arbre, et se fait ainsi tuer par ses ennemis.
3. **Docteurs décrétalistes** : spécialistes des décrétales, lettres du pape édictant des règles.
4. **Excommunication** : exclusion de la communauté chrétienne, prononcée après une grave faute.
5. **Se mettre en état de grâce** : recevoir le pardon divin afin d'accéder au paradis.

sermon beau et long sur le mépris du monde et la fuite hors du siècle[1], et quand ils seront raides morts, j'irai les repêcher.

– Ne bouge pas, mon mignon, dit Gymnaste, je vais te chercher, car tu es un gentil moine. Un moine dans le cloître ne vaut pas deux œufs, mais quand il est dehors il en vaut trente. J'ai vu plus de 500 pendus, mais je n'en ai pas vu un qui ait meilleure grâce en pendillant, et si j'avais cette bonne chance, je voudrais pendre ainsi toute ma vie.

– Aurez-vous bientôt assez prêché ! dit le moine. Aidez-moi, par Dieu, puisque par l'autre vous ne voulez pas. Par l'habit que je porte, vous vous en repentirez en temps et lieu ! »

Alors Gymnaste descendit de son cheval et montant sur le noyer il souleva le moine par les aisselles d'une main et de l'autre défit sa visière du croc de l'arbre, et ainsi il le laissa tomber à terre, et lui ensuite. Dès qu'il fut descendu, le moine se défit de tout son harnois, et jeta une pièce après l'autre au milieu du champ, et reprenant son bâton de la croix il remonta sur son cheval qu'Eudémon avait retenu dans sa fuite. Ainsi ils s'en vont joyeusement, suivant le chemin de la saulaie.

1. **Siècle** : la vie quotidienne et triviale.

CHAPITRE 43

Comment l'escarmouche de Picrochole fut rencontrée par Gargantua, et comment le moine tua le capitaine Tyravant, et puis fut prisonnier chez les ennemis

Picrochole, entendant le récit de ceux qui avaient échappé à la déroute où le capitaine Tripet avait été étripé[1], fut pris d'un grand courroux, en entendant que les diables avaient couru sur ses gens. Il tint conseil toute la nuit, auquel Hastiveau et Touquedillon conclurent que sa puissance était telle qu'il pourrait vaincre tous les diables d'enfer s'ils y venaient. Ce que Picrochole ne croyait pas complètement, mais il ne se méfiait pas non plus.

Donc, sous la conduite du comte Tyravant, il envoya pour découvrir le pays 1 600 chevaliers, tous montés sur des chevaux légers formés en petit contingent[2], tous bien aspergés d'eau bénite, et chacun ayant pour marque une étole[3] en écharpe pour le cas où, s'ils rencontraient des diables, ils puissent les faire disparaître et évanouir par les vertus tant de cette eau gringorienne[4] que des étoles. Ils coururent donc jusqu'auprès de La Vauguyon et de la Maladrerie, mais ils ne trouvèrent personne à qui parler, donc ils repassèrent par le dessus, et dans la loge et la cabane des bergers près du Coudray, ils trouvèrent les cinq pèlerins, qu'ils amenèrent bien liés et houspillés[5], comme s'ils étaient des espions, malgré les exclamations, adjurations[6] et demandes qu'ils firent. Arrivés vers Seuillé, ils furent entendus par Gargantua, qui dit à ses gens :

---

1. **Étripé** : tué en ayant les entrailles arrachées.
2. **Formés en petit contingent** : rassemblés en petits groupes.
3. **Étole** : pièce de tissu portée par les prêtres lors des offices.
4. **Eau gringorienne** : eau, cendre et vin mêlés, qu'on utilisait pour purifier les églises après une profanation, selon une méthode inventée par saint Grégoire.
5. **Houspillés** : malmenés.
6. **Adjurations** : prières, supplications.

« Compagnons, voilà une rencontre, et ils sont dix fois plus que nous ; choquerons-nous sur eux ?

– Que diable ferons-nous donc ? dit le moine. Est-ce que vous estimez les hommes selon leur nombre, et non par leurs courage et hardiesse ? » Puis il s'écria : « Choquons, diables, choquons ! » Les ennemis qui l'entendaient pensaient réellement que ce fussent de vrais diables, et commencèrent à fuir à toute bride, sauf Tyravant, qui baissa sa lance en arrêt et en frappa de toutes ses forces le moine dans la poitrine, mais rencontrant le froc horrifique son fer s'émoussa, comme si vous frappiez une enclume avec une petite bougie. Donc le moine lui donna avec son bâton de la croix entre le col et le collet sur l'os acromion[1], si rudement qu'il l'étourdit et lui fit perdre tous sens et mouvement, et il tomba aux pieds du cheval.

En voyant l'étole qu'il portait en écharpe, le moine dit à Gargantua : « Ceux-ci ne sont pas prêtres, ce n'est qu'une ébauche de moine, par saint Jean, je suis un moine accompli, je vous renverserai comme des mouches. »

Puis il courut au grand galop derrière eux, si bien qu'il attrapa les derniers, et il les abattait comme du seigle[2], frappant à tort et à travers. Gymnaste interrogea immédiatement Gargantua, pour savoir s'ils devaient poursuivre. Gargantua y répondit : « Pas du tout. Car selon la vraie discipline militaire, il ne faut jamais mettre son ennemi dans une situation sans espoir, parce qu'une telle nécessité multiplie sa force et accroît son courage qui auparavant était atteint et affaibli. Il n'y a pas de meilleur remède de salut pour des gens assommés et épuisés que de ne plus espérer aucun salut. Combien de victoires ont été arrachées des mains des vainqueurs par les vaincus, quand ils ne se sont pas contentés de choses raisonnables, mais ont essayé de tout massacrer et de détruire totalement leurs ennemis sans vouloir en laisser un pour porter la nouvelle. Ouvrez toujours

1. **Entre le col et le collet sur l'os acromion** : entre le cou et les épaules sur l'os où s'articulent l'omoplate et la clavicule.
2. **Il les abattait comme du seigle** : il les abattait facilement, rapidement, comme on récolte le seigle.

à vos ennemis toutes les portes et les chemins, et faites-leur plutôt un pont d'or[1] pour les renvoyer.

– Certes, dit Gymnaste, mais ils ont le moine.

– Ont-ils pris le moine ? dit Gargantua. Sur mon honneur, ce sera pour leur dommage ; mais pour faire face à tous les hasards, ne nous retirons pas encore. Attendons ici en silence. Car je pense assez connaître le projet de nos ennemis, ils se guident au hasard et non par raisonnement. »

Ils attendaient donc sous les noyers, pendant que le moine poursuivait, choquant tous ceux qu'il rencontrait, sans avoir merci[2] de personne. Jusqu'à ce qu'il rencontre un chevalier qui portait en croupe un des pauvres pèlerins, et quand il voulut les assaillir, le pèlerin s'écria : « Ah monsieur le prieur ! mon ami, monsieur le prieur, sauvez-moi, je vous en prie. » En entendant cet appel, les ennemis se retournèrent et virent qu'il n'y avait là que le moine qui faisait cet esclandre[3] : ils le chargèrent de coups comme on fait d'un âne de bois, mais il ne sentait rien de tout ça, surtout qu'ils frappaient sur le froc, tant il avait la peau dure. Puis ils le donnèrent à garder à deux archers, et tournant bride[4], ne virent personne venir contre eux : ils estimèrent que Gargantua s'était enfui avec sa troupe. Donc ils coururent vers les Noirettes, aussi droit qu'ils purent pour les rencontrer, et ils laissèrent là le moine seul avec deux archers pour le garder. Gargantua entendit le bruit et le hennissement des chevaux, et dit à ses amis : « Compagnons, j'entends le bruit de nos ennemis, et j'en vois déjà certains qui viennent contre nous en foule, serrons-nous ici et tenons le chemin en bon rang, par ce moyen nous pourrons les recevoir pour leur perte et pour notre gloire. »

---

1. Allusion à une maxime d'Érasme (1469-1536) qui invite à construire un pont d'argent pour ses ennemis, c'est-à-dire à les laisser fuir.
2. Sans avoir merci : sans avoir pitié.
3. Esclandre : tapage, scandale.
4. Tournant bride : se retournant, regardant en arrière.

CHAPITRE 44

Comment le moine se défit de ses gardes et comment l'escarmouche de Picrochole fut détruite

Le moine, les voyant ainsi partir en désordre, conjectura[1] qu'ils allaient charger Gargantua et ses gens et il s'attristait merveilleusement de ce qu'il ne pouvait pas les secourir. Puis il remarqua la contenance de ses deux archers de garde, qui auraient volontiers couru après la troupe pour y faire un peu de butin, et ils regardaient toujours la vallée dans laquelle les autres descendaient. En plus il raisonnait, disant : « Ces gens sont bien mal exercés en fait d'armes. Car jamais ils ne m'ont demandé ma parole[2], et ils ne m'ont pas ôté mon glaive. »

Immédiatement après il tira ledit glaive et en frappa l'archer de droite en lui coupant complètement les veines jugulaires et les artères spagitides du col, avec la luette jusqu'aux amygdales, et en retirant la lame lui entrouvrit la moelle épinière entre la seconde et la troisième vertèbre : là l'archer tomba tout mort. Et le moine tournant son cheval à gauche courut sur l'autre archer, qui, voyant son compagnon mort et le moine avantagé sur lui, criait à haute voix : « Ah monsieur le prieur, je me rends, monsieur le prieur mon bon ami, monsieur le prieur ! » et le moine criait pareil : « Monsieur le postérieur, mon ami, monsieur le postérieur, vous aurez sur vos postères[3].

– Ah, disait l'archer, monsieur le prieur, mon mignon, monsieur le prieur, que Dieu vous fasse abbé !

– Par l'habit que je porte, disait le moine, je vous ferai ici cardinal. Rançonnez-vous les gens de religion ? Vous aurez un chapeau rouge dès maintenant de ma main ! » Et l'archer criait :

---

1. **Conjectura** : supposa.
2. **Ma parole** : ma promesse (que je ne m'enfuirai pas).
3. **Vos postères** : votre postérieur.

« Monsieur le prieur, monsieur le prieur, monsieur le futur abbé, monsieur le cardinal, monsieur le tout ! Ah ah ah non, monsieur le prieur, mon bon petit seigneur le prieur, je me rends à vous !

– Et je te rends à tous les diables », dit le moine.

Alors d'un coup il lui trancha la tête, lui coupant le crâne sur les os pétreux et lui enlevant les deux os bregmatis et la commissure sagittale, avec une grande partie de l'os coronal, et ce faisant il trancha les deux méninges et ouvrit profondément les deux ventricules postérieurs du cerveau ; et le crâne demeura pendant sur les épaules, par la peau du péricrâne par-derrière, en forme d'un bonnet de docteur, noir par-dessus, rouge par-dedans. Ainsi il tomba raide mort en terre.

Ce fait, le moine donne des éperons à son cheval, et suit la route de ses ennemis, qui avaient rencontré Gargantua et ses compagnons au grand chemin ; et ils étaient si diminués en nombre par l'énorme ravage qu'en avaient fait Gargantua avec son grand arbre, et Gymnaste, Ponocratès, et Eudémon, et les autres, qu'ils commençaient à se retirer en hâte, tout effrayés, le sens et l'entendement perturbés comme s'ils avaient vu devant leurs yeux la vraie image et le fantôme de la mort.

Et comme vous voyez un âne qui a au cul un taon envoyé par Junon ou une mouche qui le pique courir çà et là sans route ni chemin, jetant sa charge par terre, rompant son frein et ses rênes, sans respirer ni se reposer, et on ne sait pas ce qui le pousse à faire ça car on ne voit rien qui le touche, ainsi fuyaient ces gens privés de leur sens sans qu'on voie de cause à leur fuite, si ce n'est qu'une terreur panique surgie dans leur âme les pourchasse.

Le moine, voyant que leur pensée n'était que de filer, descend de son cheval et monte sur une grosse roche qui était sur le chemin, et avec son grand glaive il frappait sur ces fuyards à tour de bras sans se ménager ni s'économiser. Il en tua et en mit par terre tellement qu'il en cassa son glaive en deux morceaux. Donc il pensa que c'était assez massacré et tué, et que le reste devait en réchapper pour porter les nouvelles. Donc il saisit dans son poing une hache prise à ceux qui gisaient morts, et retourna à nouveau vers la roche, prenant plaisir à voir les ennemis fuir et culbuter dans les corps morts, excepté qu'à tous ceux qui passaient il faisait laisser les piques, épées, lances et arquebuses, et qu'il faisait mettre à pied ceux qui portaient les pèlerins liés, donnait leurs chevaux auxdits pèlerins, les gardant avec lui à l'orée de la haie. Et Touquedillon, qu'il garda prisonnier.

CHAPITRE 45

Comment le moine amena les pèlerins, et les bonnes paroles que leur dit Grandgousier

Cette escarmouche achevée, Gargantua se retira avec ses gens, sauf le moine, et sur la pointe du jour ils allèrent trouver Grandgousier qui, dans son lit, priait Dieu pour leur salut et leur victoire. Et les voyant tous saufs et entiers, il les embrassa de bonne affection et il demanda des nouvelles du moine. Mais Gargantua lui répondit que sans doute leurs ennemis avaient le moine. « Ils auront donc un mauvais sort », dit Grandgousier. Ce qui avait été bien vrai. C'est pourquoi on utilise encore la locution proverbiale de « donner le moine à quelqu'un[1] ».

Alors il commanda qu'on apprête à déjeuner, pour leur redonner des forces. Le tout apprêté, on appela Gargantua, mais il lui pesait tant que le moine ne se montre pas, qu'il ne voulait ni boire ni manger. Tout soudain le moine arrive, et dès la porte de la cour basse, il s'écria : « Vin frais, vin frais, Gymnaste, mon ami ! » Gymnaste sortit, et vit que c'était frère Jean qui amenait cinq pèlerins, et Touquedillon prisonnier, et Gargantua sortit au-devant de lui. Ils

1. Locution en usage bien avant François Rabelais, qui signifie « tromper quelqu'un ».

lui firent le meilleur accueil qu'ils purent et le menèrent devant Grandgousier qui l'interrogea sur toute son aventure.

Le moine lui racontait tout, et comment on l'avait pris, et comment il s'était débarrassé des archers, et la boucherie qu'il avait faite sur le chemin, et comment il avait repris les pèlerins, et amené le capitaine Touquedillon.

Puis ils se mirent à banqueter joyeusement tous ensemble. Cependant Grandgousier interrogeait les pèlerins, de quel pays ils étaient, où ils allaient. Lasdaller répondit pour tous. « Seigneur je suis de Saint-Genou en Berry,

Celui-ci est de Palluau,

Celui-ci est de Onzay,

Celui-ci est de Argy,

Et celui-ci est de Villebrenin. Nous venons de Saint-Sébastien près de Nantes et nous nous en retournons par petites journées.

– Certes, dit Grandgousier, mais qu'alliez-vous faire à Saint-Sébastien ?

– Nous allions lui offrir nos vœux contre la peste, dit Lasdaller.

– Oh mes pauvres gens, dit Grandgousier, vous croyez que la peste vient de saint Sébastien ?

– Oui vraiment, dit Lasdaller, nos prêcheurs l'affirment.

– Ah oui, dit Grandgousier, les faux prophètes vous annoncent de tels abus ? Blasphèment-ils[1] de telle façon des justes et des saints de Dieu, qu'ils les font semblables aux diables qui ne font que du mal parmi les humains ? Comme Homère écrit que la peste fut envoyée par Apollon contre l'armée des Grecs, et comme les poètes imaginent un grand tas de Véjovis[2] et de dieux malfaisants ! Ainsi à Sinais un cafard prêcha que saint Antoine mettait le feu aux jambes,

saint Eutrope faisait les hydropiques[3],

saint Gildas les fous,

1. **Blasphèment** : outragent, en vertu de dogmes religieux.
2. **Véjovis** : divinité romaine, sorte de double malfaisant de Jupiter.
3. **Hydropiques** : personnes souffrant d'œdèmes.

saint Genou les gouttes[1]. Mais je l'ai puni de façon si exemplaire, quoiqu'il m'appelât hérétique[2], que depuis ce temps aucun cafard n'a osé entrer sur mes terres. Et je m'ébahis que votre roi les laisse prêcher de tels scandales dans son royaume. Car ils sont plus dignes de punition que ceux qui auraient mis la peste dans le pays par magie ou par autre art malveillant. La peste ne tue que les corps. Mais de tels imposteurs empoisonnent les âmes. »

Pendant qu'il leur disait ces paroles, le moine entra tout hardi et leur demanda : « D'où êtes-vous, vous autres pauvres gens ?

– De Saint-Genou.

– Et comment se porte l'abbé Tranchelion, le bon buveur ? dit le moine. Et les moines, quelle chère font-ils ? Le corps Dieu, ils baisottent vos femmes pendant que vous pèlerinez.

– Hin hin, dit Lasdaller, je n'ai pas peur de la mienne. Car qui la verra de jour ne se rompra pas le cou pour aller la retrouver la nuit.

– C'est un très mauvais argument, dit le moine. Elle pourrait être aussi laide que Proserpine, elle aura, par Dieu, la saccade puisqu'il y a des moines autour. Car un bon ouvrier met indifféremment toutes les pièces en œuvre. Que j'aie la vérole si vous ne les trouvez pas engrossées à votre retour. Rien que l'ombre du clocher d'une abbaye est féconde !

– C'est comme l'eau du Nil en Égypte si vous en croyez Strabon, dit Gargantua, et Pline, livre VII, chapitre III, affirme que ça vient du pain, des habits et des corps[3]. »

Alors Grandgousier leur dit : « Allez-vous-en, pauvres gens, au nom de Dieu le créateur, qu'il vous guide perpétuellement. Et dorénavant ne soyez pas si faciles à faire ces oiseux[4] et inutiles voyages. Entretenez vos familles, travaillez chacun selon votre métier,

---

1. François Rabelais joue ici avec les superstitions religieuses qui attribuent, de manière fantaisiste ou par association de sonorités, leurs pouvoirs à chaque saint.
2. Hérétique : qui s'oppose aux dogmes religieux.
3. Allusion à des textes antiques rapportant les propriétés de l'eau du Nil, qui permet de féconder les récoltes et de produire nourriture et tissus.
4. Oiseux : sans intérêt.

instruisez vos enfants et vivez comme vous l'enseigne le bon apôtre saint Paul. En faisant cela vous aurez la garde de Dieu, des anges et des saints avec vous, et il n'y aura peste ni mal qui vous nuise. »

Puis Gargantua les mena se refaire[1] dans la salle, mais les pèlerins ne faisaient que soupirer, et ils dirent à Gargantua : « Oh qu'heureux est le pays qui a un tel homme pour seigneur ! Nous sommes plus édifiés et instruits dans ces propos qu'il nous a tenus que dans tous les sermons qui nous furent jamais prêchés dans notre ville.

– C'est ce que dit Platon dans sa *République*, livre V : que les États seraient heureux quand les rois philosopheraient ou que les philosophes régneraient », leur dit Gargantua. Puis il leur fit emplir leurs besaces de vivres, leurs bouteilles de vin, et il donna à chacun un cheval pour les soulager dans le reste du chemin, et quelques carolus[2] pour vivre.

CHAPITRE 46

Comment Grandgousier traita humainement Touquedillon prisonnier

Touquedillon fut présenté à Grandgousier qui l'interrogea sur l'entreprise et les affaires de Picrochole, sur le but qu'il cherchait par ce vacarme tumultueux. À quoi Touquedillon répondit que son but et sa destinée étaient de conquérir tout le pays s'il pouvait, à cause de l'injure faite à ses fouaciers.

« C'est trop entrepris, dit Grandgousier. Qui trop embrasse peu étreint. On n'est plus au temps où on conquérait des royaumes en

1. **Se refaire** : ici, se restaurer, manger.
2. **Carolus** : pièces de monnaie.

faisant dommage[1] à son proche frère chrétien ; cette imitation des anciens Hercules, Alexandres, Hannibals, Scipions, Césars et autres de ce genre, est contraire au fait de professer l'Évangile, par lequel il nous est commandé de garder, sauver, régir et administrer chacun son pays et ses terres, et pas d'envahir les autres avec hostilité. Ce que les Sarrasins et les Barbares appelaient autrefois prouesses, maintenant nous l'appelons brigandages et méchancetés. Il aurait mieux fait de se restreindre en sa maison en la gouvernant royalement que d'insulter la mienne en la pillant hostilement, car en la gouvernant bien, il l'aurait rendue grande, en me pillant il sera détruit. Allez-vous-en, au nom de Dieu ; suivez un bon projet, remontrez à votre roi les erreurs que vous connaîtrez, et ne le conseillez jamais en fonction de votre profit particulier, car le bien propre est perdu avec le bien public. Pour ce qui est de votre rançon, je vous en dispense entièrement, et je veux que vos armes et votre cheval vous soient rendus, ainsi qu'il faut faire entre voisins et anciens amis, vu que ce différend entre nous n'est pas une guerre à proprement parler.

« Comme Platon au livre V de *La République* voulait qu'on n'appelle pas guerre mais sédition[2] les cas où les Grecs levaient les armes les uns contre les autres. Et si par mauvais sort cela arrivait, il recommande d'user de toute la modération possible. Si vous l'appelez guerre, elle n'est que superficielle : elle n'entre pas au profond de nos cœurs. Car aucun de nous n'est outragé dans son honneur, et il n'est question, somme toute, que de rhabiller quelque faute commise par nos gens, j'entends les vôtres et les nôtres. Et encore que vous ayez eu connaissance de la faute, vous deviez laisser couler, car les personnages en querelle étaient plus à mépriser qu'à mettre en mémoire, surtout si on les satisfaisait selon leur grief comme je m'y suis offert. Dieu sera le juste juge de notre différend, et je le supplie de m'enlever de cette vie par la mort et de ruiner mes biens devant mes yeux, plutôt que moi ou les miens ne l'offensions. »

1. **En faisant dommage** : en faisant tort.
2. **Sédition** : révolte, soulèvement.

Ces paroles achevées, il appela le moine, et devant tous lui demanda: « Frère Jean, mon bon ami, est-ce vous qui avez pris le capitaine Touquedillon ici présent?

– Sire, dit le moine, il est présent, il a l'âge et l'intelligence, j'aime mieux que vous le sachiez par son aveu que par ma parole. »

Alors Touquedillon dit: « Seigneur, c'est bien lui qui m'a pris et je me rends ouvertement son prisonnier.

– L'avez-vous mis à rançon? dit Grandgousier au moine.

– Non, dit le moine, je ne me soucie pas de cela.

– Combien voudriez-vous pour sa prise? dit Grandgousier.

– Rien, rien, cela ne me motive pas », dit le moine.

Alors Grandgousier commanda que devant Touquedillon on compte au moine 62000 saluts[1] pour cette prise. Ce qui fut fait pendant qu'on donna une collation audit Touquedillon, à qui Grandgousier demanda s'il voulait rester avec lui ou s'il aimait mieux retourner à son roi. Touquedillon répondit qu'il suivrait le parti qu'il lui recommanderait. « Donc, dit Grandgousier, retournez à votre roi, et que Dieu soit avec vous. » Puis il lui donna une belle épée de Vienne, avec un fourreau d'or orné de beaux motifs d'orfèvrerie, et un collier d'or pesant 70000 marcs, garni de fines pierreries, qu'on estimait à 160000 ducats, et 10000 écus en présent honorable. Après ces propos, Touquedillon monta sur son cheval. Pour sa sûreté Gargantua lui donna 30 hommes d'armes et 120 archers sous la conduite de Gymnaste, pour le mener jusqu'aux portes de La Roche-Clermault en cas de besoin.

Après son départ, le moine rendit à Grandgousier les 62 000 saluts qu'il avait reçus, en disant: « Sire, ce n'est pas le moment de faire de tels dons. Attendez la fin de cette guerre, car on ne sait pas quelles affaires pourraient arriver. Et une guerre faite sans une bonne

1. **Saluts**: ici, monnaie de grande valeur.

provision d'argent n'a qu'un souffle de vigueur[1]. Les pécunes[2] sont le nerf de la guerre !

– Donc c'est à la fin que je vous contenterai par une honnête récompense, dit Grandgousier, vous et tous ceux qui m'auront bien servi. »

CHAPITRE 47

Comment Grandgousier fit mander[3] ses légions, et comment Touquedillon tua Hastiveau, puis fut tué sur l'ordre de Picrochole

Dans ces mêmes jours, les gens de Bessé, du Marché-Vieux, du Bourg- Saint-Jacques, du Traineau, de Parillé, de Rivière, des Roches Saint-Paul, du Vau-Breton, de Pautille, de Bréhémont, du Pont-de-Clam, de Cravant, de Grandmont, des Bourdes, de La Villaumère, de Huymes, de Sergé, de Hussé, de Saint-Louand, de Panzoust, des Coldreaux, de Verron, de Coulaines, de Chosé, de Varennes, de Bourgueil, de L'Île-Bouchard, de Croulay, de Narcy, de Candé, de Montsoreau et autres lieux voisins, envoyèrent des ambassades à Grandgousier pour lui dire qu'ils étaient avertis des torts que lui faisait Picrochole, et en vertu de leur ancienne confédération, ils lui offraient tout ce qu'ils pouvaient en hommes et en argent et autres munitions de guerre. L'argent de tous, selon les pactes qu'ils avaient envers lui, montait à 134 millions et 2 écus et demi d'or. Les gens étaient 15 000 hommes d'armes, 32 000 chevau-légers, 89 000 arquebusiers, 140 000 aventuriers, 11 200 canons, basilics et

1. **N'a qu'un souffle de vigueur** : ne peut pas durer longtemps.
2. **Les pécunes** : l'argent.
3. **Mander** : appeler.

spiroles[1]. 47000 pionniers, le tout payé et ravitaillé pour six mois et quatre jours. Grandgousier ne refusa, ni n'accepta cette offre complètement.

Mais il les remercia grandement et dit qu'il arrêterait cette guerre par telle méthode qu'il ne serait pas nécessaire de retenir tant de gens de bien. Il envoya seulement des gens pour amener en ordre les légions qu'il entretenait ordinairement[2] dans ses places de La Devinière, de Chavigny, de Gravot et de Quinquenais, montant au nombre de 2500 hommes d'armes, 66000 fantassins, 26000 arquebusiers, 200 grosses pièces d'artillerie, 22000 pionniers, et 6000 chevau-légers, tous par régiments, si bien équipés de leurs trésoriers, vivandiers[3], maréchaux-ferrants, armuriers et autres personnels nécessaires au train de bataille, si bien instruits en art militaire, si bien armés, reconnaissant si bien les enseignes à suivre, si rapides à comprendre et à exécuter les ordres de leurs capitaines, si habiles à courir, si forts à assaillir, si prudents aux hasards, qu'ils ressemblaient plus à une harmonie d'orgue et à un mécanisme d'horloge qu'à une armée ou un corps de gens d'armes.

Touquedillon arrivé se présenta à Picrochole et lui raconta longuement ce qu'il avait fait et vu. À la fin, il conseillait par de fortes paroles qu'on fasse un arrangement avec Grandgousier, qu'il avait trouvé le plus homme de bien[4] du monde, ajoutant que ce n'était ni profitable ni raisonnable de molester ainsi ses voisins, dont ils n'avaient jamais eu que du bien. Et pour ce qui concernait le principal: qu'ils ne sortiraient de cette entreprise que pour leur plus grand dommage et leur malheur. Car la puissance de Picrochole n'était pas telle que Grandgousier ne puisse facilement les mettre à sac. Il n'eut pas plutôt achevé ces paroles que Hastiveau s'écria tout haut: « Bien malheureux est le prince qui est servi par de telles

---

1. **Spiroles**: petits canons.
2. **Ordinairement**: habituellement.
3. **Vivandiers**: marchands qui accompagnent les troupes pour vendre des vivres aux soldats.
4. **Homme de bien**: homme honnête, estimable.

gens, si facilement corrompus, comme je vois que Touquedillon l'a été. Car je vois son courage si changé qu'il se serait volontiers joint à nos ennemis pour combattre contre nous et nous trahir, s'ils avaient voulu le garder ; mais comme la vertu est estimée et louée par tous, amis et ennemis, aussi la méchanceté est bientôt connue et suspecte. Et, à supposer que les ennemis se servent d'elle à leur profit, ils ont toujours les méchants et les traîtres en abomination. » Touquedillon, ne supportant pas ces paroles, tira son épée et en transperça Hastiveau un peu au-dessus de la mamelle gauche, ce dont il mourut immédiatement. Et retirant son épée du corps, dit ouvertement: « Ainsi périsse qui blâmera les serviteurs loyaux. » Picrochole entra soudain en fureur, et voyant l'épée et le fourreau si riche, dit: « T'avait-on donné ce bâton pour tuer malignement en ma présence mon bon ami Hastiveau ? »

Alors il commanda à ses archers de le mettre en pièces. Ce qui fut fait sur l'heure, si cruellement que la chambre était toute pavée[1] de sang. Puis il fit honorablement inhumer le corps de Hastiveau, et jeter dans la vallée par-dessus les murailles celui de Touquedillon. Les nouvelles de ces outrages furent sues par toute l'armée, ce dont plusieurs commencèrent à murmurer contre Picrochole, tant que Grippepinault lui dit: « Seigneur, je ne sais quelle sera l'issue de cette entreprise. Je vois vos gens peu solides en leurs courages. Ils considèrent que nous sommes ici mal pourvus en vivres, et déjà fort diminués en nombre par nos deux ou trois sorties[2]. Davantage, il vient un grand renfort de gens à vos ennemis. Si nous sommes assiégés une fois, je ne vois pas comment ce ne serait pas pour notre ruine totale.

– Merde, merde, dit Picrochole. Vous ressemblez aux anguilles de Melun[3] qui crient avant qu'on les écorche. Laissez-les seulement venir ! »

1. **Pavée**: couverte.
2. **Sorties**: ici, attaques.
3. Allusion à un dicton en usage au XVIe siècle, depuis qu'un acteur nommé Languille joua le rôle d'un écorché vif dans un spectacle de rue, à Melun.

CHAPITRE 48

Comment Gargantua assaillit Picrochole dans La Roche-Clermault et comment il défit l'armée de Picrochole

Gargantua eut la charge totale de l'armée, son père demeura dans son logis. Et en leur donnant courage avec de bonnes paroles, il promit de grandes récompenses à ceux qui feraient quelques prouesses.

Puis ils gagnèrent le gué de Vède, et le traversèrent d'une traite par des bateaux et des ponts construits légèrement. Puis considérant l'emplacement de la ville qui était sur un lieu élevé et avantageux, Gargantua délibéra cette nuit-là sur ce qu'il fallait faire. Mais Gymnaste lui dit: « Seigneur, la nature et le tempérament des Français sont tels qu'ils ne valent qu'au premier assaut. Alors ils sont pires que des diables. Mais s'ils restent en place, ils valent moins que des femmes. Je suis d'avis que vous fassiez donner l'assaut maintenant, dès que vos gens auront quelque peu respiré et mangé. » L'avis fut approuvé. Donc il installe toute son armée en plein champ, mettant les réserves du côté de la montée.

Le moine prit avec lui six enseignes de fantassins et 200 hommes d'armes, et il traversa les marais en grande rapidité et il arriva sous le Puy jusqu'au grand chemin de Loudun.

Cependant l'assaut continuait, les gens de Picrochole ne savaient pas si le mieux était de faire une sortie pour les recevoir, ou bien de garder la ville sans bouger. Mais Picrochole sortit furieusement avec les hommes d'armes de sa maison, et là il fut reçu et festoyé à grands coups de canon qui grêlaient sur les coteaux, ce pourquoi les gargantuistes se retirèrent dans la vallée pour mieux laisser jouer l'artillerie. Ceux de la ville défendaient le mieux qu'ils pouvaient, mais leurs traits[1] passaient par-dessus l'ennemi sans blesser

1. **Traits**: flèches.

personne. Certains de la bande, sauvés de l'artillerie, donnèrent courageusement sur nos gens, mais cela leur fut de peu de profit, car tous furent reçus entre les lignes et là mis par terre. Ce que voyant ils voulaient se retirer, mais le moine avait occupé le passage.

Donc ils se mirent en fuite sans ordre ni organisation. Certains voulaient leur donner la chasse, mais le moine les retint, craignant qu'ils perdent leurs rangs en poursuivant les fuyards, et que ceux de la ville ne chargent à ce moment-là contre eux. Puis, au bout d'un moment et comme nul ne venait contre eux, il envoya le duc Phrontiste inciter Gargantua à s'avancer pour gagner le coteau à gauche, pour empêcher la retraite de Picrochole par cette porte. Ce que Gargantua fit rapidement, et il y envoya quatre légions de la compagnie de Sébaste, mais ils ne purent gagner le haut sans rencontrer bien en face Picrochole et ceux qui étaient avec lui dispersés. Alors ils les chargèrent énergiquement. Toutefois ils eurent de gros dommages venus des traits et de l'artillerie de ceux qui étaient sur les murs de la ville. En voyant cela Gargantua alla les secourir de toute sa puissance et son artillerie commença à frapper sur ce quartier de murailles, tant que toute la force de la ville y fut appelée.

Le moine, voyant que le côté qu'il assiégeait était vidé de gens et de gardes, héroïquement fonça vers le fort et fit tant qu'il monta au-dessus avec certains de ses gens, pensant que ceux qui font irruption dans un combat donnent plus de crainte et de frayeur que ceux qui combattent dans le combat principal. Toutefois il ne donna pas d'alarme jusques à ce que tous les siens aient gagné la muraille, sauf les 200 hommes d'armes qu'il laissa dehors à cause des surprises. Puis il cria horriblement, les siens aussi, et ils tuèrent sans résistance les gardes de cette porte, l'ouvrirent aux hommes d'armes, et de toute leur énergie coururent ensemble vers la porte de l'est, où c'était la débâcle[1]. Et ils renversèrent par-derrière toute leur force. Les assiégés voyant que de tous les côtés les gargantuistes avaient gagné

1. **Débâcle** : défaite caractérisée par le désordre et la fuite des vaincus.

la ville se rendirent au moine à merci[1]. Le moine leur fit rendre les bâtons et les armes, et les fit retirer et enfermer dans les églises (en enlevant tous les bâtons de croix) et il mit des gens aux portes pour les empêcher de sortir. Puis en ouvrant cette porte de l'est, il sortit au secours de Gargantua.

Mais Picrochole pensait que le secours lui venait de la ville et par outrecuidance se hasarda plus qu'avant, jusqu'à ce que Gargantua s'écrie: « Frère Jean mon ami, frère Jean, soyez le bienvenu au bon moment! » Alors Picrochole et ses gens, comprenant que tout était sans espoir, prirent la fuite de toutes parts. Gargantua les poursuivit jusqu'à Vaugaudry, tuant et massacrant, puis il sonna la retraite.

CHAPITRE 49

Comment Picrochole fut surpris dans sa fuite par de mauvaises chances, et ce que fit Gargantua après la bataille

Picrochole ainsi désespéré s'enfuit vers L'Île-Bouchard, et au chemin de Rivière son cheval broncha[2], ce dont il fut si indigné que dans sa colère il le tua de son épée ; puis ne trouvant personne qui lui en donne un autre, il voulut prendre un âne du moulin qui était là auprès, mais les meuniers le frappèrent tout de coups, lui volèrent ses habits et lui donnèrent pour se couvrir une mauvaise souquenille[3]. Ainsi s'en alla le pauvre colérique, puis il passa l'eau au Port-Huault, et racontant ses mauvaises fortunes[4], il fut avisé

1. **Se rendirent au moine à merci**: se mirent à la disposition du moine en reconnaissant la défaite.
2. **Broncha**: ici, trébucha.
3. **Souquenille**: blouse grossière.
4. **Mauvaises fortunes**: malheurs.

par une vieille sorcière que son royaume lui serait rendu à la venue des coquecigrues[1] ; depuis on ne sait pas ce qui lui est arrivé. Toutefois on m'a dit qu'il est à présent pauvre tâcheron[2] à Lyon, coléreux comme auparavant. Et il interroge tous les étrangers sur la venue des coquecigrues, espérant dur comme fer, selon la prophétie de la vieille, qu'à leur venue il serait remis en son royaume.

Après leur retraite, Gargantua d'abord recensa ses gens, et il trouva que peu d'entre eux avaient péri dans la bataille, à savoir quelques fantassins de la bande du capitaine Tolmère, et que Ponocratès avait un coup d'arquebuse dans son pourpoint. Puis il les fit se restaurer chacun dans sa compagnie et il commanda aux trésoriers que ce repas leur soit payé et qu'on ne fasse outrage à personne en ville, puisque maintenant elle était à lui ; et qu'après leur repas ils comparaissent[3] sur la place devant le château, et que là ils seraient payés pour six mois. Ce qui fut fait. Puis il fit comparaître devant lui sur ladite place tous ceux qui restaient du parti de Picrochole, auxquels il parla, devant ses princes et capitaines, comme il s'ensuit.

---

1. **Coquecigrues** : terme inventé par François Rabelais, qui associe trois oiseaux (coq, cigogne, grue) pour en former un quatrième, imaginaire. « À la venue des coquecigrues » signifie donc « jamais ».
2. **Tâcheron** : ouvrier employé à des tâches ingrates.
3. **Ils comparaissent** : ils se présentent.

CHAPITRE 50

La harangue que Gargantua fit aux vaincus

« Nos pères, aïeux et ancêtres, de toute mémoire, ont été de cette opinion et de ce naturel, qu'ils ont plus volontiers, pour signe commémoratif des triomphes et des victoires dans les batailles qu'ils avaient terminées, érigé par leur grâce des trophées et des monuments dans les cœurs des vaincus, que par l'architecture dans les terres qu'ils avaient conquises. Car ils estimaient plus la vivante souvenance[1] des humains, acquise par la libéralité[2], que la muette inscription des arcs, colonnes et pyramides, sujette aux ravages de l'air et à la jalousie d'un chacun. Vous pouvez assez vous souvenir de la mansuétude[3] dont ils firent preuve envers les Bretons à la journée de Saint-Aubin-du-Cormier[4], et à la démolition de Parthenay[5]. Vous avez entendu, et en entendant vous avez admiré, le bon traitement qu'ils firent aux Barbares d'Hispaniola[6], qui avaient pillé, dépeuplé et saccagé les bords de mer d'Olonne et de Talmondois.

« Le ciel entier a été rempli des louanges et des remerciements que vous-mêmes et vos pères fîtes lorsque Alpharbal[7], roi des Canarres, à qui son bonheur ne suffisait pas, envahit furieusement le pays d'Aunis, exerçant la piraterie dans toutes les îles d'Armorique et les régions avoisinantes. Il fut pris et vaincu dans une juste bataille navale par mon père, que Dieu lui donne garde et protection. Mais quoi ? Alors que les autres rois et empereurs, même ceux qui se font

---

1. **La vivante souvenance** : le souvenir vivace, intact.
2. **Libéralité** : générosité, bonne action.
3. **Mansuétude** : indulgence.
4. En 1488, l'armée du roi Charles VII écrase à Saint-Aubin-du-Cormier le soulèvement de petits nobles menés par le duc de Bretagne.
5. En 1487, dans le cadre de ce même conflit, Charles VII s'empare de la ville de Parthenay et fait démolir ses remparts.
6. **Aux Barbares d'Hispaniola** : aux barbares d'Haïti, c'est-à-dire certainement les colonisateurs espagnols. L'épisode raconté ensuite est fantaisiste.
7. **Alpharbal** : personnage imaginaire.

nommer catholiques, l'auraient misérablement traité, durement emprisonné et rançonné à l'extrême, lui le traita courtoisement, le logea agréablement dans son palais avec lui, et par une incroyable bonté le renvoya avec un sauf-conduit, chargé de dons, chargé de grâces, chargé de tous les bons offices d'amitié. Qu'en est-il advenu ? Quand Alpharbal fut retourné sur ses terres, il fit assembler tous les princes et les états[1] de son royaume, il leur exposa l'humanité qu'il avait trouvée en nous et il les pria de délibérer sur ce fait de telle manière que le monde y trouve un exemple : comme il avait déjà en nous un exemple de gracieuseté honnête, qu'on ait en eux un exemple d'honnêteté gracieuse. Alors il fut décrété par consentement unanime que l'on offrirait entièrement leurs terres, domaines et royaume, pour que nous en fassions selon notre choix.

« Alpharbal, en sa propre personne, retourna rapidement avec 9038 grands bateaux de transport, menant non seulement les trésors de sa maison et de sa lignée royale, mais presque de tout le pays. Car en s'embarquant pour faire voile au vent ouest-nord-est, chacun en masse jetait dans les bateaux or, argent, bagues, joyaux, épices, drogues et parfums aromatiques, perroquets, pélicans, guenons, civettes, genettes, porcs-épics. Il n'y avait pas d'homme réputé fils de bonne mère qui ne jette dedans ce qu'il avait de précieux. Quand il fut arrivé, il voulait baiser les pieds de mon père, le fait fut trouvé indigne de lui et ne fut toléré, mais il fut embrassé en ami. Il offrit ses présents, ils ne furent pas acceptés, pour être trop excessifs. Il se donna comme vassal et esclave volontaire, lui et sa postérité, cela ne fut pas accepté, pour paraître injuste. Il céda par décret ses terres et son royaume, apportant la transaction et le transfert de propriété signé, scellé et ratifié par tous ceux qui devaient le faire, ce fut totalement refusé et les contrats jetés au feu. Pour finir, mon père commença à gémir de pitié, et à pleurer abondamment, considérant la libre volonté et la simplicité des Canarriens ; et par des mots choisis et des sentences bien adaptées il minimisait le bon traitement qu'il

1. **Les états** : les représentants des différentes classes sociales.

leur avait fait, disant que le bien qu'il leur avait fait ne valait pas plus qu'un bouton, et que s'il leur avait montré de l'honnêteté, il était tenu de le faire. Mais Alpharbal l'amplifiait d'autant. Quelle fut la solution ? Au lieu que nous aurions pu exiger tyranniquement vingt fois 100 000 écus pour sa rançon fixée quand il était à toute extrémité[1], et que nous aurions pu retenir en otages ses enfants les plus âgés, les Canarriens se sont faits tributaires[2] perpétuels et se sont engagés à nous donner chaque année 2 millions d'or fin à 24 carats. Ils nous furent payés ici la première année ; la seconde, de leur libre volonté, ils en payèrent 2 300 000 écus, la troisième 2 600 000, la quatrième 3 millions, et ils augmentent tellement, toujours de leur plein gré, que nous serons contraints de leur interdire de plus rien nous apporter. C'est la nature de la libre grâce. Car le temps qui ronge et dévore toutes choses, augmente et accroît les bienfaits, parce qu'un bon traitement librement fait à un homme de raison grandit continuellement par sa vertueuse réflexion et son souvenir.

« Ne voulant donc dégénérer[3] aucunement de la bonté héréditaire de mes parents, maintenant je vous pardonne et délivre, et vous rends francs[4] et libres comme auparavant.

« Bien plus, à la sortie des portes, vous serez payés chacun pour trois mois, pour pouvoir vous retirer dans vos maisons et familles, et 600 hommes d'armes et 8 000 fantassins vous conduiront en sûreté sous la conduite de mon écuyer Alexandre, afin que les paysans ne vous molestent pas. Dieu soit avec vous. Je regrette de tout mon cœur que Picrochole ne soit pas ici. Car je lui aurais fait comprendre que cette guerre était faite sans ma volonté, sans espoir d'accroître ni mon bien ni ma gloire. Mais puisqu'il est en fuite, et qu'on ne sait ni où ni comment il est évanoui, je veux que son royaume demeure entier à son fils. Lequel, parce qu'il est encore trop jeune (car il n'a pas encore cinq ans accomplis) sera éduqué et

1. **Il était à toute extrémité** : il était au plus bas, complètement vaincu.
2. **Tributaires** : ceux qui doivent quelque chose.
3. **Dégénérer** : ici, abandonner.
4. **Francs** : libres et ne devant rien.

instruit par les princes âgés et les gens savants du royaume. Et parce qu'un royaume ainsi affligé serait facilement ruiné si on ne refrénait la convoitise et l'appétit de richesses de ses administrateurs, je veux et j'ordonne que Ponocratès ait la haute main[1] sur tous ses gouverneurs, avec l'autorité à ce requise, et qu'il soit assidu auprès de l'enfant, jusqu'à ce qu'il le connaisse apte à pouvoir gouverner par lui-même et à régner.

« Je considère que la facilité trop molle et lâche de pardonner aux malfaisants leur est une occasion de mal faire ensuite plus facilement, à cause de cette pernicieuse[2] confiance qu'ils seront graciés. Je considère que Moïse, l'homme le plus doux qui fût alors sur terre[3], punissait durement les mutins[4] et les séditieux du peuple d'Israël. Je considère que Jules César empereur si débonnaire que Cicéron dit de lui que sa chance n'avait rien de plus souverain, sinon qu'il pouvait, et sa vertu n'avait rien de meilleur sinon qu'il voulait toujours sauver et pardonner à tout le monde. Toutefois, ce nonobstant, dans certains lieux, il punit sévèrement les auteurs de rébellion. Selon ces exemples, je veux que vous me livriez avant de partir : premièrement ce beau Marquet qui a été la source et la cause première de cette guerre par sa vaine outrecuidance ; secondement ses compagnons fouaciers qui négligèrent de corriger sa tête folle immédiatement. Et enfin tous les conseillers, capitaines, officiers et familiers[5] de Picrochole, qui l'auraient incité, loué ou conseillé de sortir de ses frontières pour nous troubler ainsi. »

---

1. **Ait la haute main sur** : soit le plus haut placé parmi, dirige.
2. **Pernicieuse** : dangereuse.
3. Cette expression est directement tirée de l'Ancien Testament (livre des Nombres). Le prophète Moïse fait preuve de sévérité envers les Hébreux lorsque ceux-ci se détournent de Dieu.
4. **Mutins** : ici, rebelles.
5. **Familiers** : domestiques.

CHAPITRE 51

Comment les vainqueurs gargantuistes furent récompensés après la bataille

Cette harangue faite par Gargantua, les séditieux demandés par Gargantua lui furent livrés, sauf Spadassin, Merdaille et Menuail qui s'étaient enfuis six heures avant la bataille, l'un d'une traite, jusqu'au col de Laignel, l'autre jusqu'au val de Vire, l'autre jusqu'à Logrono, sans regarder derrière eux ni reprendre leur souffle en chemin, et deux fouaciers qui avaient péri dans la journée de bataille. Gargantua ne leur fit aucun autre mal que de les mettre à tirer les presses de son imprimerie qu'il avait récemment créée.

Puis il fit honorablement inhumer dans la vallée des Noirettes et au camp de Bruslevieille ceux qui étaient morts. Les blessés, il les fit panser et traiter dans son grand hôpital. Après il avisa aux dommages faits à la ville et à ses habitants ; il les fit rembourser de tous leurs frais selon leur déclaration sous serment. Et il fit bâtir un château fort, y mettant des gens et un guet pour se défendre mieux à l'avenir contre les alarmes soudaines.

À la séparation, il remercia gracieusement tous les soldats de ses légions qui avaient participé à cette défaite et il les renvoya hiverner[1] dans leurs cantonnements et garnisons. Sauf certains de la légion Décumane qu'il avait vu faire quelques prouesses dans la journée, et les capitaines des bandes qu'il amena avec lui devant Grandgousier.

En les voyant arriver, le vieillard fut si joyeux qu'il serait impossible de le décrire. Donc il leur donna un festin, le plus magnifique, le plus abondant et le plus délicieux qu'on ait vu depuis le temps du roi Assuérus[2]. Au sortir de table, il distribua à chacun d'eux tout

1. **Hiverner** : passer l'hiver au repos.
2. Le festin du roi perse Assuérus, qui dura plus de 180 jours, est décrit dans l'Ancien Testament (livre d'Esther).

le parement de son buffet[1] qui était du poids de 1800014 besants d'or, en grands vases de style antique, grands pots, grands bassins, grandes tasses, coupes, potets, candélabres[2], coupes, jattes, plats, jardinières, drageoirs, et telles autres pièces de vaisselle, toutes d'or massif, en plus des pierres précieuses, de l'émail et du travail d'orfèvrerie, qui, de l'avis unanime, dépassait en valeur leur matière. En plus, il leur fit compter à chacun, sortis de ses coffres, 1200000 écus comptants. Et de surcroît il donna à chacun d'eux en perpétuité (sauf s'ils mouraient sans héritiers) ses châteaux et ses terres voisines selon qu'ils leur étaient les plus commodes. À Ponocratès il donna La Roche-Clermault ; à Gymnaste Le Coudray, à Eudémon Montpensier. Le Rivau à Tolmère, à Ithybole Montsoreau, à Acamas Cande, Varennes à Chironacte, Gravot à Sebaste, Quinquenais à Alexandre, Ligré à Sophrone, et ainsi pour ses autres places.

CHAPITRE 52

Comment Gargantua fit bâtir pour le moine l'abbaye de Thélème

Il ne restait plus que le moine à pourvoir. Gargantua voulait le faire abbé de Seuillé, mais il refusa. Il voulut lui donner l'abbaye de Bourgueil, ou celle de Saint-Florent, celle qui lui plairait le mieux, ou les deux si cela lui était agréable. Mais le moine lui fit une réponse péremptoire[3], qu'il ne voulait ni charge ni gouvernement de moines. « Car comment, disait-il, pourrais-je gouverner les autres, moi qui ne saurais me gouverner moi-même ? S'il vous semble que je vous

1. **Le parement de son buffet** : les objets précieux, ornés, de sa vaisselle.
2. **Candélabres** : chandeliers.
3. **Péremptoire** : décidée, résolue.

aie fait, et que je puisse vous faire à l'avenir un service agréable, donnez-moi de pouvoir fonder une abbaye à mon idée. »

La demande plut à Gargantua et il lui offrit tout le pays de Thélème, au bord de la rivière de Loire, à deux lieues de la grande forêt du Port-Huault. Et le moine demanda à Gargantua de faire le règlement de son couvent à l'inverse de tous les autres.

« Premièrement donc, dit Gargantua, il ne faudra pas bâtir de murailles autour, car toutes les abbayes sont solidement murées.

– Certes, dit le moine. Et pour des tas de bonnes raisons, là où il y a mur devant et mur derrière, il y a force murmure, envie et conspiration réciproque. »

De plus, vu qu'en certains couvents de ce monde, il est en usage que si une femme y entre (j'entends des prudes et pudiques) on nettoie la place par où elle est passée, il fut ordonné que si un religieux ou une religieuse entrait par hasard, on nettoierait soigneusement tous les lieux par où ils seraient passés. Et parce que dans les couvents de ce monde tout est mesuré, limité et réglé par des heures, il fut décrété qu'il n'y aurait là ni horloge ni cadran solaire. Mais les actes seraient tous exécutés selon les occasions et les opportunités. « Car, disait Gargantua, la plus réelle perte de temps qui soit est de compter les heures. Quel bien en vient-il ? Et la plus grande absurdité du monde était de se gouverner au son d'une cloche, et non à ce que dictent le bon sens et la raison. »

Item[1], parce qu'à cette époque on ne mettait au couvent les femmes, que borgnes, boiteuses, bossues, laides, usées, folles, insensées, infirmes et tarées[2], ni les hommes que malades, mal nés, niais[3] et fardeau familial…

« À propos, dit le moine, une femme qui n'est ni belle ni bonne, à quoi vaut-elle ?

– À mettre au couvent, dit Gargantua.

---

1. ***Item*** : de plus. Expression latine.
2. **Tarées** : porteuses d'une tare, d'un défaut psychique ou physique.
3. **Niais** : idiots.

– Oui, dit le moine, et à faire des chemises ? »

… Il fut ordonné qu'on ne recevrait là que les belles, bien formées et bien constituées, et les beaux, bien formés et bien constitués.

Item, parce que les hommes n'entraient pas dans les couvents des femmes sinon en douce et clandestinement, il fut décrété qu'il n'y aurait pas de femmes sans que n'y fussent les hommes, ni les hommes sans que n'y fussent les femmes.

Item, parce que tant les hommes que les femmes une fois reçus au couvent, après une année de probation[1], étaient forcés et obligés d'y demeurer perpétuellement leur vie durant, il fut établi que tant les hommes que les femmes qui seraient reçus là sortiraient quand bon leur semblerait librement et entièrement.

Item, parce qu'ordinairement les religieux faisaient trois vœux, à savoir de chasteté, pauvreté, et obéissance, il fut institué qu'on puisse là honorablement être marié, que chacun soit riche et vive selon sa liberté.

Pour l'âge légitime, les femmes y étaient reçues de dix à quinze ans, les hommes de douze à dix-huit ans.

1. **Probation** : mise à l'essai d'un religieux avant la prononciation de ses vœux et son intégration définitive au couvent.

CHAPITRE 53

Comment fut bâtie et dotée l'abbaye des thélémites

Pour bâtir et organiser l'abbaye de Thélème, Gargantua fit livrer comptant[1] 2 700 831 moutons à la grand-laine, et chaque année jusqu'à ce que tout fût terminé, il assigna sur la recette de la Dive[2] 1 669 000 écus au soleil et autant aux Pléiades. Pour la fonder et l'entretenir, il donna à perpétuité 23 169 514 nobles à la rose[3] de rente foncière[4] non soumis à impôts, amortis et payables chaque année à la porte de l'abbaye. Et de tout cela il leur passa de belles lettres de fondation.

Le bâtiment fut fait en figure hexagonale, de telle façon qu'à chaque angle était bâtie une grosse tour ronde de soixante pas de diamètre. Et elles étaient toutes pareilles en taille et en forme.

La rivière de Loire coulait en regardant le nord. À son pied il y avait une des tours, nommée Arctique. Et allant vers l'est, une autre nommée Calaer Bel Air. La suivante tour du Levant. La suivante Mesembrine Sud, l'autre ensuite tour du Couchant. La dernière, Cryère Glaciale. Entre chaque tour, il y avait un espace de 312 pas. Le tout bâti à six étages, en comptant pour un les caves construites en sous-sol. Le second était voûté en forme d'anse de panier. Le reste était plaqué de gypse de Flandres[5] en forme de cul-de- lampe[6]. Le dessus couvert d'ardoise fine, avec le faîtage de plomb figurant des petits personnages et animaux bien assortis et dorés, avec des gouttières qui sortaient de la muraille entre les croisées, peintes

---

1. **Comptant**: tout de suite.
2. **Il assigna sur la recette de la Dive**: il détermina combien on prélèverait sur les revenus engendrés par la Dive, rivière de la région.
3. **Nobles à la rose**: monnaie d'origine anglaise, qui porte l'emblème de la rose.
4. **Rente foncière**: revenus fixes issus de la possession de terres.
5. **Gypse**: roche dont on fait du plâtre, utilisé pour la décoration des églises.
6. **Cul-de-lampe**: ici, support en forme de pyramide inversée (rappelant le dessous d'une lampe d'église), clef de voûte pendante.

en figure diagonale d'or et d'azur, jusqu'à terre où elles finissaient en grands tuyaux qui tous conduisaient à la rivière sous le logis.

Ce bâtiment était cent fois plus magnifique que Bonnivet ou Chambord ou Chantilly[1]. Car il contenait 9 332 chambres, chacune garnie d'arrière-chambre, cabinet, garde-robe[2], chapelle, avec une sortie dans une grande salle. Entre chaque tour, au milieu du corps de logis, il y avait un escalier à vis brisée à l'intérieur du corps de bâtiment. Ses marches étaient en partie de porphyre, en partie de pierre de Numidie, en partie de marbre serpentin[3], et longues de 22 pieds ; l'épaisseur était de trois doigts, installées par nombre de douze entre chaque palier. Sur chaque palier il y avait deux beaux arceaux à l'antique par où arrivait la lumière, et par eux on entrait dans un cabinet fait à claire-voie de la largeur de l'escalier, et il montait jusqu'au-dessus au toit, où il finissait en pavillon. Par cet escalier on entrait de chaque côté dans une grande salle, et des salles vers les chambres.

Depuis la tour Arctique jusqu'à Glaciale étaient installées les belles grandes librairies[4] de livres en grec, latin, hébreu, français, toscan et espagnol, réparties sur les divers étages selon les langues. Au milieu, il y avait un escalier merveilleux en vis, dont l'entrée était sur l'extérieur du logis dans un arceau large de six toises[5]. Il était fait par telles symétrie et contenance que six hommes d'armes, la lance sur la cuisse, pouvaient monter ensemble de front jusqu'au-dessus de tout le bâtiment. Depuis la tour du Levant jusques à la tour du Sud, il y avait de belles grandes galeries toutes peintes des prouesses de l'Antiquité, des histoires et des descriptions de la terre. Au milieu

---

1. **Bonnivet, Chambord, Chantilly** : châteaux bâtis au XVIe siècle, qui étaient alors les plus célèbres et admirés en France.
2. **Arrière-chambre** : petite pièce menant à la chambre. **Cabinet** : pièce que l'on peut réserver au travail. **Garde-robe** : toilettes, ou pièce servant à entreposer les vêtements.
3. **Porphyre** : roche précieuse de couleur verte ou rouge. **Pierre de Numidie** : marbre de couleur rouge. **Marbre serpentin** : marbre tacheté.
4. **Librairies** : ici, bibliothèques.
5. **Toises** : unité de mesure. Une toise vaut environ deux mètres.

il y avait une montée et une porte pareilles à ce que nous avons décrit du côté de la rivière.

Sur cette porte était écrit en grosses lettres romaines ce qui s'ensuit.

CHAPITRE 54

Inscription mise sur la grande porte de Thélème

Ici n'entrez pas, Hypocrites, bigots,
Vieux matagots[1], marmiteux[2] boursouflés,
Tordus, bêtas, plus que n'étaient les Goths,
Ou les Ostrogoths, précurseurs des magots[3],
Miteux, cagots[4], cafards empantouflés
Gueux guenilleux, frapards[5] moqués
Bafoués[6], enflés, fagoteurs[7] de tintouin,
Partez ailleurs pour vendre vos abus.

Vos abus méchants
Rempliraient mes champs
De méchanceté
Et par fausseté
Troubleraient mes chants,
Vos abus méchants.

Ici n'entrez pas, juristes machefoins[8],

---

1. **Matagots** : au sens propre, singes dressés à faire des tours, d'où le sens figuré : hypocrites.
2. **Marmiteux** : hypocrites.
3. **Magots** : singes.
4. **Cagots** : hypocrites, qui témoignent d'une dévotion exagérée.
5. **Frapards** : débauchés.
6. **Bafoués** : ridiculisés.
7. **Fagoteurs** : faiseurs de scandales, intrigants.
8. **Machefoins** : insatiables, avides.

Clercs, basochiens[1], mangeurs du petit peuple,
Officiaux, scribes[2] et pharisiens[3],
Juges, anciens, par qui les bons paroissiens
Comme des chiens sont mis au cercueil.
Votre salaire est le gibet
Allez-y braire, ici on ne fait pas d'excès
Dont on puisse dans vos cours commencer un procès.

Procès et débats
Peu prennent leurs ébats
En ce lieu où l'on vient s'ébattre.
À vous, pour débattre
Que soient à pleins sacs
Procès et débats.

Ici n'entrez pas, vous, usuriers[4] avares,
Bâfreurs, gloutons, qui toujours amassez,
Grippeminaux[5], avaleurs de brouillards[6],
Courbés, camards[7], qui dans vos grands chaudrons
N'auriez assez de mille marcs.
Vous n'êtes pas saturés[8] quand vous ensachez[9]
Et entassez, poltrons à face de rat.
Que la male mort[10] bien vite vous efface.

Figure non humaine
De ces gens qu'on mène
Raser ailleurs : ici

---

1. **Basochiens** : hommes de loi (familier).
2. **Officiaux** : juges ecclésiastiques. **Scribes** : copistes, qui recopient les actes officiels.
3. **Pharisiens** : personnes qui manifestent leur piété de manière excessive.
4. **Usuriers** : prêteurs d'argent.
5. **Grippeminaux** : nom forgé à partir du verbe « gripper », dérober.
6. **Avaleurs de brouillards** : ceux qui vaquent tôt à leurs affaires, et respirent ainsi les brumes du petit matin.
7. **Camards** : au nez plat.
8. **Vous n'êtes pas saturés** : vous n'avez pas assez.
9. **Ensachez** : au sens propre, mettez dans un sac.
10. **La male mort** : la mauvaise mort, violente.

Ce ne serait séant[1]. Sortez de ce domaine,
Face non humaine.

Ici n'entrez pas, vous, rassotés mâtins[2],
Ni le soir ni le matin, vieux grognons et jaloux,
Ni vous non plus séditieux mutins,
Larves, lutins, familiers de Danger,
Grecs ou Latins, plus à craindre que les loups,
Ni vous, galeux, vérolés jusqu'à l'os:
Portez vos ulcères ailleurs vous dévorer gaîment,
Croûteux vérolés pleins de déshonneur.

Honneur, louange, plaisir,
Ici sont menés
Par joyeux accords.
Tous sont sains de corps.
C'est pourquoi bien leur viennent
Honneur, louange et plaisir.

Ici entrez, et soyez les bienvenus
À la bonne adresse, tous nobles chevaliers.
Ici est le lieu où les revenus
Sont bien arrivés: afin que vous soyez entretenus
Grands et petits, tous, à milliers.
Vous serez mes familiers et mes proches,
Galants gaillards, joyeux, plaisants mignons,
En général, tous les gentils compagnons.

Compagnons gentils
Sereins et subtils
Loin de vilenie,
De la civilité
Ici sont les instruments,
Compagnons gentils.

---

1. **Séant**: convenable.
2. **Rassotés mâtins**: hommes grossiers, fous.

Ici entrez, vous qui annoncez le saint Évangile
En sens agile, quoi qu'on en gronde,
Ici vous aurez un refuge et forteresse
Contre l'erreur ennemie, qui annote,
Poison du monde, au style menteur.
Entrez, qu'on fonde ici la foi profonde,
Puis qu'on démasque, par voix et par écrit,
Les ennemis de la sainte parole.

Que la parole sainte
Ne soit jamais éteinte
Dans ce lieu très saint.
Que chacun en soit armé,
Que chacune ait au cœur
La parole sainte.

Ici entrez, vous, dames de haut parage[1]
En libre courage. Entrez-y en bonne chance,
Fleurs de beauté, au céleste visage,
Au droit corsage, au maintien prude et sage:
Dans ce passage est le séjour d'honneur.
Le haut seigneur, qui fut le donateur du lieu
En récompense, l'a ordonné pour vous,
Et pour tout défrayer[2] a beaucoup d'or donné.

L'or donné par don
Prépare le pardon
De celui qui le donne.
Et très bien récompense
Tout mortel prud'homme[3]
L'or donné par don.

1. **Dames de haut parage**: dames de haut rang, de haute lignée.
2. **Défrayer**: suffire aux frais.
3. **Prud'homme**: homme sage.

CHAPITRE 55

Comment était le manoir des thélémites

Au milieu de la cour basse il y avait une fontaine magnifique de bel albâtre[1]. Au-dessus, les trois Grâces[2] avec des cornes d'abondance. Et elles jetaient de l'eau par les mamelles, bouches, oreilles, yeux, et autres ouvertures du corps.

L'intérieur du logis donnant sur ladite cour basse était construit sur de gros piliers de calcédoine[3] et de porphyre, avec de beaux arcs à l'antique. Au-dedans desquels il y avait de belles galeries longues et amples, ornées de peintures et de cornes de cerfs, licornes, rhinocéros, hippopotames, dents d'éléphants et autres choses remarquables. Le logis des dames allait de la tour Arctique à la porte du Sud. Les hommes occupaient le reste. Devant le logement des dames, afin qu'elles puissent s'ébattre, entre les deux premières tours au-dehors étaient les stades, l'hippodrome, le théâtre, et les piscines, avec des bains mirifiques à trois étages, bien garnis de tous les assortiments et avec abondance d'eau de Myrrhe[4] ; près de la rivière était le beau jardin de plaisance. Et au milieu du jardin, le beau labyrinthe.

Entre les deux autres tours, il y avait les jeux de paume et de grosse balle. Du côté de la tour Glaciale il y avait le verger plein de tous les arbres fruitiers, rangés tous en quinconces. Au bout était le grand parc, foisonnant de gibier. Entre les troisièmes tours il y avait les levées pour tirer à l'arquebuse, l'arc et l'arbalète. Les bureaux hors de la tour du Couchant, sur un simple étage. L'écurie au-delà des bureaux. La fauconnerie était au devant des écuries, dirigée par des fauconniers bien experts dans cet art. Et chaque année

---

1. **Albâtre** : matériau précieux de couleur blanche.
2. **Les trois Grâces** : dans la mythologie grecque et romaine, divinités incarnant la joie, la beauté et l'art.
3. **Calcédoine** : pierre précieuse de couleur bleue.
4. **Eau de Myrrhe** : parfum très réputé.

les Candiens, Vénitiens et Sarmates[1] la fournissaient de toutes sortes d'oiseaux excellents :

Aigles,	Gerfauts,	Autours,
Sacres,	Éperviers laniers,	Faucons
Éperviers,	Émerillons,	

Et d'autres, si bien dressés et domestiqués qu'en partant du château pour s'ébattre dans les champs, ils prenaient tout ce qu'ils rencontraient. La vénerie[2] était un peu plus loin, en allant vers le parc.

Toutes les salles, les chambres, les cabinets étaient tapissés de diverses manières selon les saisons de l'année. Tout le pavé était couvert de drap vert. Les lits étaient de broderie. Dans chaque arrière-chambre il y avait un miroir de cristal enchâssé d'or fin, garni de perles tout autour, et il était de telle taille qu'il pouvait vraiment représenter la personne en entier. À la sortie des salles du logis des dames, se trouvaient les parfumeurs et coiffeurs, par les mains desquels passaient les hommes quand ils visitaient les dames. Ils fournissaient chaque matin les chambres des dames d'eau de rose, d'eau de fleur d'oranger et d'eau d'ange[3], et pour chacune une précieuse cassolette[4] vaporisant toutes les drogues aromatiques.

1. **Candiens, Vénétiens, Sarmates** : habitants de Crète, de Venise et d'une région correspondant actuellement au sud de la Russie et à l'Ukraine.
2. **Vénerie** : bâtiment abritant les chiens de chasse.
3. **Eau d'ange** : eau de senteur composée de santal, iris, citron, cannelle, bois de rose, musc.
4. **Cassolette** : vase.

CHAPITRE 56

Comment étaient vêtus les religieux et religieuses de Thélème

Les dames, au commencement de la fondation, s'habillaient selon leur plaisir et leur choix. Ensuite elles se réformèrent spontanément de la façon qui suit. Elles portaient des bas d'écarlate ou de migraine[1], et les bas dépassaient le genou tout juste de trois doigts, et la lisière était faite de belles broderies et découpures. Les jarretières étaient de la couleur de leurs bracelets et encadraient le genou dessus et dessous.

Les souliers, escarpins et pantoufles étaient de velours cramoisi rouge ou violet, avec des découpures en barbes d'écrevisses.

Sur la chemise, elles revêtaient une belle basquine[2] faite de quelque beau tissu de soie. Sur elle, la vertugade[3] de taffetas blanc, rouge, tanné, gris, etc. Au-dessus, la cotte de taffetas d'argent fait avec des broderies d'or fin ou d'or entortillé à l'aiguille, ou selon que bon leur semblait et ce qui correspondait à la disposition de l'air, en satin, damas, velours orangé, tanné, vert, cendré, bleu, jaune clair, rouge, cramoisi, blanc, drap d'or, toile d'argent, de canetille, de broderie selon les fêtes.

Les robes, selon la saison, de toile d'or à frisure d'argent, de satin rouge couvert de canetille d'or, de taffetas blanc, bleu, noir, tanné, en serge de soie, camelot de soie, velours, drap d'argent, toile d'argent, fils d'or, velours ou satin tissé d'or en diverses figures. En été, certains jours, au lieu de robes, elles portaient de beaux mantelets des parures susdites, ou quelque gilet à la mauresque[4] en velours violet à frisure d'or sur de la canetille d'argent, ou à cordelières d'or garnies aux coutures de petites perles des Indes.

---

1. **Écarlate, migraine**: tissus de couleur rouge.
2. **Basquine**: corset.
3. **Vertugade**: jupon qui donne du volume à la robe.
4. **Gilet à la mauresque**: sorte de manteau ouvert sur le devant.

Et toujours, un beau panache selon les couleurs des manchons, bien garni de pampilles d'or. En hiver, des robes de taffetas aux mêmes couleurs que ci-dessus, fourrées de loup-cervier, de genette noire, martre de Calabre, zibeline et autres fourrures précieuses.

Les chapelets, anneaux, chaînes, colliers étaient de fines pierreries, escarboucles, rubis balais, diamants, saphirs, émeraudes, turquoises, grenats, agates, béryls, perles fines et grosses perles excellentes.

L'ornement de la tête variait selon le temps. En hiver à la mode française. Au printemps à l'espagnole. En été à la toscane. Excepté les fêtes et les dimanches, auxquels elles portaient la coiffure française[1], parce qu'elle est plus honorable et marque mieux la pudicité des matrones.

Les hommes étaient habillés à leur mode, chausses pour le bas d'étamet[2] ou de serge drapé d'écarlate, de migraine, blanc ou noir. Les hauts-de-chausses de velours des mêmes couleurs ou approchant, brodés et déchiquetés selon leur invention. Le pourpoint de drap d'or, d'argent, de velours, satin, damas, taffetas, de mêmes couleurs, déchiquetés, brodés et ornés, à servir de modèles. Les aiguillettes[3] de soie de mêmes couleurs, les ferrets[4] d'or bien émaillé. Les saies[5] et simarres[6] de drap d'or, toile d'or, drap d'argent, velours fileté à plaisir. Les manteaux aussi précieux que ceux des dames.

Les ceintures de soie aux couleurs du pourpoint, tous une belle épée au côté, la poignée dorée, le fourreau de velours de la couleur des chausses, le bout d'or et d'orfèvrerie. Le poignard de même. Le bonnet de velours noir, garni de force pierres précieuses et boutons d'or. La plume blanche par-dessus, élégamment, divisée par des aiguillettes d'or, au bout desquelles pendaient en paillettes de beaux rubis, émeraudes, etc.

---

1. **Coiffure française**: avec les cheveux couverts d'une coiffe.
2. **Étamet**: étoffe de laine.
3. **Aiguillettes**: sortes de rubans qui permettent de lacer les vêtements.
4. **Ferrets**: broches ornées, accrochées à l'extrémité des rubans.
5. **Saies**: manteaux.
6. **Simarres**: robes luxueuses portées par les hommes.

Mais il y avait telle harmonie entre les hommes et les femmes que chaque jour ils étaient vêtus de parures semblables. Et pour ne pas y manquer, certains gentilshommes avaient pour mission de dire aux hommes, chaque matin, quel costume les dames voulaient porter cette journée-là. Car tout était fait par le choix des dames. Avec ces vêtements si élégants et ces habillements si riches, ne pensez pas qu'ils perdaient du temps, car les maîtres des garde- robes avaient tous les vêtements si bien prêts chaque matin, et les femmes de chambre étaient si bien stylées[1], qu'en un moment elles étaient prêtes et habillées de pied en cap. Et pour avoir ces habillements mieux disponibles, autour du bois de Thélème il y avait un corps de maison long d'une demi-lieue, bien clair et organisé, dans lequel demeuraient les orfèvres, marchands de pierreries, brodeurs, tailleurs, fileurs d'or, veloutiers, tapissiers et autres hautelissiers, et là ils travaillaient chacun dans son métier, et le tout pour lesdits religieux et religieuses.

Ils étaient fournis en matières et étoffes par les mains du seigneur Nausiclete[2], qui chaque année leur livrait sept navires venus des îles de la Perle et des îles Canibales[3], chargés de lingots d'or, de soie brute, de perles et de pierreries. Si quelques perles vieillissaient ou changeaient de leur naturelle blancheur, ils les renouvelaient grâce à leur art en les donnant à manger à quelques beaux coqs, comme on fait avaler des pilules aux faucons.

1. **Si bien stylées**: si bien habillées, si élégantes.
2. **Seigneur Nausiclete**: personnage cité dans l'*Odyssée* d'Homère.
3. Îles des Antilles.

CHAPITRE 57

Comment étaient réglés les thélémites dans leur manière de vivre

Toute leur vie était employée non selon des lois, statuts ou règles, mais selon leur volonté et leur libre arbitre. Ils se levaient du lit quand bon leur semblait, buvaient, mangeaient, travaillaient, dormaient quand le désir leur en venait. Personne ne les éveillait, personne ne les forçait ni à boire, ni à manger, ni à faire quelque autre chose. Ainsi l'avait établi Gargantua. Dans leur règle il n'y avait que cette clause: «Fais ce que voudras.» Parce que des gens libres, bien nés, bien éduqués, conversant dans des compagnies honnêtes ont par nature un instinct, comme un aiguillon, qui les pousse toujours à agir vertueusement et les retire du vice: ils le nomment honneur. Quand ils sont écrasés et asservis par une vile sujétion[1] et une contrainte, ils détournent le noble zèle par lequel ils tendaient librement à la vertu, vers la déposition et la rupture de ce joug de servitude. Car nous entreprenons toujours les choses défendues et convoitons ce qui nous est refusé.

Par cette liberté, ils entrèrent dans une louable émulation[2] de faire tous ce qu'ils voyaient plaire à l'un d'eux. Si l'un ou l'une disait «Buvons», tous buvaient. Si on disait «Jouons», tous jouaient. Si on disait «Allons nous ébattre aux champs», tous y allaient. Si c'était pour la chasse au vol ou la chasse, les dames montées sur de belles haquenées[3] avec leur palefroi bien harnaché, portaient chacune sur leur poing protégé d'un gant mignon, ou un épervier, ou un laneret, ou un émerillon[4] ; les hommes portaient les autres oiseaux.

Ils étaient si noblement instruits qu'il n'y avait parmi eux personne qui ne sût lire, écrire, chanter, jouer d'instruments harmonieux,

1. **Sujétion**: soumission.
2. **Émulation**: entraînement collectif à bien faire.
3. **Haquenées**: juments.
4. **Laneret, émerillon**: rapaces employés à la chasse.

parler cinq ou six langues et composer dans ces langues aussi bien des vers que des discours bien liés[1].

Jamais ne furent vus des chevaliers si preux[2], si galants, si habiles à pied et à cheval, plus vigoureux, qui bougent mieux, qui manient mieux toutes les armes qui étaient là. Jamais ne furent vues des dames plus élégantes, plus mignonnes, moins revêches[3], plus savantes aux travaux manuels, à l'aiguille, à tout acte féminin honnête et libre, que celles qui étaient là.

Pour cette raison, quand le temps était venu où l'un d'eux voulait sortir de cette abbaye, soit à la requête de ses parents, soit pour d'autres causes, il emmenait avec lui une des dames, celle qui l'aurait pris pour son dévot, et ils étaient mariés ensemble. Et ils avaient si bien vécu à Thélème en confiance et amitié, qu'ils continuaient encore mieux en mariage, et s'entre-aimaient autant à la fin de leurs jours qu'au premier jour de leurs noces.

Je ne veux pas oublier de vous écrire une énigme qui fut trouvée dans les fondations de l'abbaye, sur une grande lame de bronze[4]. Elle était comme s'ensuit.

1. **Des discours bien liés**: de beaux discours en prose.
2. **Preux**: braves, nobles.
3. **Revêches**: désagréables.
4. **Lame de bronze**: ici, une sorte de plaque, une tablette.

CHAPITRE 58

Énigme en prophétie

Pauvres humains, qui bonheur attendez,
Élevez vos cœurs et entendez mes paroles.
S'il est permis de croire fermement
Que les corps qui sont au firmament[1]
Puissent pousser l'esprit humain
À prononcer les choses à venir,
Ou si l'on peut, par la divine puissance,
Avoir du sort futur la connaissance,
Si bien que l'on juge dans un discours certain
La destinée et le cours des ans lointains,
Je fais savoir à qui le veut entendre
Que cet hiver prochain, sans plus attendre,
Voire plus tôt, en ce lieu où nous sommes,
Il sortira une manière[2] d'hommes
Lassés du repos et fâchés du loisir,
Qui iront franchement, et en plein jour,
Suborner[3] des gens de toute qualité[4]
À se brouiller et constituer des clans.
Et ceux qui voudront les écouter et croire
(Quoi qu'il en doive arriver et coûter)
Ils les feront mettre en débats visibles,
Entre amis, entre proches parents.
Le fils hardi ne craindra pas la honte
De se liguer contre son propre père,
Même les grands, sortis de noble lieu,
Par leurs sujets se verront assaillis.

1. **Firmament** : voûte céleste.
2. **Une manière** : un type.
3. **Suborner** : séduire, corrompre.
4. **De toute qualité** : de tout rang, de toute classe sociale.

Et le devoir d'honneur et respect
Perdra alors tout ordre et hiérarchie.
Car ils diront que chacun à son tour
Doit aller haut, et puis s'en retourner,
Et sur ce point seront tant de mêlées,
Tant de discordes, tant d'allées et venues,
Qu'aucune histoire, où sont de grandes merveilles,
N'a fait le récit d'émotions pareilles.
Alors on verra maint homme de valeur,
Par l'aiguillon et la chaleur de la jeunesse,
Et pour trop croire ce fervent appétit,
Mourir en sa fleur[1] et vivre bien peu d'ans.
Et personne ne pourra laisser cet ouvrage
Si une fois il y met son courage,
Avant d'avoir rempli par noises[2] et par débats
Le ciel de bruit et la terre de pas.
Alors les hommes sans foi n'auront pas moins d'autorité
Que les hommes de vérité :
Car tous suivront la croyance et le zèle
De l'ignorante et sotte multitude,
Dont le plus balourd sera pris pour juge.
Oh dommageable et pénible déluge !
Déluge, je le dis, et pour une bonne raison !
Car ce travail[3] ne passera pas de saison
Et la terre n'en sera pas délivrée
Jusques à ce qu'il sorte rapidement
Des eaux soudaines, dont les plus résistants
En combattant seront pris et trempés,
Et à bon droit : car leur cœur adonné
À ce combat, n'aura pas pardonné

1. **En sa fleur** : très jeune.
2. **Noises** : disputes.
3. **Ce travail** : ce processus.

Même au troupeau des innocentes bêtes
Avant que de leurs nerfs et boyaux plus cachés
Il ne soit fait, non sacrifice aux dieux,
Mais service ordinaire aux mortels.
Or maintenant je vous laisse à penser
Comment le tout pourra évoluer,
Et quel repos, en dispute si profonde,
Aura le corps de la machine ronde[1].
Les plus heureux, qui seront plus ses vassaux,
S'abstiendront moins de la perdre et de la gâter,
Et tâcheront de plus d'une manière
De l'asservir et rendre prisonnière,
Dans un endroit tel que la pauvre, détruite,
N'aura de recours qu'en celui qui l'a faite,
Et pour le pire de son triste accident,
Le clair soleil, avant que se coucher,
Laissera s'épandre l'obscurité sur elle
Plus profonde que l'éclipse ou la nuit naturelle :
Et en un coup elle perdra sa liberté
Et la faveur, et la clarté du ciel.
Ou pour le moins, elle demeurera solitaire,
Mais avant cette ruine et perte
Elle aura longtemps montré sensiblement
Un violent et si grand tremblement,
Que l'Etna[2] ne fut pas plus agité
Quand il fut jeté sur un fils de Titan,
Et on ne doit pas estimer plus rapide
Le mouvement que fit l'île d'Ischia
Quand Typhéus se courrouça si fort

1. **La machine ronde** : métaphore désignant habituellement la Terre ; ici elle peut aussi désigner la balle.
2. **Etna** : volcan de Sicile. Dans la mythologie romaine, Jupiter ensevelit sous l'Etna Typhéus, un Titan malfaisant. Lorsque le volcan se réveille, c'est donc Typhéus lui-même qui gronde.

Qu'il précipita les montagnes dans la mer.
Ainsi elle sera en peu d'heures rangée
En triste état, et si souvent changée,
Que même ceux qui l'auront prise
La laisseront prendre à ceux qui les suivront ;
Alors sera le temps bon et propice
De mettre fin à ce long exercice :
Car les grandes eaux dont je vous ai parlé
Feront que chacun pensera à la retraite[1],
Et toutefois, avant que de partir,
On pourra voir en l'air ouvertement
L'âpre chaleur d'une grande flamme allumée
Pour terminer les eaux et l'entreprise.
Reste, après la fin de ces accidents,
Que les élus[2], joyeusement reposés,
Soient enrichis de tous biens, et de manne céleste[3],
Et en plus d'une récompense honnête.
Les autres à la fin sont appauvris.
C'est raisonnable, afin
Que, ce travail terminé de telle façon,
Chacun ait son sort prédestiné.
Tel fut l'accord. Oh qu'est à révérer
Celui qui, en fin, pourra persévérer !

La lecture de cette inscription achevée, Gargantua soupira profondément, et dit aux assistants :

« Ça ne date pas d'aujourd'hui que les gens amenés à la croyance évangélique sont persécutés. Mais bienheureux celui qui ne sera pas scandalisé et qui tendra toujours au but, à la cible que Dieu,

1. **À la retraite** : dans un contexte militaire, l'abandon de la bataille. Ici, ce pourrait aussi être la fin de la partie.
2. **Les élus** : le peuple choisi, au sens biblique. Ici, ce pourrait aussi être les vainqueurs.
3. **Manne céleste** : nourriture abondante fournie par Dieu.

par son cher fils, nous a fixée, sans être distrait ou écarté par ses affections charnelles. »

Le moine dit : « Que pensez-vous dans votre tête que montre et signifie cette énigme ?

– Quoi ? dit Gargantua, le cours et le maintien de la vérité divine.

– Par saint Goderan, dit le moine, telle n'est pas mon explication. Le style est celui de Merlin le prophète[1], mettez-y les allégories et les significations aussi graves que vous voudrez. Et rêvassez-y, vous et tout le monde, comme vous voudrez. Pour ma part, je pense qu'il n'y a d'autre sens caché qu'une description du jeu de paume sous des paroles obscures. Les suborneurs des gens sont les organisateurs de parties, qui sont ordinairement des amis. Et après deux services faits, l'un sort du jeu et l'autre y entre. On croit le premier qui dit si la balle est sur ou sous la corde. Les eaux sont les sueurs. Les cordes des raquettes sont faites de boyaux de mouton ou de chèvre. La machine ronde est la pelote ou la balle. Après le jeu on se repose devant un feu clair et on change de chemise. Et on banquette joyeusement, et plus joyeusement ceux qui ont gagné. Et à votre santé ! »

---

1. **Merlin le prophète** : tout à la fois le poète alors très en vogue Mellin de Saint-Gellais (1491-1558) et le personnage légendaire de Merlin l'Enchanteur.

Arrêt sur lecture 3

Pour comprendre l'essentiel

Les leçons de la guerre

1 La guerre picrocholine est présentée dans les chapitres 25 à 51 (➡ voir Fiche 3, p. 233 et au verso de la couverture, en fin d'ouvrage). Expliquez pourquoi et comment le lecteur peut avoir une vision très précise de cette guerre.

2 La guerre entre Picrochole et Grandgousier met en évidence une opposition entre deux types de pouvoir. Prouvez-le. Vous préciserez lequel d'entre eux fait l'objet d'une satire.

3 La pratique de la guerre vient compléter la formation, tant militaire que morale, de Gargantua. Montrez que le personnage apprend et mûrit pendant cet épisode de guerre.

La question de la religion : frère Jean et les autres

4 La satire de la religion est développée dans les chapitres 27, 38, 40 et 45. Appuyez-vous sur un relevé précis du texte pour mettre en évidence cette dimension satirique

5 Frère Jean apparaît comme un moine d'un nouveau genre et un héros étonnant. Indiquez ce qu'il a de particulier.

6 Lecture d'images Décrivez l'organisation de l'abbaye de Thélème et indiquez sa devise. Puis, observez l'illustration au verso de la couverture, en fin d'ouvrage.
Dites en quoi ce modèle utopique est à contre-courant de tout ce qui a été montré de la religion dans le récit.

Une interprétation ouverte

7 Expliquez en quoi le personnage de frère Jean est ambigu.

8 Le texte s'achève par une énigme, comme un écho au prologue. Montrez que cette énigme contribue à ouvrir le récit.

✔ *Rappelez-vous !*

• Le **thème de la guerre** est récurrent dans les récits dont s'inspire François Rabelais, parmi lesquels **l'épopée** et les **romans de chevalerie**. Mais, dans ces œuvres, la guerre est le lieu des exploits de héros vertueux secondés par les dieux ou par Dieu. Ici, elle apparaît comme **un lieu de carnage et de désordre**.
• Une **utopie** est un récit dans lequel une **société idéale** est représentée. Depuis l'Antiquité, ce genre offre un **miroir déformant de notre société**. Le mot « utopie » vient du titre du roman ***Utopia***, de **Thomas More** (1516), composé du grec *u* qui exprime la négation et *topos* qui signifie « lieu ».

Vers l'oral du Bac

Explication linéaire de l'interprétation de l'énigme finale (p. 213-214, l. 109-132)

→ *En quoi la fin du texte ouvre-t-elle le récit d'une manière étonnante ?*

Conseils pour la lecture à voix haute

– Faites ressortir le fort contraste entre le ton des propos de Gargantua et celui des propos de frère Jean.
– À l'aide de gestes, insistez sur la clarté et le caractère enjoué des paroles de frère Jean.

Explication linéaire du texte

Introduction

La fin de *Gargantua* a de quoi étonner et intriguer le lecteur : après plusieurs chapitres consacrés à l'utopie de l'abbaye de Thélème, le dernier chapitre, avec son énigme en vers, fait sombrer le texte dans une vision apocalyptique. Cette énigme, dont la majorité a été rédigée par un célèbre poète de l'époque, Mellin de Saint-Gelais, est interprétée de manière étonnante, car Gargantua et frère Jean n'en tirent pas du tout la même lecture. Beaucoup de critiques s'accordent à dire que le récit de François Rabelais peut être lu comme celui de deux héros : celui de Gargantua mais aussi de frère Jean, qui apporte avec lui un comique scatologique, un goût de la chair et du jeu. Cette duplicité du récit, partagée entre deux héros aussi complexes l'un que l'autre, est maintenue jusqu'au bout. Si Gargantua interprète l'énigme comme une allégorie des persécutions subies par les évangéliques, frère Jean, quant à lui, propose une interprétation très différente : le texte parlerait obscurément d'un... jeu !

Nous nous demanderons donc en quoi cette fin ouvre le récit d'une manière étonnante. Après avoir étudié l'interprétation théologique, solennelle que Gargantua donne de l'énigme, nous analyserons l'interpétation ludique, très différente, qu'en donne frère Jean.

■ *Explication guidée*

I. Lignes 109-118 : L'interprétation théologique de Gargantua

a. Gargantua donne son interprétation d'une manière très solennelle ; en quoi s'apparente-t-il ici à un homme d'Église ? Quelle vision de la foi Gargantua transmet-il ?

b. Pourquoi l'interprétation théologique de Gargantua peut-elle provoquer des émotions, aussi bien douces que douloureuses, chez le lecteur ?

c. Comment cette interprétation de Gargantua peut-elle entrer en résonance avec l'actualité des lecteurs de l'époque ?

d. De quelle manière la question que pose le moine peut-elle déjà sembler perturber le sérieux du propos de Gargantua ?

II. Lignes 119-132 : L'interprétation ludique de frère Jean

a. Avant de donner sa propre interprétation, comment frère Jean condamne-t-il l'attitude intellectuelle de Gargantua et de ceux qui, comme lui, ont tendance à faire des lectures allégoriques profondes ?

b. Son interprétation à lui est très claire et très terre à terre : quelle reformulation pourriez-vous en proposer ?

c. En quoi cette interprétation est-elle plaisante et comique ?

d. Que pensez-vous de l'invocation à saint Goderan qui ouvre cette dernière prise de parole ?

Conclusion

Ainsi, la fin de *Gargantua* est aussi ouverte que son début, où les pistes de lecture se démultiplient sous la plume d'un narrateur joueur.
Ici, ce sont deux discours qui s'opposent dans un dialogue et qui, eux aussi, métaphoriquement, nous rappellent que plusieurs interprétations de *Gargantua* sont possibles. Le narrateur ne tranche pas entre les versions de Gargantua et de frère Jean : il nous les livre, au discours direct, et laisse le mot de la fin à frère Jean. Celui-ci achève le texte sur une note ivre de bonheur. En laissant ceci en suspens, François Rabelais ouvre la voie à nombre d'autres auteurs qui choisiront eux aussi de forcer leur lecteur à trancher, ou à contempler les diverses interprétations possibles de l'œuvre.

Question de grammaire

Dans les trois phrases qui vont de « par saint Goderan » à « sous des paroles obscures » (p. 214, l. 119-124), analysez les négations utilisées par frère Jean.

Arrêt sur l'œuvre

Des questions sur l'ensemble de l'œuvre

Parcours BAC

VOIE GÉNÉRALE

→ *Rire et savoir*

VOIE TECHNOLOGIQUE

→ *La bonne éducation*

Un texte qui ne se prend pas au sérieux

1 Dès les deux textes liminaires, « Aux lecteurs » (p. 17) et le prologue (p. 19-23), le narrateur indique que le rire occupe une place importante dans son récit. À l'aide d'un tableau, distinguez les différentes formes de comique présentes dans le texte en les classant de la plus grossière à la plus subtile : le comique farcesque, le comique scatologique, la satire, la parodie, l'héroïcomique, le burlesque.

2 Dans ce texte, l'énonciation est un autre élément qui participe du comique. Analysez-la en vous aidant notamment du prologue (p. 19-23) et des moments où le narrateur intervient directement. Dites en quoi c'est un drôle de narrateur que le texte propose.

Une œuvre qui questionne le savoir

3 L'œuvre de François Rabelais se fait écho des débats humanistes sur l'éducation. Classez dans un tableau, d'une part, les éléments du récit illustrant un mauvais système éducatif, d'autre part, les éléments relevant d'une bonne éducation.

4 Ce texte, écrit par un auteur érudit, apporte au lecteur un grand nombre de connaissances sur des sujets très variés. Montrez en quoi *Gargantua* revêt un aspect encyclopédique, en citant des exemples précis.

5 Le récit montre que l'on peut apprendre en s'amusant. Mettez-le en évidence en vous aidant notamment des chapitres 11 à 24.

Une leçon humaniste ?

6 Même si le comique et la parodie sont extrêmement présents, certains passages semblent échapper au rire. Dites lesquels, et indiquez la leçon qu'ils délivrent, selon vous.

7 Le texte reste pleinement ouvert. Citez au moins deux manières différentes qu'a l'auteur de laisser planer le mystère sur le sens de son récit. Interrogez-vous notamment sur le prologue, et sur les passages qui vous ont semblé ambigus : relevez les endroits où ils sont placés et expliquez pourquoi.

8 Le récit, par sa structure même, montre que le livre ne suit pas une ligne unique. Réfléchissez à tous les aspects qui rendent cette structure double. Par exemple, expliquez pourquoi on peut dire que le récit de Gargantua est doublée par celui de frère Jean. Relevez les passages du texte qui se répondent en miroir. Vous pouvez vous aider de la Fiche 3, p. 232-233 et de la Fiche 8, p. 243.

Activités d'appropriation

1. Faire une recherche documentaire

Listez un maximum de noms de personnages et de lieux présents dans *Gargantua*. En vous aidant des notes de bas de page et de vos recherches (dans des encyclopédies et dans des dictionnaires), notez dans un tableau leur origine (certains viennent du grec, d'autres viennent du latin, d'autres encore du français, et certains sont de pures fantaisies), puis leur signification. Que remarquez-vous ? Pourquoi ces noms ont-ils du sens, selon vous ? En quoi montrent-ils la cohabitation du sérieux et du comique dans le récit ?

2. Mener un débat

Avec vos camarades, formez deux groupes. L'un montrera que *Gargantua* est, par bien des aspects, un texte très sérieux. L'autre montrera que *Gargantua* est, par d'autres aspects, un texte complètement fantaisiste. Chaque groupe tâchera de trouver au moins trois arguments pour appuyer son idée, et chaque élève du groupe choisira ensuite, pour illustrer l'un de ces arguments, un exemple qu'il se sent à même de développer à l'oral.

Le débat sera animé par un élève qui aura préparé, à la manière du narrateur de *Gargantua*, une brève introduction sur un ton faussement érudit, et qui tâchera de ponctuer et de relancer de manière comique le débat chaque fois que nécessaire.

3. Imaginer une dystopie

En vous inspirant de la structure des chapitres présentant l'utopie de l'abbaye de Thélème (p. 194-199), créez la pire école possible, selon vous. Décrivez ce système éducatif dystopique dans un texte d'une vingtaine de lignes.

4. Mettre en relation des œuvres d'époques différentes

Visionnez des épisodes de la série télévisée *Kaamelott*, accessibles sur Internet. Ensuite, vous effectuerez les recherches suivantes.

– Étudiez comment cette série, comme *Gargantua*, emprunte un ensemble de références à des genres narratifs et comment elle les parodie.

– En examinant notamment les titres des épisodes, notez comment la série joue à faire varier les tons, des plus sérieux aux plus légers.

Prolongements artistiques et culturels

Un siècle humaniste

L'abbaye de Thélème : une cité idéale

➡ Images reproduites au verso de la couverture, en début d'ouvrage et en page IV du cahier photos.

1. Sur Internet, faites des recherches sur le tableau de *L'École d'Athènes* de Raphaël et sur le dessin de Léonard de Vinci *L'Homme de Vitruve*. Préparez un résumé, que vous présenterez à l'oral.

2. Quelles innovations artistiques relevez-vous dans l'œuvre *La Cité idéale* (➡ voir Fiche 6, L'humanisme, p. 239) ?

3. En quoi ces trois images illustrent-elles un savoir humaniste ?

Les représentations de Gargantua à travers les arts

➡ Images reproduites en couverture et en pages II et III du cahier photos.

4. Quelles caractéristiques du personnage de Gargantua sont mises en avant dans ces représentations ?

5. À quels types de comique s'apparentent ces illustrations ?

Un modèle d'éducation ?

➡ Images reproduites en page I du cahier photos.

6. Quelle illustration vous semble la plus proche de l'image que François Rabelais nous donne de l'éducation dans son récit ? Justifiez votre réponse.

Lectures cursives

Voltaire, *Micromégas* [1752], Belin-Gallimard, « Classico », 2015.

Ce texte permet de découvrir ce qu'est un conte philosophique, genre très à la mode à l'époque des Lumières. À mi-chemin entre conte merveilleux et récit réaliste, *Micromégas* raconte l'histoire d'un géant qui, bien que déjà brillant, entreprend un voyage de formation interplanétaire. Avec un rythme rapide et plaisant, le narrateur nous fait suivre ce voyage qui, de changement d'échelle en changement d'échelle, amène le héros à rencontrer les Terriens. Tout du long, de la Terre à Saturne, se mêlent des références multiples à l'actualité culturelle, une satire très vive de la société et une réflexion sur le relativisme. Ce voyage de formation informe le lecteur et le fait réfléchir sur ce qu'est vraiment le savoir, sur un mode plaisant.

Molière, *L'École des maris* [1661], Gallimard, « Folio classique », 2019.

L'intrigue de la pièce de théâtre repose sur un jeu de miroirs entre deux personnages. Ici, il s'agit de deux frères, qui deviennent les tuteurs de deux jeunes sœurs et les élèvent selon des modalités opposées, qui vont les mener l'une et l'autre à connaître un sort diamétralement différent. Aussi comique que satirique, cette comédie s'inscrit dans une thématique que Molière reprendra de nombreuses fois dans sa carrière : celle de l'éducation. Qu'il s'agisse des *Précieuses ridicules* (1659), de *L'École des femmes* (1662) ou du *Bourgeois gentilhomme* (1670), Molière a eu en effet à cœur de questionner les modèles éducatifs de son temps : des plus creux aux plus fins, il s'est attaché à montrer combien ils sont liés à des attentes sociales, notamment vis-à-vis des femmes. Cette pièce permet aussi de découvrir comment Molière, qui entendait « corriger les mœurs par le rire », prend très au sérieux la comédie. En proposant une comédie en vers, il s'approche ici du genre de la « grande comédie » qu'il va créer pour concurrencer le genre tragique, réputé plus sérieux.

■ Jean-Jacques Rousseau, *Émile ou De l'éducation* [1762], Gallimard, « Folio Essais », 1995.

En 1762, le philosophe Jean-Jacques Rousseau publie à la fois *Du contrat social* et *Émile ou De l'éducation.* Dans ces deux œuvres, il part du principe que l'homme est naturellement bon, mais que la société l'a perverti. Dans l'*Émile*, il propose donc son idéal : une « éducation naturelle ». Pour cela, il suit les étapes de la formation d'un être accompli : il présente les premières années de cette formation (livre I), sa première approche de la raison dans l'enfance (livre II), sa découverte de la raison abstraite (livre III), et ses apprentissages liés à la vie en groupe (livre IV). Le dernier livre propose un idéal d'éducation pour les filles, à partir de l'exemple de Sophie, épouse modèle d'Émile. Ce texte présente un système éducatif d'un nouveau genre, où l'expérience est plus instructive que les livres, où le corps revêt une importance centrale, où la personnalité propre à l'enfant est respectée. On s'intéressera particulièrement, dans le cadre de notre programme, au livre II, qui montreun mode d'éducation plaisant et explique pourquoi les livres d'argumentation indirecte comme les fables sont mauvais pour les enfants et ne leur apprennent rien.

■ Pierre Choderlos de Laclos, *Des femmes et de leur éducation* [1783], éditions Jérôme Millon, 2018.

À l'époque des Lumières, de nombreux débats animent les « académies » ; c'est à un de ceux-ci que tâche de répondre Pierre Choderlos de Laclos, en 1783. Ce débat porte sur la question suivante : « Quels seraient les meilleurs moyens de perfectionner l'éducation des femmes ? » De manière très provocante, l'auteur commence par dire qu'il n'y a, en réalité, pas d'éducation des femmes, car « dans toute société, les femmes sont esclaves » ; seule une révolution pourrait, selon lui, être à même de changer la donne. Pour faire comprendre que cette révolution est nécessaire, plutôt que de proposer un système de formation pour les femmes, l'auteur fait un portrait de la condition féminine : il brosse un tableau très positif de l'état de nature des femmes, puis le compare à ce que les institutions sociales font des femmes. Cet essai montre bien l'engagement dans la cause féministe de cet auteur, qui la défendra d'une manière différente, à travers une argumentation indirecte cette fois, dans son roman épistolaire *Les Liaisons dangereuses*.

Carnet de lecture

Réaliser une fiche de lecture : *Micromégas* de Voltaire

Méthode

Étape 1. Découvrez le contexte d'écriture de ce conte. Pour cela, rendez-vous sur ce site : **expositions.bnf.fr/lumieres** qui présente de manière très développée ce qu'a été l'époque des Lumières.

Étape 2. Faites des recherches sur l'auteur, et sur la place du conte philosophique dans son œuvre. Pour cela, consultez le site suivant : **gallica.bnf.fr/essentiels/propos-auteur-0** et notez les informations clés.

Étape 3. Réalisez un résumé de l'intrigue, sous la forme la plus visuelle possible : par exemple, utilisez une image du système solaire, sur laquelle vous placerez chaque étape du voyage interplanétaire de Micromégas. Inscrivez-y également le nom des quelques personnages, ainsi que leurs caractéristiques.

Étape 4. Interrogez-vous : Qu'est-ce qui est pour vous le plus important dans ce conte philosophique ? Qu'est-ce qui a fait son immense succès au XVIIIe siècle et pourquoi le lit-on encore aujourd'hui ? Quels éléments montrent que c'est un texte des Lumières : par exemple,quelle place y occupe la science ? En quoi ce texte, encyclopédique, est-il engagé ? Par quels moyens oblige-t-il le lecteur à réfléchir ?

Étape 5. Expliquez en quelques phrases pourquoi cette œuvre s'inscrit dans le parcours associé à l'étude de *Gargantua* (« Rire et savoir » ou « La bonne éducation ») et en quoi elle entre en résonance avec le récit de François Rabelais.

Étape 6. Mémorisez les éléments clés de cette fiche et présentez à l'oral *Micromégas* à un camarade, en deux minutes : c'est ce que vous aurez à faire à l'oral des épreuves anticipées de français, sur une œuvre de votre choix.

Le tour de l'œuvre en 9 fiches

Sommaire

François Rabelais en 15 dates

Vers 1483	Naissance de François Rabelais près de Chinon, en Touraine.
Vers 1510	Il est moine, d'abord chez les franciscains, puis chez les bénédictins. Pendant ces années, il rencontre de nombreux intellectuels.
1523	Il devient le secrétaire d'un homme d'Église humaniste, Geoffroy d'Estissac.
1530	François Rabelais quitte son habit de moine (il obtiendra plus tard le pardon du pape) et s'inscrit à l'université de Montpellier pour étudier la médecine.
1532	Il obtient un poste prestigieux de médecin à l'hôtel-Dieu de Lyon. Parallèlement, il est correcteur et éditeur de nombreux ouvrages scientifiques et littéraires. Il publie *Pantagruel*, sous le pseudonyme d'Alcofribas Nasier (anagramme de ses nom et prénom).
1533	La Sorbonne condamne *Pantagruel*, jugé obscène. F. Rabelais publie la *Pantagrueline prognostication*, qui parodie l'astrologie.
1534 -1536	Par deux fois, il accompagne à Rome Jean du Bellay : il est le médecin et secrétaire de cet ecclésiastique éclairé dont le neveu est Joachim du Bellay.
1534 (ou1535)	**Il publie *La Vie très horrifique du grand Gargantua***, toujours sous pseudonyme, et continue ses activités éditoriales.
1537	Il entre au service de Guillaume du Bellay, autre oncle de Joachim du Bellay, qu'il accompagnera en Italie de 1539 à 1541.
1542	**Il fait rééditer *Pantagruel* et *Gargantua*, en atténuant notamment les passages où il critique les théologiens de la Sorbonne.**
1546	Il obtient un privilège royal pour *Le Tiers Livre des faits et dits héroïques du bon Pantagruel*, qu'il publie sous son vrai nom ; le livre est aussitôt censuré. En réaction, François Rabelais se réfugie d'abord à Metz (alors ville de l'Empire de Charles Quint), puis en Italie auprès de Jean du Bellay.
1547	Il publie une première version, incomplète, du *Quart Livre des faits et dits héroïques du bon Pantagruel*, sous son vrai nom.
1552	Il publie la version complète du *Quart Livre*, aussitôt censurée.
1553	François Rabelais meurt à Paris.
1562 -1564	*L'Île Sonnante* puis le *Cinquième Livre* paraissent, constitués de brouillons de l'auteur, largement remaniés par l'éditeur.

L'œuvre dans son contexte

La France au temps des conflits

De 1515 à 1547, la France est gouvernée par **François Ier**. Celui-ci tâche de consolider son pouvoir royal, en France et en Europe, à une époque marquée par des **guerres quasi continuelles (➡ voir verso de la couverture, en fin d'ouvrage)**. Celles-ci l'opposent surtout à **Charles Quint**, qui règne sur un immense empire, notamment en Autriche, aux Pays-Bas, en Espagne et en Italie. François Ier, pour rivaliser avec lui, crée de nouvelles alliances. Mais il essuie de nombreuses défaites militaires face à l'empereur, et deux échecs, en particulier, vont marquer ses contemporains. Sa capture à Pavie, en 1525, le contraint à signer un traité et à renoncer à toutes ses prétentions sur l'Italie, et le sac de Rome en 1527 voit les troupes au service de Charles Quint détruire la ville.

De plus, François Ier est confronté à la montée des **conflits religieux** en Europe. En effet, plusieurs courants veulent réformer l'Église catholique: d'une part, les **évangéliques**, d'autre part, les **luthériens**, puis les **calvinistes**. Ils appellent à un retour aux sources de la foi. Les deux derniers courants, qui proposent une vision de l'humanité plutôt sombre, entendent réformer radicalement l'Église, tandis que le premier, qui a une vision plus positive de l'Homme, propose une réforme interne plus douce de l'Église. En réponse à ce mouvement, l'Église catholique entreprend sa propre réforme à travers le **concile de Trente**, à partir de 1545. Mais les tensions montent: l'Inquisition (tribunal spécial de l'Église catholique, créé au XIIIe siècle pour réprimer les hérétiques et les impies) est rétablie en Espagne et en Italie, et François Ier, d'abord protecteur des évangéliques, réprime sévèrement des « hérétiques » après l'affaire des Placards de 1534.

Le renouveau des arts et de la culture

Le XVIe siècle fait aussi rayonner la culture: on a appelé cette époque « **Renaissance** », car elle fut un temps de renouveau et de profonds changements culturels. En effet, la perception du monde a changé, notamment après que de **nouvelles civilisations** ont été découvertes (par Vasco de Gama ou Christophe Colomb, entre autres). De plus, l'invention de **l'imprimerie** (Gutenberg perfectionne cette invention asiatique) permet de diffuser de **nouveaux savoirs** (comme les théories héliocentristes du Polonais Nicolas Copernic) ou des **savoirs redécouverts** (comme les textes gréco-latins, retraduits).

François Ier est très sensible à ces changements culturels: avec **l'ordonnance de Villers-Cotterêts** en 1539, il fait du français la langue officielle (c'était auparavant le latin) et soutient de nombreux artistes français (comme sa sœur, Marguerite de Navarre, célèbre femme de lettres) et italiens (comme Léonard de Vinci, ➡ voir verso de la couverture, en début d'ouvrage).

Le tour de l'œuvre en 9 fiches

La structure de l'œuvre

Entrées en matière

Dans l'avis « aux lecteurs », François Rabelais propose un dizain de décasyllabes où il justifie son œuvre, qui serait avant tout une invitation plaisante à se divertir. S'ensuit le « prologue de l'auteur », qui appelle et critique à la fois les lectures allégoriques, sur un ton tantôt léger, tantôt savant.

Chapitres 1 à 6 : généalogie et naissance de Gargantua

Le narrateur évoque la généalogie de Gargantua, qui remonterait à des temps immémoriaux (ch. 1). Cette ascendance se trouve authentifiée par un drôle de document, les « Fanfreluches antidotées » (ch. 2), longue énigme en décasyllabes. Les parents de Gargantua, Grandgousier et Gargamelle, sont présentés (ch. 3 et 4) : amateurs de bon vin et de bonne chère, ils aiment aussi les bons mots, comme le montrent « Les propos des bien ivres » (ch. 5). Le héros naît ensuite d'une manière pour le moins héroïcomique (ch. 6).

Chapitres 7 à 14 : enfance et éducation de Gargantua

Le jeune Gargantua montre d'emblée un goût marqué pour la boisson, qui justifie son nom (ch. 7). Habiller un tel géant est un véritable exploit (ch. 8), et le choix des couleurs de son habit donne lieu à un long exposé sur la symbolique des couleurs (ch. 9 et 10).

Pendant ses premières années, marquées par une oisiveté et une précocité remarquables (ch. 11), Gargantua ne manque pas de faire valoir son intelligence, qui n'est pas tournée vers des buts bien nobles : elle lui permet de jouer un tour à des invités (ch. 12) ou d'inventer le parfait « torche-cul » (ch. 13). Pour développer cette intelligence que Grandgousier voit poindre chez son fils, il le fait instruire par Maître Thubal Holopherne, docteur sophiste, qui lui fait lire un monceau de livres peu utiles (ch. 14). Mais Gargantua n'a pas grand-chose à répondre au jeune Eudémon, formé par une pédagogie humaniste. Son père décide que Gargantua rejoindra Paris, où travaille Ponocratès, le professeur d'Eudémon (ch. 15).

Chapitres 16 à 24 : rééducation de Gargantua, à Paris

Avant sa rééducation, Gargantua vit plusieurs aventures drolatiques : d'abord, sa jument géante transforme largement le paysage sur son passage (ch. 16), puis le vol des cloches de Notre-Dame (ch. 17) donne lieu à des discours et débats grotesques au sein du monde parisien (ch. 18 et 19).

Pour commencer, Ponocratès observe les méthodes que suit pour l'instant Gargantua, et qui sont désastreuses (ch. 20 à 22), puis il lui donne, aidé par Gymnaste, un programme humaniste très complet (ch. 22 à 24).

Chapitres 25 à 49 : la guerre picrocholine

Pendant ce temps, dans le royaume de Grandgousier, a lieu un différend entre des fouaciers et des bergers (ch. 25), qui va dégénérer: le colérique roi Picrochole, pourtant longtemps allié à Grandgousier, se venge en pillant presque tout le territoire (ch. 26) ; presque: seule l'abbaye de Seuillé, menée par l'énergique frère Jean des Entommeures, résiste (ch. 27).

Grandgousier essaie d'apaiser cette situation: prêt à assumer ses responsabilités (ch. 28), il écrit à Gargantua pour qu'il revienne (ch. 29) et tente de se réconcilier avec Picrochole par le discours bienveillant d'un de ses hommes (ch. 30 et 31), tout en lui offrant des fouaces (ch. 32). Mais il est trop tard, car Picrochole, mal conseillé, a désormais des rêves de conquête démesurés (ch. 33).

Gargantua est alors de retour. Il envoie Gymnaste en éclaireur (ch. 34 et 35), démolit le château du gué de Vède (ch. 36), puis rejoint son père (ch. 37). Pendant le banquet, Gargantua avale par inadvertance quelques pèlerins, qui s'en sortiront (ch. 38 et 39). Tout ce repas met particulièrement à l'honneur frère Jean, moine bien original, qui lance des débats religieux polémiques (ch. 40) ou s'endort en priant (ch. 41).

Le jour du combat est arrivé: frère Jean encourage ses troupes, même si une branche d'arbre l'interrompt un instant (ch. 42), mène vaillamment ses hommes contre Tyravant (ch. 43), puis détruit seul une grande portion de l'armée de Picrochole (ch. 44).

Ensuite Grandgousier accueille avec largesse les pèlerins et le chef ennemi ramenés par frère Jean. Il discute avec les premiers et condamne la superstition (ch. 45), puis renvoie le second sain et sauf, chargé de dons, pour adoucir Picrochole (ch. 47). Mais Picrochole et ses généraux restent butés (ch. 48) et tuent violemment le chef chargé de cadeaux ; c'est donc une ultime bataille qui se prépare. Elle verra la victoire de Gargantua et la défaite d'un Picrochole qui fuit, voué à un destin misérable (ch. 49).

Chapitres 50 à 58 : une paix royale et divine ?

Gargantua se montre clément avec ses anciens ennemis et ne punit que quelques-uns d'entre eux (ch. 50) ; il distribue les terres de Picrochole, fait enterrer les morts, récompense ses soldats et rentre chez Grandgousier avec ses généraux les plus braves (ch. 51).

Pour remercier frère Jean, il accède à son vœu de concevoir une abbaye d'un genre complètement nouveau (ch. 52). Bâtie de manière originale (ch. 53), richement décorée (ch. 54), l'abbaye de Thélème est aménagée avec luxe (ch. 55) et accueille des gens somptueusement vêtus (ch. 56). Ceux-ci n'ont qu'une règle: «Fais ce que voudras» (ch. 57).

La fin du récit propose une énigme en forme de prophétie, retrouvée dans les fondations de l'abbaye. Ce poème est diversement interprété: par Gargantua comme le présage des persécutions des libres-penseurs en matière de religion, par frère Jean comme une description imagée du jeu de paume (ch. 58).

Les grands thèmes de l'œuvre

L'éducation

François Rabelais, dans son œuvre, accorde une place centrale au thème de l'éducation: dans *Gargantua*, il y consacre **onze chapitres**, soit sept de plus que dans *Pantagruel*, et beaucoup plus que dans la majorité des récits de l'époque.

Il fait, d'abord, la **satire de l'éducation dispensée par les «sophistes»**. L'auteur donne ce nom-là, à partir de l'édition de 1542, aux «théologiens», et particulièrement aux théologiens de l'université de la **Sorbonne**. Ceux-ci, tout-puissants à l'époque, proposaient une **éducation archaïque** (Gargantua lit des textes écrits en lettres gothiques), lourde (l'immense écritoire de Gargantua en témoigne), et lente (d'après le programme éducatif du chapitre 14, il faut des années pour apprendre les bases les plus élémentaires comme l'alphabet). Une telle éducation reposait sur un **apprentissage mécanique** (les chapitres 21 et 22 décrivent un emploi du temps fondé sur une répétition hyperbolique d'actions creuses), et des **discours fallacieux** permettant de tout justifier (ainsi des arguments d'autorité que Gargantua cite au chapitre 21, ➡ voir cahier photos, p. I). Cette pédagogie ne pouvait que faire régresser un enfant: ainsi, si Gargantua ne brillait pas par la noblesse de ses trouvailles, avant d'être éduqué par un maître sophiste, il avait plaisir à inventer, à créer, à parler ; après le passage de son premier maître, le voilà devenu un être quasi animal, incapable de répondre face à Eudémon (chapitre 15).

La suite du récit laisse entrevoir un modèle éducatif plus noble, proche des **idéaux humanistes (**➡ voir Fiche 6, L'humanisme, p. 238-239) comme celui que propose Ponocratès. Cette éducation, fondée aussi bien sur la richesse des apprentissages (il n'est qu'à voir l'emploi du temps décrit aux chapitres 23 et 24 !) que sur le plaisir, cultive l'esprit critique et écarte le formalisme religieux: la piété devient sincère et pensée. De plus, elle permet de **cultiver aussi bien l'âme que le corps**, pour faire de l'élève un être complet. Au sortir de cette éducation, Gargantua est métamorphosé.

La guerre

Le héros va également évoluer quand il sera confronté à un **deuxième thème clé du récit: la guerre**. François Rabelais inclut cette réalité contemporaine de manière très diverse dans son récit. Il la décrit d'abord en oscillant **entre hyperréalisme et merveilleux**. En effet, si parfois le géant, jouant de sa taille, évacue en un instant les rivaux, la plupart du temps l'art militaire est présenté avec une grande précision, du recrutement de l'armée (chapitre 47) au passage de zones difficiles (chapitre 48). De plus, le livre présente des scènes guerrières rendues ultra-violentes par des énumérations pleines de précisions anatomiques (chapitre 27). Le ton noble de l'épopée est loin : le récit semble faire de la guerre un **terrain de jeu** physique et verbal.

Pourtant, ce texte est aussi empli d'un **pacifisme tout humaniste**. D'abord car la guerre apparaît comme une aberration, qui fait suite à des querelles minimes : celle des fouaciers et des bergers (chapitre 25). Ensuite, car la guerre attire des êtres au **goût maladif** pour la violence et la conquête. Le bilieux Picrochole se présente ainsi comme un tyran impulsif (le meurtre du chapitre 47 en témoigne) et assoiffé de conquête (chapitre 33). À cela s'opposent la conduite de Grandgousier, qui recherche la **paix** et fait preuve d'une grande **générosité** envers ses rivaux, et celle de Gargantua, qui lui aussi se présente comme un « roi philosophe ». On comprend jusqu'où vont les bienfaits de son éducation : grâce à elle, Gargantua a appris à se battre et est devenu un stratège à même de mener des troupes ordonnées et de **gouverner avec justice** et sans complaisance : *in fine* il gracie les uns et châtie les autres (chapitre 50).

La religion

Enfin, un thème important dans le roman est celui de la religion. L'auteur connaît très bien ce thème qui est, comme les deux précédents, **au cœur des préoccupations humanistes**. Il mène ici une **vive satire** d'un ensemble de personnages : les pèlerins dont Grandgousier critique la **vaine superstition** (chapitre 45) ; les théologiens et leurs **discours creux** (chapitre 19) ; mais aussi les moines, comme ceux du clos de Seuillé (chapitre 27).

Frère Jean, qui boit, jure, qui est glouton et paillard, qui se moque des savants, peut sembler être **une caricature de ces mauvais moines**. Mais, d'une part, ce personnage, central dans le roman, est la plupart du temps présenté d'une manière très positive, comme un être actif, vif, joyeux ; d'autre part, c'est grâce à lui qu'est élaboré le **modèle utopique** qui occupe les sept derniers chapitres du livre : **l'abbaye de Thélème**. Dans cette abbaye architecturalement et symboliquement ouverte, où sont réconciliés l'âme et le corps (le vœu de chasteté, par exemple, est aboli), où règne un raffinement d'élite, la seule règle qui prévaut, **« Fais ce que voudras »**, est une non-règle. Ce modèle, qui n'est peut-être pas aussi parfait qu'il en a l'air, s'inscrit dans la lignée des réflexions menées au XVIe siècle pour réformer l'Église, et notamment des réflexions des évangéliques, qui sont peut-être obscurément défendus dans l'énigme qui clôt le texte.

Le tour de l'œuvre en 9 fiches

Fiche 5

Une œuvre au croisement des genres

Gargantua est un texte qui se situe à la frontière de nombreux genres ; c'est pour cela que des critiques, comme Mikhaïl Bakhtine, l'ont classé parmi les romans : car, selon ceux-ci, le genre romanesque est à même de contenir tous les autres genres. Mais ce mot « roman » signifiait au XVIe siècle autre chose que ce que l'on entend aujourd'hui.

Le récit

Le texte de François Rabelais s'inspire de différents récits. Il a été composé après le succès d'une série de brèves « **chroniques** », publiées souvent anonymement dans les années 1530, qui racontaient l'histoire « du grand et énorme géant Gargantua » et l'inscrivaient la plupart du temps dans le cadre des **romans arthuriens**. Des épisodes entiers de *Gargantua* de François Rabelais sont inspirés de ces chroniques, auxquelles l'auteur emprunte aussi le style comique et un narrateur qui ne cesse d'affirmer que ce qu'il dit est authentique.

Par ailleurs, cette œuvre est l'héritière des **romans de chevalerie** à la manière médiévale, qui étaient très à la mode à l'époque de François Rabelais, et des **épopées à l'antique** : sa structure narrative (la naissance du héros, ses exploits guerriers, son « moniage » à Thélème), le groupe d'adjuvants du personnage, le goût de l'hyperbole dans les scènes de bataille notamment se rattachent à ces deux genres.

Cependant, *Gargantua* se démarque de ces récits, d'une part, parce qu'il ne reprend pas le cadre arthurien des chroniques de Gargantua et, d'autre part, parce que l'ensemble du récit tend plutôt vers la **parodie** de ces différents genres. Ainsi, le merveilleux n'y est pas omniprésent, l'univers courtois n'apparaît qu'à Thélème, et les guerres deviennent de véritables boucheries, décrites avec une précision anatomique qui est loin de la solennité épique.

L'histoire

Gargantua peut aussi sembler relever de l'un des genres historiques de cette époque, à mi-chemin entre les « **histoires** » (qui racontent des faits contemporains), les « **chroniques** » (qui racontent des faits passés), les **biographies** (de saints ou d'hommes célèbres). D'ailleurs, **le narrateur** lui-même, apparemment érudit et fort sérieux, se présente souvent comme un historien ou **un témoin des événements** : il dit avoir entendu les personnages directement (chapitres 7 et 23), ou dévoile un document d'archive présentant la généalogie des géants.

Mais là encore, c'est la **parodie** qui prime : de la naissance peu glorieuse du héros à l'authenticité douteuse des faits racontés, le genre historique est moqué précisément pour son caractère peu fiable.

L'art oratoire

Gargantua s'inspire également de la **rhétorique antique** : de la *declamatio* (exercice antique où un orateur soutient une thèse imposée) à la harangue en passant par l'éloge ou la lettre, l'auteur multiplie les références à cet art codifié pendant l'Antiquité. Ainsi, les chapitres 9 et 10 ressemblent à une ***declamatio*** sur la symbolique des couleurs ; les **harangues** sont nombreuses, aux chapitres 19, 31, 46 et 50 surtout ; **l'éloge** proposé au chapitre 15 par Eudémon reprend la structure parfaite d'un discours à la latine ; et la brève **lettre** du chapitre 19 joue sur des codes rhétoriques précis.

Cependant, si certains de ces moments rhétoriques semblent fort sérieux, d'autres sont **tournés en dérision**, notamment pour dénoncer les **artifices du discours scolastique**, stéréotypé. La scolastique, discipline philosophique née au Moyen Âge, permettait aux élèves d'apprendre à produire des raisonnements développés sous des formes précises et ordonnées, sur des sujets alliant des connaissances antiques et une défense de la théologie chrétienne. Mais ici, ces formes et sujets sont mis à distance : **les syllogismes sont détournés** pour justifier le choix d'un « torche-cul » (chapitre 13), les personnages comme Janotus multiplient les **citations latines** maladroites ou **carrément erronées**, et les « fleurs de rhétorique cicéronienne » de frère Jean sont **scatologiques**.

Le théâtre et la poésie

Enfin, ce texte s'inspire aussi beaucoup de genres théâtraux et poétiques. Pour l'inspiration théâtrale, on notera, par exemple, que les quelques diableries, comme aux chapitres 34 et 35, rappellent le **genre théâtral du mystère** (un type de pièces moralisantes, pleines de sermons mais aussi de moments comiques où abondent des diables) et que l'auteur cite souvent des répliques de *La Farce de Maître Pathelin* (la **farce** est alors un genre très à la mode, qui commence par un « cri » où l'on appelle les spectateurs, comme au chapitre 5[redacted]ant de proposer des scènes profanes, souvent grossières, qui visent à faire rire).

De même, la **poésie** est présente dans le texte : du dizain initial aux décasyllabes de l'énigme finale, en passant par le rondeau composé par Gargantua, elle est en effet une source d'inspiration importante pour l'auteur. Celui-ci multiplie les références aux formes alors à la mode (comme celle de **l'énigme**, genre poétique pratiqué à la Renaissance, ou celle de **l'épigramme**, nouvelle à cette époque), parfois très explicites : ainsi, au chapitre 13, Gargantua dit qu' « en rimant souvent [il s']enrime », comme le disait Clément Marot dans sa *Petite épître au roi*, parue en 1518.

L'humanisme

Une nouvelle vision de l'homme et du monde

On utilise souvent, aujourd'hui, le terme d'« humanisme » dans un sens large, pour désigner la qualité de ceux qui montrent une confiance bienveillante envers l'humanité. Une telle définition trouve sa source à la **Renaissance**, où un vaste courant intellectuel, qu'on nommera plus tard l'humanisme, diffuse une nouvelle vision de l'homme à travers toute **l'Europe**.

Cette **vision** est éminemment **positive** et redonne une place centrale à l'homme. On retient souvent, pour le montrer, la phrase que **Pic de la Mirandole** écrivit en 1486 dans son livre *Sur la dignité de l'homme* : « [o]n ne peut rien voir de plus admirable dans le monde que l'homme. » Car, de **Guillaume Budé** en France à **Érasme** aux Pays-Bas, les intellectuels voient en l'être humain un individu merveilleusement doté par Dieu, qu'il convient de mener à son plein potentiel, intellectuel, physique, ou moral (➡ voir verso de la couverture, en début d'ouvrage).

Cette vision de l'homme conduira de nombreux humanistes à être séduits par la pensée évangélique ; d'autres seront convaincus par les idées protestantes, même si elles reposent sur une vision plus sombre de l'homme, qui serait irrémédiablement corrompu par le péché originel. En tout cas, tous appellent de leur vœu un **retour au texte originel** (la Bible était connue surtout à travers une traduction en latin, et via les innombrables commentaires savants qui l'accompagnaient) et une réforme douce de l'Église. Ce mouvement ne prône pas, en effet, le radicalisme mais bien plutôt le **pacifisme** et l'œcuménisme : ceux que l'on a nommés les humanistes rêvent d'une « république des Lettres » sans frontières, et sont persuadés que « les États seront heureux quand les rois philosopheront, ou quand les philosophes règneront », comme l'écrit François Rabelais au chapitre 43 de *Gargantua*.

L'importance de l'éducation

Les humanistes placent le savoir au cœur de cet idéal : l'homme, pour se parfaire, doit absolument être formé et instruit. Or, les humanistes **rejettent l'enseignement proposé par les universités médiévales**, où on impose un **apprentissage par cœur** de formules, de légendes, de règles, sans promouvoir le recul critique (➡ voir cahier photos, p. I). On y enseigne peu le grec, mais plutôt un latin volontiers approximatif.

Les humanistes vont au contraire promouvoir **une pédagogie nouvelle, fondée sur l'esprit critique et le dialogue**. Ils prônent une « **éducation libérale** des enfants », pour reprendre le titre d'un traité d'Érasme publié en 1529, afin de permettre à l'homme de progresser continuellement, de sa naissance à l'âge adulte, grâce à des maîtres bien formés.

Que veulent-ils apprendre à leurs élèves ? En premier lieu, ils souhaitent approfondir ce que l'on appelle les « **humanités** », c'est-à-dire les matières relatives à l'expression humaine (la rhétorique, la logique et la grammaire). Les professeurs donnent ainsi un **accès direct aux textes latins et aux textes grecs**. Les humanistes prônent aussi une éducation physique et manuelle, comme en Italie, où dans la **Casa Giocosa**, Vittorino da Feltre imaginait un programme éducatif fondé autant sur le sport et les jeux de plein air que sur le travail intellectuel. En France, un tel programme trouve un écho certain, et François Ier soutient une initiative de Guillaume Budé en créant les « **lecteurs royaux** », qui offrent des cours gratuits, ouverts aux nouvelles idées et très complets (enseignant par exemple aussi bien le latin que le grec et l'hébreu).

Un siècle de renaissance

Les arts visuels (la peinture, la sculpture, l'architecture) **évoluent** fortement dès la fin du XVe siècle. Les artistes et architectes (➡ voir *L'abbaye de Thélème : une cité idéale*, au verso de la couverture, en fin d'ouvrage), tout comme les poètes et les philosophes, s'inspirent de l'Antiquité. Dans la **péninsule Italienne et aux Pays-Bas**, se développent de nouvelles manières de représenter le réel (comme l'invention de la perspective en peinture) et de **nouvelles techniques** émergent (la peinture à l'huile, par exemple). De **Léonard de Vinci** à Lucas Cranach, en passant par **Raphaël**, de nombreux artistes contribuent à renouveler en profondeur les arts visuels (➡ voir *Un siècle humaniste*, au verso de la couverture, en début d'ouvrage). En écho aux pensées humanistes, ceux-ci placent au cœur de leurs œuvres un **être humain magnifié** (comme sur le plafond de la chapelle Sixtine, de Michel-Ange), ou du moins un individu dont la personnalité peut briller (le **genre du portrait** fleurit à cette époque).

Partout, on assiste à un renouveau des savoirs et des arts, ce qui explique le nom qui sera donné à cette période de l'histoire : la « **Renaissance** ».

Un nouveau langage

Le langage aussi évolue, car les humanistes retraduisent les textes grecs et latins de l'Antiquité, et tendent à unifier et à **développer leur propre langue**. En France, le français devient la langue officielle en 1539 (ordonnance de Villers-Cotterêts).

À travers des néologismes, des emprunts à d'autres langues (au grec, au latin, à l'italien, entre autres), **les écrivains renouvellent le français**. Ils ont foi en la beauté de leur langue, comme Joachim du Bellay, qui dans sa *Défense et Illustration de la langue française* (1549) écrit : « le temps viendra où notre langue pourra égaler les Grecs et les Romains. » Animés par cet idéal, ils ne cessent de réinventer leur langage à travers **une littérature vivante**, comme le firent, par exemple, les sept poètes de la Pléiade ou François Rabelais.

Parcours BAC

Rire et savoir

Alcofribas Nasier, maître ès rire

Tout le récit de *Gargantua* est proposé et agencé par un narrateur qui se présente comme **un drôle de savant**: Alcofribas Nasier, « abstracteur de quintessence », d'après la page de titre. Ce narrateur reprend, de manière exagérée, toutes les caractéristiques du discours savant pour mieux le parodier et sait manier une gamme quasi infinie d'outils comiques.

En effet, de **l'humour farcesque**, **gras** (par exemple dans la scène de ménage du chapitre 6) **à l'humour intellectualisé** des jeux de mots des « bien ivres » (chapitre 5), toutes les échelles du rire sont présentes.

Le comique repose tantôt sur la scatologie (au chapitre 6, pendant l'accouchement de Gargamelle), **tantôt sur les jeux de mots** (aux calembours de frère Jean qui aime le « service du vin » autant que le « service divin » répondent les jeux de mots étymologiques faits « par ris », pour expliquer les noms actuels de villes comme « Paris »), tantôt les deux en même temps.

La satire de l'esprit de sérieux

François Rabelais se livre à une satire qui lui est chère : celle de l'**esprit de sérieux**. On voit dans les propos d'Alcofribas Nasier combien le savoir, mal employé, peut être risible. En effet, lui-même se présente comme **un narrateur souvent ridicule**, puisqu'il se réfère à des œuvres écrites par d'autres (chapitre 8), aux noms plus que légers, s'appuie sur des documents à l'authenticité contestable (chapitre 2) ou s'inclut dans la narration de manière facétieuse, comme pour mieux brouiller les pistes (chapitre 8). Par là, on voit combien **celui qui maîtrise l'art de la rhétorique peut proférer sur un ton fort savant un tissu d'âneries**.

C'est ce que font aussi ceux qui sont englobés sous la périphrase de « **sophistes** », dans le récit. Ces maîtres de l'université, associés à des vendeurs de prêt-à-penser, sont mis à distance. D'ailleurs, eux ne maîtrisent même pas la forme de la rhétorique, le plus souvent : ainsi, la harangue de maître Janotus (chapitre 19) est saturée de **latin de cuisine** ; ces propos d'un bien ivre ne font pas honneur au savoir dont ce « maître » se gargarise.

Le rire médecin

Cette satire porte d'autant plus que, même si le livre a été publié anonymement d'abord, nous savons que son auteur est **un homme d'une rare érudition**, modèle de l'esprit humaniste. Parmi les références du narrateur, les **œuvres antiques** ont sa préférence.

François Rabelais, qui était aussi un brillant médecin, doit à un savant de l'Antiquité, Hippocrate, **l'idée que le rire est thérapeutique**. Dès le dizain liminaire « Aux lecteurs » (p. 17), on sent bien que l'auteur s'oppose farouchement à ce qui nous « mine et consume »: le rire est salutaire, et ce n'est sans doute pas un hasard si, avec une formule plaisante, frère Jean clôt le texte sur une incitation à rire et à boire: «Et à votre santé!».

L'auteur crée d'ailleurs **un pacte de lecture complice** entre le narrateur et ses «amis lecteurs», dès le prologue: parce que «**le rire est le propre de l'homme**», il crée dans son texte une communauté plaisante qui met à distance l'esprit de sérieux, mais aussi des thèmes douloureux comme la mort ou la guerre. Que *Gargantua* s'ouvre sur une citation du *Banquet* de Platon (p. 19) et se ferme sur une invitation à boire ou à manger (p. 214) n'est pas anodin: l'auteur défend l'idée d'un **rire** qui, s'il est **capable par la satire de détruire**, peut aussi **construire et tisser du lien**.

Les leçons du rire

D'ailleurs, l'auteur a une vision particulièrement positive du rire. Il lui confère **une grande profondeur de sens**. On le voit dès le prologue (p. 19-23), où le narrateur insiste sur le fait que le rire recèle des leçons qu'il appartient au lecteur de découvrir. En effet, le prologue invite notamment à **une lecture allégorique des œuvres joyeuses**, lecture présentée à grand renfort d'images: celle des silènes au double visage ou celle de l'os à la «**substantifique moelle**», par exemple.

Mais le narrateur remet aussi en cause cette tentation de faire une lecture allégorique du récit. L'énigme finale donne ainsi lieu à une double interprétation : celle, sérieuse, de Gargantua et celle, beaucoup plus plaisante, de frère Jean. Jusqu'au bout, on sent le mystère d'un texte où le lecteur est comiquement mis **dans la position d'un ignorant**: François Rabelais, comme son anagramme Alcofribas Nasier, retourne tout, et nous montre bien, d'un bout à l'autre du texte, combien **l'interprétation finale n'appartient à personne** (pas même à lui peut-être).

Les mots du parcours

Allégorie: figure de style qui donne une image concrète d'une idée abstraite ; ainsi, faire une lecture allégorique d'un texte, c'est chercher derrière les images une signification profonde.

Burlesque: registre littéraire qui fait rire en parlant sur un ton bas d'un sujet haut.

Comique: registre littéraire qui vise à susciter le rire.

Grotesque: type de comique qui utilise particulièrement les références au corps, à la scatologie (propos sur le thème des excréments).

Héroïcomique: registre littéraire qui fait rire en parlant sur un ton haut d'un sujet bas.

Parodie: texte ou ouvrage qui, à des fins comiques, imite en la tournant en ridicule une partie ou la totalité d'une œuvre sérieuse connue.

Satire: registre littéraire qui vise, sur un ton comique ou grinçant, à dénoncer des faits de société.

Fiche 8 VOIE TECHNOLOGIQUE

Parcours BAC

La bonne éducation

À travers le parcours de son héros Gargantua, François Rabelais explore un thème auquel il fait la part belle : l'éducation. Il consacre les premiers chapitres de son récit à l'enfance de Gargantua, et les chapitres 14 à 24 à sa formation scolaire.

La satire de sophistes mal éduqués

La formation de Gargantua commence de manière malheureuse, puisque le héros est d'emblée confié, quand son père repère son intelligence, à **maître Thubal Holopherne : un « sophiste » au nom aussi risible que son programme éducatif**, livresque et infini (chapitre 14). Le résultat ne se fait pas attendre : dès le début du chapitre 15, on voit que Gargantua a régressé et qu'il en est réduit à une ignorance crasse, quasi bestiale.

Car tout le roman fait **la satire d'un système qui s'avère être une mauvaise éducation** : le système proposé à l'époque par les écoles à la mode médiévale, parmi lesquelles la puissante université de la Sorbonne. En effet, on voit maître Janotus de Bragmardo ne maîtriser qu'à peine un latin fluctuant (chapitre 19) ou le narrateur **tourner en dérision « certains docteurs scotistes »** (chapitre 7), c'est-à-dire les fondateurs de la scolastique. Cette discipline que les écoles médiévales enseignaient visait à apprendre aux élèves la rhétorique et à citer habilement la Bible, pour défendre une idée. Mais le formalisme, la lenteur, la sécheresse de cet apprentissage qui ne sollicite pas l'esprit critique ne sont pas bien vus par les humanistes. **Ces méthodes sont comparables à celles des « sophistes »**, critiqués par Socrate, que cite son disciple Platon : ces hommes de l'Antiquité vendaient des formules toutes faites pour savoir parler de tout, sans avoir rien à dire.

La défense d'un idéal éducatif humaniste

François Rabelais, à rebours de ce modèle médiéval, rend compte de **l'idéal éducatif des humanistes** : on voit en effet se dessiner, avec le système éducatif de Ponocratès décrit aux chapitres 23 et 24, une pédagogie qui fait écho aux nombreux traités et essais écrits au XVIe siècle sur le thème de la bonne éducation. **Cette éducation vise à former l'esprit, les mœurs, comme le corps de l'élève**, et on en voit le résultat dans le texte, à travers le jeune valet Eudémon, âgé de douze ans, que Ponocratès a transformé en un orateur impressionnant et inspirant (chapitre 15).

Ouverte et riche, cette pédagogie prépare le héros Gargantua aux préoccupations d'un prince : **la guerre** (on le voit s'y confronter dès le chapitre 34), **la justice** (on le voit l'appliquer et la justifier au chapitre 50) ou **la foi** (on le voit notamment dans les derniers chapitres consacrés à **l'abbaye de Thélème**).

Cet idéal éducatif est repris en écho, dans cette **utopique abbaye**, où n'entrent que des êtres raffinés : leur âme est aussi polie que leurs manières ; et ils peuvent donner une idée des **résultats de la pédagogie humaniste**.

La leçon du texte

Si le récit de François Rabelais a suscité, depuis sa création, **de vastes débats quant à son interprétation**, l'éducation semble être un des rares thèmes qui laisse peu de place au doute. On voit en effet notre drôle de narrateur, Alcofribas Nasier, proposer **des points et contrepoints clairs, entre un modèle moqué et un modèle souhaité** : ainsi, au chapitre 15, la dispute rhétorique entre Eudémon et Gargantua présente le résultat de deux modèles éducatifs opposés, et les chapitres 21 et 22 fonctionnent comme les miroirs, structurellement et thématiquement, des chapitres 23 et 24, afin de mettre en avant là aussi deux pédagogies différentes.

Pourtant, même sur ce thème, **la nuance et l'ambiguité subsistent** : ainsi par exemple, au chapitre 15, on voit bien qu'Eudémon est un jeune garçon brillant, capable d'une éloquence rare ; mais ne produit-il pas un discours creux et mensonger en tout point ? De même, plus tard, dans l'abbaye de Thélème, que penser des nobles policés qui occupent ce lieu renversé ? Nous les voyons arriver tout éduqués, selon une mode médiévale eux aussi, mais plutôt celle de la courtoisie, et l'abbaye ne semble pas être un lieu de formation pour eux : est-ce à dire que cet idéal éducatif est difficile à définir totalement ?

Les mots du parcours

Humanisme : ➡ voir Fiche 6, p. 238-239.

Parodie : texte ou ouvrage qui, à des fins comiques, imite en la tournant en ridicule, une partie ou la totalité d'une œuvre sérieuse connue.

Satire : critique faite sur un ton comique ou grinçant.

Scolastique : modèle d'enseignement, particulièrement à la mode au Moyen Âge, dans lequel on inculque aux élèves des connaissances philosophiques antiques, une parfaite connaissance de la Bible et une maîtrise impeccable de tout un ensemble de formes de discours.
Les humanistes notamment critiquaient cet apprentissage très formel, rendant l'élève moins capable de penser que de tout justifier.

Sophiste : ce terme désigne un type de vendeurs de prêt-à-penser de l'Antiquité, contre lesquels Socrate est très engagé ; ils apprenaient à créer des discours impeccables, mais faux.

Citations

Gargantua

«Mieux vaut de rire que de larmes écrire,
Parce que rire est le propre de l'homme.» (Aux lecteurs)

«Sur ce modèle, il vous convient d'être sages pour respirer, sentir et estimer ces beaux livres de haute valeur, légers à la chasse et hardis au combat. Puis, par une étude curieuse et une méditation fréquente, rompre l'os et sucer la substantifique moelle [...], avec l'espoir certain d'être faits avisés et preux à ladite lecture.» (Prologue de l'auteur)

«Le grand Dieu a fait les planètes, et nous faisons les plats nets.» (chapitre 5)

«Je me doute que vous ne croyez absolument pas cette étrange naissance. Si vous ne la croyez pas, je m'en fiche, mais un homme de bien, un homme de bon sens croit toujours ce qu'on lui dit et qu'il trouve par écrit.» (chapitre 6)

«Ainsi fut éduqué Gargantua, et il continuait ce système de jour en jour, profitant comme vous savez que peut le faire un jeune homme de bon sens selon son âge, dans un tel exercice ainsi continué. Système qui au commencement semblait difficile, mais dont la continuation fut pourtant douce, légère et délectable, si bien qu'il ressemblait plus à un passe-temps de roi qu'aux études d'un écolier.» (chapitre 24)

«Car comment, disait-il, pourrais-je gouverner les autres, moi qui ne saurais me gouverner moi-même ? S'il vous semble que je vous aie fait, et que je puisse vous faire à l'avenir un service agréable, donnez-moi de pouvoir fonder une abbaye à mon idée.» (chapitre 52)

«Toute leur vie était employée non selon des lois, statuts ou règles, mais selon leur volonté et leur libre arbitre. [...] Ainsi l'avait établi Gargantua. Dans leur règle il n'y avait que cette clause : "Fais ce que voudras."» (chapitre 57)

À propos de François Rabelais

« Que t'est-il donc venu à l'esprit, Rabelais ? tu ne cesses de détourner nos écoliers de leur honnête devoir, qui est l'étude des belles-lettres et l'amour des œuvres sacrées. Préfères-tu donc les voir perdre leur belle jeunesse dans tes fondrières, dans des contes populaires frivoles et obscurs, dans des badinages et des livres lucratifs, dans d'indignes grossièretés, dans le fumier, dans la fange ? »

Nicolas Bourbon, *Nugae*, « In Rabellum », 1533.

« Rabelais surtout est incompréhensible : son livre est une énigme, quoi qu'on veuille dire, inexplicable ; c'est une chimère, c'est le visage d'une belle femme avec des pieds et une queue de serpent, ou de quelque autre bête plus difforme ; c'est un monstrueux assemblage d'une morale fine et ingénieuse, et d'une sale corruption. Où il est mauvais, il passe bien loin au-delà du pire, c'est le charme de la canaille ; où il est bon, il va jusqu'à l'exquis et à l'excellent, il peut être le mets des plus délicats. »

Jean de La Bruyère, *Les Caractères*,
chapitre 1 « Des ouvrages de l'esprit », 43, 1688.

« Rabelais, c'est la Gaule ; et qui dit la Gaule dit aussi la Grèce, car le sel attique et la bouffonnerie gauloise ont au fond la même saveur [...] Aristophane trouve plus grand que lui ; Aristophane est méchant. Rabelais est bon. Rabelais défendrait Socrate. Dans l'ordre des hauts génies, Rabelais suit chronologiquement Dante ; après le front sévère, la face ricanante. Rabelais, c'est le masque formidable de la comédie antique détaché du proscenium grec, de bronze fait chair, désormais visage humain et vivant, resté énorme, et venant rire de nous chez nous et avec nous. »

Victor Hugo, *William Shakespeare*, 1864.

« Le "jeu" du texte invite [...] à ne pas s'arrêter à une interprétation fixée, mais à passer sans cesse d'un sens à son contraire, d'une lecture à son inverse par la grâce d'un sourire ou d'un rire ».

Jean-Yves Pouilloux, « Questions de lecture »,
in Cahiers Textuel. François Rabelais, 1989.

Groupements de textes

VOIE GÉNÉRALE

Rire et savoir

Parcours BAC

François Rabelais délivre plaisamment, dans *Gargantua*, un savoir érudit, tout en mettant à distance, en en riant de mille manières, les savants qui se prennent au sérieux. Cette manière de lier rire et savoir a inspiré de nombreux auteurs, notamment dans l'argumentation indirecte : ainsi, Marivaux narre sur un ton très ironique une anecdote dans laquelle il critique un monsieur sérieux qui se croit très intelligent (texte 3) ; de même, on lit dans le portrait de Pangloss (texte 5) – comme dans celui de M. Homais (texte 6) – la critique de savants qui font un mauvais usage de leur intelligence. L'argumentation directe n'est pas en reste. On voit, par exemple, Montaigne montrer savamment que le rire est une attitude pleine de grandeur, digne des plus grands philosophes (texte 1) ; et Voltaire, dans un article rigoureusement écrit, réhabilite le rire comme une marque de notre humanité (texte 4). Tous deux, comme leurs confrères passant par l'argumentation indirecte, mettent à distance les philosophes qui refusent le rire ; mais eux le font sans rire. L'ensemble de ces auteurs semblent persuadés que la littérature a une portée éducative, et que celle-ci grandit quand l'aspect plaisant, voire ludique des textes est travaillé : c'est ce que montre notamment Jean de La Fontaine, pour justifier son choix du genre de la fable (texte 2).

Montaigne, *Essais*

C'est en 1572 que Michel de Montaigne (1533-1592) commence à écrire le livre auquel il se consacrera jusqu'à sa mort : les *Essais*. Nourris de son expérience de gentilhomme, qui joua un rôle politique et militaire important, les *Essais* s'enrichirent peu à peu, de la première édition en 1580 à l'édition posthume de 1595, jusqu'à comporter cent sept chapitres dont la forme, les thèmes, comme les références, sont très variés et d'une grande liberté. L'auteur y dialogue autant avec son lecteur qu'avec sa propre culture, particulièrement riche en références antiques. Ici, par exemple, il convoque l'exemple de deux philosophes grecs que la littérature gréco-romaine a souvent associés pour exprimer son avis concernant l'attitude à avoir face au genre humain.

Des deux philosophes Démocrite et Héraclite[1], le premier, qui trouvait ridicule et vaine[2] la condition humaine, n'affichait en public qu'un visage moqueur et souriant; le deuxième, au contraire, éprouvant de la compassion et de la pitié pour cette même condition, montrait un visage continuellement triste et avait les yeux pleins de larmes.

Sitôt le pied en dehors du logis,
L'un riait, et l'autre pleurait.
[Juvénal, X, 28][3]

Je préfère la première de ces attitudes, non parce qu'il est plus plaisant de rire que de pleurer, mais parce qu'elle est plus dédaigneuse, et qu'elle nous condamne plus que l'autre. Il me semble en effet que nous ne pouvons jamais être méprisés autant que nous le méritons. La plainte et la commisération[4] supposent une certaine estime pour la chose que l'on plaint : celles dont on se moque, ce sont celles auxquelles nous n'attachons aucun

1. **Démocrite et Héraclite** (Ve-IVe siècle av. J.-C.) : philosophes grecs ; le premier est connu pour être un rieur, le second se distingue par son esprit de sérieux. Ils sont aussi cités dans le chapitre 20 de *Gargantua*, p. 88.
2. **Vaine** : inutile.
3. **Juvénal** (55-128) : écrivain romain, auteur des *Satires*. Il est l'un des nombreux auteurs antiques à avoir fait le parallèle entre ces deux philosophes grecs.
4. **Commisération** : compassion.

prix. Je ne pense pas qu'il y ait en nous autant de malheur que de frivolité[1], autant de méchanceté que de bêtise ; nous sommes moins remplis de mal que d'inanité[2], nous sommes moins mal heureux que vils[3].

C'est pourquoi Diogène[4], qui baguenaudait à sa guise[5] en roulant son tonneau, et qui se moquait bien du grand Alexandre[6], quand il nous considérait tous comme des mouches ou des outres[7] pleines de vent, était un juge plus sévère et plus aigu, et donc plus juste selon moi que Timon[8], celui qui fut surnommé l'ennemi des hommes. Car ce que l'on hait, on le prend encore à cœur. Et Timon nous voulait du mal, désirait ardemment notre ruine, fuyait notre société comme dangereuse, celle de méchants et de gens dépravés[9]. L'autre, au contraire, nous estimait si peu que nous ne pouvions le troubler, ni le changer par notre contagion, et s'il fuyait notre compagnie, c'est qu'il ne la craignait pas, mais la dédaignait : il ne nous estimait capables de faire ni du bien ni du mal.

La réponse de Statilius[10], auquel Brutus proposa de se joindre à la conspiration contre César[11], fut de la même veine[12] : il trouva que l'entreprise était juste, mais que les hommes n'étaient pas

1. **Frivolité** : légèreté.
2. **Inanité** : futilité, inutilité.
3. **Vils** : mauvais, viciés.
4. **Diogène** (413 av. J.-C.-327 av. J.-C) : philosophe grec, de l'école cynique. On raconte qu'il vivait dehors, vêtu d'un simple manteau, muni d'un bâton et d'une écuelle et qu'il dormait dans une grande jarre couchée sur le côté.
5. **Baguenaudait à sa guise** : tenait des propos légers sur des sujets sérieux, comme il le voulait, en toute liberté.
6. **Alexandre le Grand** (356 av. J.-C.-323 av. J.-C.) : roi de Macédoine, célèbre conquérant de l'Antiquité. Il serait allé rendre visite à Diogène, qui lui parla d'égal à égal, avec insolence ; cela força le respect d'Alexandre.
7. **Outres** : sacs de cuir.
8. **Timon (d'Athènes)** (Ve siècle av. J.-C.) : philosophe grec surnommé « le Misanthrope » tant il avait pris en haine le reste du genre humain.
9. **Dépravés** : débauchés, sans morale.
10. **Titus Statilius Taurus** (v. 60 av. J.-C.-10 av. J.-C.) : homme politique à la fin de la République romaine antique, il a été sénateur, consul, préfet de Rome.
11. Jules César fut assassiné à la suite d'une conspiration, c'est-à-dire d'un complot politique, fomenté notamment par l'un de ses proches, Brutus.
12. **De la même veine** : du même style, comparable.

dignes qu'on prît cette peine pour eux. Il se conformait ainsi à la doctrine d'Hégésias disant que le sage ne devait rien faire que pour lui-même, car il est seul à mériter que l'on fasse quelque chose pour lui. Et aussi à celle de Théodore[1], qui prétendait injuste que le sage risque sa vie pour le bien de son pays et mette ainsi pour des fous la sagesse en péril.

Si notre condition individuelle est ridicule, c'est pourtant elle aussi qui nous permet d'en rire.

Michel de Montaigne, *Essais* [1580-1595], livre I, chapitre 50, « De l'institution des enfants », adapté en français moderne par A. Lanly, © Éditions Honoré Champion, 1989.

Jean de La Fontaine, *Fables*

Au siècle classique, le genre antique de la fable est très à la mode ; Jean de La Fontaine (1621-1695) contribue particulièrement à le mettre à l'honneur. À une époque où ce type de textes brefs, souvent lus et commentés dans un cadre mondain, plaît particulièrement, Jean de La Fontaine n'en oublie pas qu'il s'insère dans une culture où le raffinement (moral et intellectuel) est un idéal. Ainsi, dans son premier recueil de fables, en 1668, il propose un ensemble de textes liminaires qui expliquent la valeur éducative des fables, tantôt sur un ton léger, tantôt sur un ton grave. Ce texte est un extrait de la préface.

C'est pour ces raisons que Platon[2], ayant banni Homère de sa *République*, y a donné à Ésope[3] une place très honorable. Il souhaite que ses enfants sucent ses fables avec le lait ; il recommande aux nourrices de les leur apprendre ; car on ne saurait s'accoutumer de trop bonne heure à la sagesse et à la vertu. Plutôt que d'être réduit à corriger nos habitudes, il faut travailler à les

1. **Hégésias de Cyrène et Théodore de Cyrène** (IIIe siècle av. J.-C.) : philosophes grecs.
2. **Platon** (v. 428 av. J.-C.-347 av. J.-C.): philosophe grec antique, auteur notamment de *La République*, dialogue dans lequel il donne une définition de la cité idéale.
3. **Ésope** (620 av. J.-C.-564 av. J.-C.): écrivain grec, qui a créé le genre des fables. Jean de La Fontaine s'est inspiré de ce fabuliste.

rendre bonnes pendant qu'elles sont encore indifférentes au bien ou au mal. Or quelle méthode y peut contribuer plus utilement que ces fables ? Dites à un enfant que Crassus[1], allant contre les Parthes, s'engagea dans leur pays sans considérer comme[2] il en sortirait ; que cela le fit périr, lui et son armée, quelque effort qu'il fît pour se retirer. Dites au même enfant que le renard et le bouc descendirent au fond d'un puits pour y éteindre leur soif ; que le renard en sortit, s'étant servi des épaules et des cornes de son camarade comme d'une échelle : au contraire, le bouc y demeura pour n'avoir pas eu tant de prévoyance ; et par conséquent il faut considérer en toute chose la fin ; je demande lequel de ces deux exemples fera le plus d'impression sur cet enfant. Ne s'arrêtera-t-il pas au dernier comme plus conforme et moins disproportionné que l'autre à la petitesse de son esprit ? Il ne faut point m'alléguer[3] que les pensées de l'enfance sont d'elles-mêmes assez enfantines, sans y joindre encore de nouvelles badineries[4]. Ces badineries ne sont telles qu'en apparence, car dans le fond elles portent un sens très solide. Et comme par la définition du point, de la ligne, de la surface, et par d'autres principes très familiers, nous parvenons à des connaissances qui mesurent enfin le ciel et la terre ; de même aussi, par les raisonnements et conséquences que l'on peut tirer de ces fables, on se forme et le jugement[5] et les mœurs[6], on se rend capable de grandes choses.

Jean de La Fontaine, *Fables* [1668], livre I, préface, Belin-Gallimard, « Classico », 2020.

1. **Crassus** (v. 115 av. J.-C.-53 av. J.-C.) : général et homme politique romain qui trouva la mort dans la lutte contre les Parthes, des peuples orientaux.
2. **Comme** : comment.
3. **M'alléguer** : me citer (ici, pour me contredire).
4. **Badineries** : choses légères.
5. **Jugement** : ici, intelligence.
6. **Les mœurs** : la moralité.

Marivaux, *Le Spectateur français*

Marivaux (1688-1763) est un dramaturge connu pour ses « marivaudages », de *L'Île des esclaves* (1725) au *Jeu de l'amour et du hasard* (1730). Cet homme des Lumières a aussi été romancier et journaliste : il créa plusieurs journaux, dont *Le Spectateur français*, qu'il publia de 1721 à 1724. L'auteur adopte, dans ses articles aux parutions irrégulières, un ton particulièrement vif, comme dans cet extrait où il raconte une anecdote : il est chez un libraire quand un monsieur d'un certain âge entre, et refuse d'acheter le journal *Le Spectateur*, feuille qui ne contiendrait que des sottises, comme il pense bien le savoir sans l'avoir jamais lu. Le journaliste relate ici sa réaction, et les propos qu'il adresse à ce monsieur.

« En effet, je suis du sentiment[1] de Monsieur, dis-je alors, en me mêlant de la conversation ; il parle en homme sensé. Pures bagatelles que des feuilles ! La raison, le bon sens et la finesse peuvent-ils se trouver dans si peu de papier ? Ne faut-il pas un vaste terrain pour les contenir ? Un bon esprit s'avisa-t-il jamais de penser et d'écrire autrement qu'en gros volumes ? Jugez de quel poids peuvent être des idées enfermées dans une feuille d'impression que vous allez soulever d'un souffle ! Et quand même elles seraient raisonnables, ces idées, est-il de la dignité d'un personnage de cinquante ans, par exemple, de lire une feuille volante, un colifichet[2] ? Cela le travestit en petit jeune homme, et déshonore sa gravité ; il déroge[3]. Non, à cet âge-là, tout savant, tout homme d'esprit ne doit ouvrir que des in-folio[4], de gros tomes respectables par leur pesanteur, et qui, lorsqu'il les lit, le mettent en posture[5] décente ; de sorte qu'à la vue du titre seul, et retournant chaque feuillet du gros livre, il puisse se dire familièrement en lui-même : "Voilà ce qu'il faut à un homme aussi sérieux que moi, et d'une aussi profonde réflexion". Là-dessus il se sent comme entouré d'une solitude philosophique, dans laquelle il

1. **Du sentiment** : de l'avis.
2. **Colifichet** : objet de fantaisie, futile.
3. **Il déroge** : il n'est pas à la hauteur (de son rang, de son âge).
4. **In-folio** : livre de grand format.
5. **Le mettent en posture décente** : lui donnent un air convenable.

goûte[1] en paix le plaisir de penser qu'il se nourrit d'aliments spirituels, dont le goût n'appartient qu'aux raisons graves[2]. Eh bien, monsieur, qu'en dites-vous ? N'est-ce pas là votre pensée ? »

Ce discours surprit un peu mon homme. Il ne savait s'il devait se fâcher ou se taire ; je ne lui donnai pas le temps de se déterminer. « Monsieur, lui dis-je encore, en lui présentant un assez gros livre que je tenais, voici un Traité de morale. Le volume n'est pas extrêmement gros, et à la rigueur on pourrait le chicaner sur[3] la médiocrité de sa forme ; mais je vous conseille pourtant de lui faire grâce en faveur de sa matière ; c'est de la morale, et de la morale déterminée, toute crue. Malepeste ![4] vous voyez bien que cela fait une lecture importante, et digne du flegme[5] d'un homme sensé ; peut-être même la trouverez-vous ennuyeuse, et tant mieux ! À notre âge, il est beau de soutenir[6] l'ennui que peut donner une matière naturellement froide, sérieuse, sans art, et scrupuleusement conservée dans son caractère. Si l'on avait du plaisir à la lire, cela gâterait[7] tout. Voilà une plaisante morale que celle qui instruit agréablement ! Tout le monde peut s'instruire à ce prix-là, ce n'est pas là de quoi l'homme raisonnable doit être avide[8] ; ce n'est pas tant l'utile qu'il faut, que l'honneur d'agir en homme capable de se fatiguer pour chercher cet utile, et la vaste sécheresse d'un gros livre fait justement son affaire. »

Marivaux, *Le Spectateur français* [1752], in *Œuvres complètes*, Dauthereau, 1830.

---

1. **Goûte** : apprécie, savoure.
2. **Raisons graves** : esprits sérieux.
3. **Le chicaner sur** : lui reprocher.
4. **Malepeste !** : diable ! enfin !
5. **Flegme** : caractère calme, plein de sang-froid.
6. **Soutenir** : supporter.
7. **Gâterait** : gâcherait.
8. **Être avide** : rechercher, souhaiter ardemment.

Voltaire, *Dictionnaire philosophique*

➡ Voir commentaire, p. 279-280

En 1764, Voltaire (1694-1778) publie, anonymement, un dictionnaire qui fait scandale car il contient une synthèse de ses idées, brillantes et engagées. Dans cet article, par exemple, cet auteur des Lumières aborde le thème du rire en recourant aussi bien à ses connaissances qu'à sa propre expérience.

Que le rire soit le signe de la joie comme les pleurs sont le symptôme de la douleur, quiconque a ri n'en doute pas. Ceux qui cherchent des causes métaphysiques[1] au rire ne sont pas gais ; ceux qui savent pourquoi cette espèce de joie qui excite le ris[2] retire vers les oreilles le muscle zygomatique[3], l'un des treize muscles de la bouche, sont bien savants. Les animaux ont ce muscle comme nous ; mais ils ne rient point de joie, comme ils ne répandent point de pleurs de tristesse. Le cerf peut laisser couler une humeur[4] de ses yeux quand il est aux abois[5], le chien aussi quand on le dissèque vivant ; mais ils ne pleurent point leurs maîtresses, leurs amis, comme nous ; ils n'éclatent point de rire comme nous à la vue d'un objet comique : l'homme est le seul animal qui pleure et qui rie.

Comme nous ne pleurons que de ce qui nous afflige, nous ne rions que de ce qui nous égaie : les raisonneurs ont prétendu que le rire naît de l'orgueil, qu'on se croit supérieur à celui dont on rit. Il est vrai que l'homme, qui est un animal risible[6], est aussi un animal orgueilleux ; mais la fierté ne fait pas rire ; un enfant qui rit de tout son cœur ne s'abandonne point à ce plaisir parce qu'il se met au-dessus de ceux qui le font rire ; s'il rit quand on le chatouille, ce n'est pas assurément parce qu'il est sujet au péché mortel de l'orgueil. J'avais onze ans quand je lus tout seul, pour la

1. **Métaphysiques** : abstraites, philosophiques.
2. **Excite le ris** : fait naître le rire.
3. **Muscle zygomatique** : muscle qui s'active quand on sourit notamment, et qui fait remonter les pommettes.
4. **Humeur** : ici, substance liquide.
5. **Aux abois** : sur le qui-vive, en danger.
6. **Risible** : capable de rire ou qui fait rire.

première fois, *l'Amphitryon*[1] de Molière ; je ris au point de tomber à la renverse ; était-ce par fierté ? On n'est point fier quand on est seul. Était-ce par fierté que le maître de l'âne d'or se mit tant à rire quand il vit son âne manger son souper[2] ? Quiconque rit éprouve une joie gaie dans ce moment-là, sans avoir un autre sentiment.

Voltaire, *Dictionnaire philosophique* [1764], article « Rire », Gallimard, « Folio classique », 1994.

Voltaire, *Candide*

➡ **Voir explication linéaire, p. 257-259**

En 1759, Voltaire publie à Genève le conte philosophique *Candide*. Sous-titré « De l'optimisme », il interroge la théorie du philosophe allemand Leibniz pour qui tout, même le mal, entre dans un système providentiel : tout ce qui arrive est pensé par Dieu. Pour questionner cette doctrine, Voltaire imagine, pour son héros Candide, aussi naïf que son nom, un adjuvant qui ne l'aide guère : Pangloss, un précepteur qui incarne la caricature de cette pensée. Voici une présentation de ce précepteur, située au début du conte.

Pangloss enseignait la métaphysico-théologo-cosmolo-nigologie. Il prouvait admirablement qu'il n'y a point d'effet sans cause, et que, dans ce meilleur des mondes possibles, le château de Monseigneur le baron était le plus beau des châteaux, et Madame la meilleure des baronnes possibles.

« Il est démontré, disait-il, que les choses ne peuvent être autrement : car tout étant fait pour une fin, tout est nécessairement pour la meilleure fin. Remarquez bien que les nez ont été faits pour porter des lunettes ; aussi avons-nous des lunettes. Les jambes sont visiblement instituées pour être chaussées, et nous avons des chausses. Les pierres ont été formées pour être taillées et pour en faire des châteaux ; aussi Monseigneur a un très-beau

---

1. *L'Amphytrion* (1668) de Molière est une comédie, qui s'appuie sur un sujet antique.
2. Au livre X du roman *Les Métamorphoses ou L'Âne d'or* d'Apulée (IIe siècle), le personnage Lucius, métamorphosé en âne, est épié en train de manger à table par son maître, qui est hilare.

château : le plus grand baron de la province doit être le mieux logé ; et les cochons étant faits pour être mangés, nous mangeons du porc toute l'année. Par conséquent, ceux qui ont avancé que tout est bien ont dit une sottise : il fallait dire que tout est au mieux. »

Candide écoutait attentivement, et croyait innocemment : car il trouvait Mlle Cunégonde extrêmement belle, quoiqu'il ne prît jamais la hardiesse de le lui dire. Il concluait qu'après le bonheur d'être né baron de Thunder-ten-tronckh, le second degré de bonheur était d'être Mlle Cunégonde ; le troisième, de la voir tous les jours ; et le quatrième, d'entendre maître Pangloss, le plus grand philosophe de la province, et par conséquent de toute la terre.

Voltaire, *Candide* [1759],
Belin-Gallimard, « Classico », 2022.

Gustave Flaubert, *Madame Bovary*

En 1857, le roman *Madame Bovary*, écrit par Gustave Flaubert (1821-1880), scandalise l'opinion, au point que son auteur se voit poursuivi en justice. Cette œuvre met en scène la médiocrité et la bêtise de la classe montante, dont les valeurs font référence à l'époque : la classe bourgeoise. M. Homais, le pharmacien décrit dans cet extrait, fait partie de ces figures types.

M. Homais arrivait pendant le dîner. Bonnet grec à la main, il entrait à pas muets pour ne déranger personne et toujours en répétant la même phrase : « Bonsoir la compagnie ! » Puis, quand il s'était posé à sa place, contre la table, entre les deux époux, il demandait au médecin[1] des nouvelles de ses malades, et celui-ci le consultait sur la probabilité des honoraires. Ensuite, on causait de ce qu'il y avait *dans le journal*. Homais, à cette heure-là, le savait presque par cœur ; et il le rapportait intégralement, avec les réflexions du journaliste et toutes les histoires des catastrophes individuelles arrivées en France ou à l'étranger. Mais, le sujet se tarissant, il ne tardait pas à lancer quelques observations sur les

---

1. Charles Bovary, l'époux d'Emma, est médecin.

mets qu'il voyait. Parfois même, se levant à demi, il indiquait délicatement à Madame le morceau le plus tendre, ou, se tournant vers la bonne, lui adressait des conseils pour la manipulation des ragoûts et l'hygiène des assaisonnements ; il parlait arome, osmazôme, sucs et gélatine d'une façon à éblouir. La tête d'ailleurs plus remplie de recettes que sa pharmacie ne l'était de bocaux, Homais excellait à faire quantité de confitures, vinaigres et liqueurs douces, et il connaissait aussi toutes les inventions nouvelles de caléfacteurs[1] économiques, avec l'art de conserver les fromages et de soigner les vins malades.

Gustave Flaubert, *Madame Bovary* [1857],
Belin-Gallimard, « Classico », 2012.

Questions sur le groupement de textes

1. Comment chacun de ces textes interroge-t-il le rapport entre rire et savoir ?

2. Lisez la note 1 en page 88 et faites des recherches sur Démocrite et Héraclite. Expliquez pourquoi Montaigne (texte 1) cite ces deux philosophes. Selon vous, les auteurs des autres textes proposés ici pourraient-ils être comparés à Démocrite et Héraclite ? Justifiez votre réponse.

3. Il existe, en art, de nombreuses représentations de Démocrite et Héraclite associés. Cherchez-en plusieurs sur Internet ou au CDI et présentez celle que vous préférez.

---

1. **Caléfacteurs** : appareils servant à la cuisson des aliments et à la conservation de l'eau chaude.

Vers l'oral du Bac

Voltaire, *Candide*, p. 254-255

→ ***Comment Voltaire fait-il, à travers maître Pangloss, la satire d'un savoir artificiel?***

Conseils pour la lecture à voix haute

– Essayez de faire ressortir l'ironie du texte, à l'oral: par exemple, forcez l'éloge, présent au début et à la fin du passage.

– Faites entendre la structure logique appuyée du discours de Pangloss et de Candide, dans le discours direct et dans le discours narrativisé.

Explication linéaire du texte

Introduction

Nombreux sont les contes philosophiques de Voltaire qui portent sur l'éducation d'un jeune homme, et la mise à l'épreuve de cette éducation: de *Jeannot et Colin* en passant par *L'Ingénu*, il interroge régulièrement ce thème, dont on comprend qu'il soit central pour un homme des Lumières. Il le fait aussi, sur le ton d'un rire grinçant, dans *Candide*. Tout le conte semble être la mise à l'épreuve du système philosophique d'explication du monde donné par «maître Pangloss» au héros éponyme, dont le nom dit bien la naïveté. Ce système est le miroir de la pensée d'un philosophe allemand, Leibniz, qui affirme que, puisque Dieu, qui est parfait, a créé le monde, le monde est nécessairement le meilleur des mondes possibles (quel que soit le mal qu'on y retrouve). Nous prenons connaissance de ce principe dès le premier chapitre, où l'auteur présente tous les personnages, ainsi que la situation initiale. Le personnage de Pangloss est introduit dès le début du conte. Dans cet extrait, le lecteur découvre l'enseignement donné par maître Pangloss au jeune Candide. Comment Voltaire fait-il, à travers maître Pangloss, la satire d'un savoir artificiel?

Explication guidée

I. Lignes 1 à 5 : Une première impression défavorable

a. Pangloss est un pseudo-savant qui peut impressionner un jeune homme candide. Comment cet aspect se manifeste-t-il dans ces premières lignes ?

b. De quelle manière le narrateur décrit-il le personnage de Pangloss ? Est-il un modèle de sérieux ?

II. Lignes 6 à 17 : Un premier discours peu convaincant

a. La démonstration de Pangloss a l'air bien construite. Quels connecteurs logiques utilise-t-il ? Cela vous rappelle-t-il un type de raisonnement présent aussi dans l'œuvre *Gargantua* ?

b. Sa démonstration abonde en termes relevant du lexique philosophique et de la logique. À quoi le voit-on ?

c. La réflexion de Pangloss vous semble-t-elle solide ?

d. Quel effet le discours de Pangloss a-t-il sur le lecteur ? Pourquoi ?

III. Lignes 18 à 24 : Les fruits de l'éducation de Pangloss

a. Candide semble reprendre le formalisme de son maître. Comment ce discours narrativisé, qui résume ses idées, est-il structuré ?

b. Quels passages du texte montrent l'admiration que Candide voue à Pangloss ?

c. Comment voit-on que les idées de Candide sont superficielles ?

Conclusion

Ainsi, il s'agit ici d'une satire très grinçante, caractéristique du style de Voltaire. Chacun des trois paragraphes montre l'absurdité comique de la pensée de Pangloss, moulée dans les formes les plus logiques en apparence. Le système de Leibniz, présenté de manière si ridicule, est prêt à être déconstruit tout au long du conte, où Candide sera successivement confronté à toutes les formes possibles du mal, qui lui permettront de savoir si « tout est » vraiment « pour le mieux dans le meilleur des mondes possibles ». La littérature a ainsi très souvent mis à distance les idées des philosophes, des *Nuées* où Aristophane, dans l'Antiquité, critiquait Socrate qui avait « la tête dans les nuées » à *L'Écume des jours* dans lequel Boris Vian présente un Jean-Sol Partre comique et inquiétant, dont les textes sont appris par cœur par une communauté en délire.

Question de grammaire

Commentez la construction de la phrase suivante en vous aidant de la ponctuation : « Les pierres ont été formées pour être taillées et pour en faire des châteaux ; aussi Monseigneur a un très-beau château : le plus grand baron de la province doit être le mieux logé ; et les cochons étant faits pour être mangés, nous mangeons du porc toute l'année. » (l. 11-15)

VOIE TECHNOLOGIQUE

La bonne éducation

Parcours BAC

Qu'est-ce qu'une bonne éducation ? Des réponses particulièrement riches et diverses ont été apportées à cette question, notamment à partir du XVIe siècle, où l'éducation proposée par les académies religieuses, sur un modèle médiéval (texte 2), est remise en cause par les humanistes qui lui opposent un autre modèle éducatif ; Montaigne, par exemple, consacre un chapitre à ce thème, dans ses *Essais* (texte 1). Pour qui s'intéresse à l'être humain, le thème de la bonne éducation est en effet central : il permet d'imaginer quel système semble le plus à même de développer non seulement l'intellect, mais aussi l'âme, comme le fait Fénelon au siècle classique (texte 4) ; il invite aussi à s'interroger sur le type d'éducation qui corrompt l'âme, comme le fait le philosophe des Lumières Voltaire (texte 6). Ce thème agit également comme un révélateur : la plupart des textes proposés ici comportent une satire de savants « mal éduqués », volontiers orgueilleux, d'après Fénelon (texte 4), pédants, d'après Molière (texte 3) ou bien aveugles et vains d'après Voltaire (texte 6). De plus, ce thème est aussi l'occasion de donner forme à un idéal : celui du prince éduqué ; Florian évoque les limites de cet idéal, dans une de ses fables (texte 5). Ainsi, ce parcours vise à montrer quelques exemples de ce questionnement en littérature : siècle par siècle, nous suivons, dans l'argumentation directe et l'argumentation indirecte, les idéaux de plusieurs écrivains sur ce thème, et les modalités par lesquelles ils choisissent de les exprimer.

Montaigne, *Essais*

C'est en 1572 que Michel de Montaigne (1533-1592) commence à écrire le livre auquel il se consacrera jusqu'à sa mort : les *Essais*. Nourris de l'expérience de ce gentilhomme qui joua un rôle politique et militaire important, les *Essais* s'enrichirent peu à peu, de la première édition en 1580 à l'édition posthume de 1595, jusqu'à comporter cent sept chapitres dont la forme, les thèmes, comme les références, sont d'une variété et d'une liberté inspirantes. L'auteur, en humaniste, dialogue avec son lecteur, lui livre « à sauts et à gambades » ses idées et sa quête de connaissance de soi. Il exprime sa foi en l'être humain notam-

ment dans ce chapitre sur l'éducation des enfants, écrit à destination d'une femme enceinte, appartenant à la noblesse. Il y dit son rejet de la pédagogie scolastique, enseignement très formel à la mode médiévale, et sa quête d'une éducation fidèle aux principes humanistes.

Pour un enfant de maison noble qui recherche l'étude des lettres, [...] je voudrais aussi qu'on fût soucieux de lui choisir un guide qui eût plutôt la tête bien faite que bien pleine et qu'on exigeât chez celui-ci les deux qualités, mais plus la valeur morale et l'intelligence que la science[1], et je souhaiterais qu'il se comportât dans l'exercice de sa charge[2] d'une manière nouvelle.

On ne cesse de criailler à nos oreilles d'enfants, comme si l'on versait dans un entonnoir, et notre rôle, ce n'est que de redire ce qu'on nous a dit. Je voudrais que le précepteur corrigeât ce point de la méthode usuelle[3] et que, d'entrée[4], selon la portée[5] de l'âme qu'il a en main, il commençât à la mettre sur la piste, en lui faisant goûter les choses, les choisir et les discerner d'elle-même, en lui ouvrant quelquefois le chemin, quelquefois en le lui faisant ouvrir. Je ne veux pas qu'il invente et parle seul, je veux qu'il écoute son disciple[6] parler à son tour. Socrate et, depuis, Arcésilas[7] faisaient d'abord parler leurs disciples, et puis ils leur parlaient. « *Obest plerumque iis qui discere volunt auctoritas eorum qui docent.* » [L'autorité de ceux qui enseignent nuit la plupart du temps à ceux qui veulent apprendre.]

[...] Qu'il ne demande pas seulement à son élève de lui répéter les mots de la leçon qu'il lui a faite, mais de lui dire leur sens et leur substance[8], et qu'il juge du profit qu'il en aura fait, non par le témoignage de sa mémoire, mais par celui de sa vie. Ce que l'élève viendra apprendre, qu'il le lui fasse mettre en cent formes et adaptées à autant de sujets différents pour voir s'il l'a dès lors

---

1. **Science** : savoir.
2. **Sa charge** : son métier.
3. **Usuelle** : habituelle.
4. **D'entrée** : dès le départ.
5. **La portée** : les capacités.
6. **Disciple** : ici, élève.
7. **Arcésilas** (IIIe siècle av. J.-C.) : philosophe grec, qui se propose de continuer la démarche entreprise par Platon et son maître Socrate.
8. **Substance** : fond.

Groupements de textes

bien compris et bien fait sien, en réglant l'allure de sa progression d'après les conseils pédagogiques de Platon.

Regorger[1] la nourriture comme on l'a avalée est une preuve qu'elle est restée crue et non assimilée. L'estomac n'a pas fait son œuvre s'il n'a pas fait changer la façon d'être et la forme de ce qu'on lui avait donné à digérer.

Michel de Montaigne, *Essais* [1580-1595], livre I, chapitre 26, « De l'institution des enfants », adapté en français moderne par A. Lanly, © Éditions Honoré Champion, 1989.

Paul de Félice, *Les Lois collégiales de l'Académie du Béarn 1568-1580*

Au XVIe siècle, quand la Réforme (➡ voir Fiche 2, p. 231) devient un mouvement de grande ampleur, les protestants, pour transmettre leurs idées, réfléchissent à la formation idéale à donner aux futurs pasteurs. En 1559, Jean Calvin fonde une académie à Genève, dont Jeanne d'Albret, reine de Navarre, reprend le modèle pour créer une école située dans le Béarn. Celle-ci pâtit des guerres de Religion, entre catholiques et protestants : transférée ici ou là, devenue université en 1583, elle disparaît au début du XVIIe siècle. Au XIXe siècle, le pasteur Paul de Félice (1848-1911) entreprend de publier les lois de cette académie, dans une maison d'édition à grande diffusion. En voici un extrait, consacré à l'apprentissage souhaité pour les élèves de septième, les plus jeunes du collège, à qui l'on donne une éducation élémentaire.

La classe de septième est celle des élèves qui apprennent les premiers éléments des lettres, l'assemblage des syllabes, la lecture, la prononciation et l'écriture. Le matin, ils seront entendus par leur professeur, chacun à son tour et à plusieurs reprises. À haute et intelligible[2] voix, tous réciteront ce qui leur sera demandé. Il faut en excepter, toutefois, ceux qui ne font que commencer et qui

---

1. **Regorger** : ici, vomir.
2. **Intelligible** : compréhensible.

ont besoin d'un enseignement plus à leur portée[1]. À midi, ceux qui seront les plus aptes à écrire s'y exerceront. Pour les autres, il y aura, dans l'après-midi, le même genre de leçon et le même ordre d'exercices que dans la matinée. À la fin de chaque leçon, tous réciteront à haute voix et en français l'oraison dominicale[2], le symbole des apôtres[3] et la prière d'action de grâces qui se dit à table. On leur fera apprendre, pour en imprégner leur enfance, des morceaux qui seront de nature à développer la piété[4] et les bonnes mœurs[5]. Il faut que le régent[6] de cette classe ait une belle écriture. Il devra avoir soin que les élèves apprennent par cœur tout ce qui aura été écrit sous leurs yeux.

Paul de Félice, *Les Lois collégiales de l'Académie du Béarn 1568-1580*, Imprimerie nationale, 1889.

Molière, *Le Bourgeois gentilhomme*

➡ **Voir commentaire, p. 280-281**

En 1670, Molière (1622-1673) crée avec le musicien Jean-Baptiste Lully une comédie-ballet, en prose: *Le Bourgeois gentilhomme*. Le personnage principal, Monsieur Jourdain, veut absolument ressembler à un noble ; il en a le costume, au premier acte, mais veut aussi en avoir l'éducation. Il engage donc tout un ensemble de précepteurs, qui viennent lui apprendre, mais de manière assez étonnante, leur science. À l'acte I, ce sont le maître de musique et le maître à danser, harmonieusement d'accord, qui tentent de l'inspirer, mais à l'acte II, les choses se compliquent puisque arrivent le maître d'armes, avec qui ils se disputent, puis le maître de philosophie, qui doit servir d'arbitre entre eux, mais échoue, si bien que que les quatre professeurs en viennent aux mains... Après cette démonstration commence la leçon de philosophie.

1. **Portée**: niveau.
2. **Oraison dominicale**: prière du dimanche.
3. **Symbole des apôtres**: profession de foi que l'on nomme aussi le «Credo».
4. **La piété**: le respect de Dieu.
5. **Les bonnes mœurs**: la bonne éducation morale.
6. **Régent**: ici, professeur.

Maître de philosophie.– Par où vous plaît-il que nous commencions ? Voulez-vous que je vous apprenne la logique ?

Monsieur Jourdain.– Qu'est-ce que c'est que cette logique ?

Maître de philosophie.– C'est elle qui enseigne les trois opérations de l'esprit.

Monsieur Jourdain.– Qui sont-elles, ces trois opérations de l'esprit ?

Maître de philosophie.– La première, la seconde, et la troisième. La première est, de bien concevoir[1] par le moyen des universaux[2]. La seconde, de bien juger par le moyen des catégories[3] : et la troisième, de bien tirer une conséquence par le moyen des figures[4]. *Barbara, celarent, darii, ferio, baralipton*[5], *etc. etc.*

Monsieur Jourdain.– Voilà des mots qui sont trop rébarbatifs[6]. Cette logique-là ne me revient point. Apprenons autre chose qui soit plus joli.

Maître de philosophie.– Voulez-vous apprendre la morale ?

Monsieur Jourdain.– La morale ?

Maître de philosophie.– Oui.

Monsieur Jourdain.– Qu'est-ce qu'elle dit cette morale ?

Maître de philosophie.– Elle traite de la félicité[7] ; enseigne aux hommes à modérer leurs passions, et…

1. Concevoir : percevoir ce qui est.
2. Universaux : critères de classement de ce que l'on perçoit (est-ce un homme ou une femme ? un animal ou un homme ? etc.).
3. Catégories : critères qui permettent de juger ce qui est (où est-il ? comment est-il ? que fait-il ? etc.)
4. Figures : types de raisonnements logiques tout faits, comme le syllogisme.
5. Exemples de syllogismes canoniques. Ceux qui étudiaient la logique apprenaient par cœur les premiers mots, en latin, de ces syllogismes.
6. Rébarbatifs : arides, ennuyeux.
7. Félicité : bonheur suprême.

MONSIEUR JOURDAIN.– Non, laissons cela. Je suis bilieux[1] comme tous les diables ; et il n'y a morale qui tienne[2], je me veux mettre en colère tout mon soûl[3], quand il m'en prend envie.

MAÎTRE DE PHILOSOPHIE.– Est-ce la physique que vous voulez apprendre ?

MONSIEUR JOURDAIN.– Qu'est-ce qu'elle chante, cette physique ?

MAÎTRE DE PHILOSOPHIE.– La physique est celle qui explique les principes des choses naturelles, et les propriétés du corps ; qui discourt[4] de la nature des éléments, des métaux, des minéraux, des pierres, des plantes, et des animaux, et nous enseigne les causes de tous les météores[5], l'arc-en-ciel, les feux volants[6], les comètes, les éclairs, le tonnerre, la foudre, la pluie, la neige, la grêle, les vents, et les tourbillons.

MONSIEUR JOURDAIN.– Il y a trop de tintamarre[7] là-dedans, trop de brouillamini[8].

MONSIEUR JOURDAIN.– Que voulez-vous donc que je vous apprenne ?

MONSIEUR JOURDAIN.– Apprenez-moi l'orthographe.

Molière, *Le Bourgeois gentilhomme* [1670], acte II, scène 4,
Belin-Gallimard, « Classico », 2015.

1. **Bilieux** : irritable, colérique.
2. **Il n'y a morale qui tienne** : peu importe ce que dit la morale.
3. **Tout mon soûl** : comme je veux.
4. **Discourt** : parle.
5. **Météores** : phénomènes célestes.
6. **Feux volants** : feux follets, manifestations lumineuses qui prennent la forme d'une petite flamme.
7. **Tintamarre** : ici, confusion.
8. **Brouillamini** : complication.

Fénelon, *Traité de l'éducation des filles*

Fénelon (1651-1715), grand seigneur et archevêque du siècle classique, se retrouva au cœur de querelles religieuses qui le conduisirent à être exilé. Il a écrit des œuvres extrêmement diverses (fables, maximes, traités, etc.), et a consacré une large partie de sa vie à l'éducation: il fut le précepteur du duc de Bourgogne (pour qui il composa un récit pédagogique, *Les Aventures de Télémaque*), dirigea la Maison des nouvelles catholiques (où l'on «rééduquait» les jeunes filles protestantes) et rédigea le *Traité de l'éducation des filles*, à destination de la duchesse de Beauvilliers qui avait, parmi ses enfants, huit filles à élever. Dans ce texte, après deux chapitres engagés sur l'éducation des filles, il propose des conseils éducatifs généraux, pour tous les petits enfants, filles et garçons ; puis il évoque plus spécifiquement l'éducation des filles un peu plus âgées. Ce texte est un extrait de la partie consacrée à l'éducation idéale de tous les petits enfants.

Il faut se contenter de suivre et d'aider la nature. Les enfants savent peu, il ne faut pas les exciter[1] à parler: mais comme ils ignorent beaucoup de choses, ils ont beaucoup de questions à faire, aussi en font-ils beaucoup. Il suffit de leur répondre précisément, et d'ajouter quelquefois certaines petites comparaisons pour rendre plus sensibles[2] les éclaircissements qu'on doit leur donner. S'ils jugent de quelque chose sans le bien savoir, il faut les embarrasser par quelque question nouvelle, pour leur faire sentir leur faute, sans les confondre rudement[3]. En même temps il faut leur faire apercevoir, non par des louanges[4] vagues, mais par quelque marque effective[5] d'estime, qu'on les approuve bien plus quand ils doutent, et qu'ils demandent ce qu'ils ne savent pas, que quand ils décident le mieux. C'est le vrai moyen de mettre dans leur esprit, avec beaucoup de politesse, une modestie

1. **Exciter**: pousser.
2. **Sensibles**: clairs.
3. **Les confondre rudement**: leur faire violemment comprendre leur erreur.
4. **Louanges**: compliments.
5. **Effective**: réelle, concrète.

véritable, et un grand mépris pour les contestations qui sont si ordinaires aux jeunes personnes peu éclairées[1].

Dès qu'il paraît que leur raison[2] a fait quelque progrès, il faut se servir de cette expérience pour les prémunir contre la présomption[3]. Vous voyez, direz-vous, que vous êtes plus raisonnable maintenant que vous ne l'étiez l'année passée ; dans un an vous verrez encore des choses que vous n'êtes pas capable de voir aujourd'hui. Si, l'année passée, vous aviez voulu juger des choses que vous savez maintenant, et que vous ignoriez alors, vous en auriez mal jugé. Vous auriez eu grand tort de prétendre savoir ce qui était au-delà de votre portée. Il en est de même aujourd'hui des choses qui vous restent à connaître : vous verrez un jour combien vos jugements présents sont imparfaits. Cependant fiez-vous aux conseils des personnes qui jugent comme vous jugerez vous-même quand vous aurez leur âge et leur expérience.

Fénelon, *Traité de l'éducation des filles* [1687], chapitre III, Klincksieck, 1994.

Florian, « L'Éducation du Lion »

Jean-Pierre Claris de Florian (1755-1794) écrivit en quelques années des œuvres de genres très divers : des pastorales, des pièces de théâtre, un roman de chevalerie, etc. Mais son œuvre la plus célèbre reste son recueil de fables : réparties en cinq livres, les cent douze fables (de celui qui entra à l'Académie française à trente-trois ans) s'inscrivent dans la lignée des fables de Jean de La Fontaine. Dans la fable « L'Éducation du Lion », le lion vient d'avoir un fils ; il lui cherche un précepteur. De nombreux courtisans se proposent pour lui apprendre l'art de la guerre, l'art de la ruse, etc. Mais c'est le Chien qui est choisi, car il conseille au Lion d'inspirer à son fils l'amour de son prochain, par son propre modèle. Le Lion, ému, lui confie l'éducation de son fils.

1. **Éclairées** : instruites.
2. **Raison** : ici, intelligence.
3. **Les prémunir contre la présomption** : les empêcher de devenir orgueilleux.

[…] D'abord à son pupille[1] il persuade bien
Qu'il n'est point lionceau, qu'il n'est qu'un pauvre chien,
Son parent éloigné ; de province en province
Il le fait voyager, montrant à ses regards
Les abus du pouvoir, des peuples la misère,
Les lièvres, les lapins mangés par les renards,
Les moutons par les loups, les cerfs par la panthère,
Partout le faible terrassé,
Le bœuf travaillant sans salaire,
Et le singe récompensé.
Le jeune lionceau frémissait de colère :
« Mon père, disait-il, de pareils attentats[2]
Sont-ils connus du roi ? – Comment pourraient-ils l'être ?
Disait le chien : les grands approchent seuls du maître,
Et les mangés ne parlent pas. »
Ainsi, sans raisonner de vertu, de prudence,
Notre jeune lion devenait tous les jours
Vertueux et prudent ; car c'est l'expérience
Qui corrige, et non les discours.
À cette bonne école il acquit avec l'âge
Sagesse, esprit, force et raison.
Que lui fallait-il davantage ?
Il ignorait pourtant encor qu'il fût lion ;
Lorsqu'un jour qu'il parlait de sa reconnaissance
À son maître, à son bienfaiteur,
Un tigre furieux[3], d'une énorme grandeur,
Paraissant tout-à-coup, contre le chien s'avance.
Le lionceau plus prompt[4] s'élance,
Il hérisse ses crins[5], il rugit de fureur[6],
Bat ses flancs de sa queue, et ses griffes sanglantes
Ont bientôt dispersé les entrailles fumantes

1. **Pupille** : élève.
2. **Attentats** : crimes.
3. **Furieux** : fou, comme enragé.
4. **Prompt** : rapide.
5. **Crins** : poils.
6. **Fureur** : colère.

De son redoutable ennemi.
À peine il est vainqueur qu'il court à son ami :
« Oh ! Quel bonheur pour moi d'avoir sauvé ta vie !
Mais quel est mon étonnement !
Sais-tu que l'amitié, dans cet heureux moment,
M'a donné d'un lion la force et la furie ?
– Vous l'êtes, mon cher fils, oui, vous êtes mon roi,
Dit le chien tout baigné de larmes.
Le voilà donc venu, ce moment plein de charmes,
Où, vous rendant enfin tout ce que je vous dois,
Je peux vous dévoiler un important mystère !
Retournons à la cour, mes travaux sont finis.
Cher prince, malgré moi cependant je gémis,
Je pleure ; pardonnez : tout l'état trouve un père,
Et moi je vais perdre mon fils. »

Florian, *Les Fables* [1792], « L'Éducation du Lion »,
Pocket, « Agora », 2019.

Voltaire, *L'Ingénu*

➡ Voir explication linéaire p. 273-275

Voltaire (1694-1778) est l'une des figures centrales du Siècle des lumières. Engagé, brillant, il explore tous les genres pour faire passer ses idées : l'essai (comme le *Traité sur la tolérance*, où il prend parti, dans l'affaire Calas, pour un protestant condamné à tort), l'épopée (*La Henriade*, en 1723), la tragédie (*Œdipe*, en 1718), mais aussi le conte philosophique. Ce genre, qu'il modela dès *Micromégas*, au début du XVIIIe siècle, est réinvesti dans son conte *L'Ingénu*. Cet ingénu est un Huron, élevé chez les Indiens canadiens, mais issu d'une lignée de Bretons qu'il va retrouver par hasard, une fois adulte. Dans ce conte philosophique, nous suivons les avancées de ce personnage qu'une rencontre amoureuse mènera vers de nouvelles péripéties jusqu'à Paris, où il se fait emprisonner car il semble être un dangereux ennemi de la foi catholique. En prison, il rencontre un abbé, Gordon, retenu depuis des années pour ses choix religieux (il est janséniste) ; celui-ci lui apprend tout ce qu'il sait.

L'Ingénu faisait des progrès rapides dans les sciences, et surtout dans la science de l'homme. La cause du développement rapide de son esprit était due à son éducation sauvage presque autant qu'à la trempe[1] de son âme : car, n'ayant rien appris dans son enfance, il n'avait point appris de préjugés. Son entendement[2], n'ayant point été courbé par l'erreur, était demeuré dans toute sa rectitude[3]. Il voyait les choses comme elles sont, au lieu que les idées qu'on nous donne dans l'enfance nous les font voir toute notre vie comme elles ne sont point. « Vos persécuteurs sont abominables, disait-il à son ami Gordon. Je vous plains d'être opprimé, mais je vous plains d'être janséniste. Toute secte[4] me paraît le ralliement de l'erreur[5]. Dites-moi s'il y a des sectes en géométrie ?

– Non, mon cher enfant, lui dit en soupirant le bon Gordon ; tous les hommes sont d'accord sur la vérité quand elle est démontrée, mais ils sont trop partagés sur les vérités obscures.

– Dites sur les faussetés obscures. S'il y avait eu une seule vérité cachée dans vos amas d'arguments qu'on ressasse depuis tant de siècles, on l'aurait découverte sans doute ; et l'univers aurait été d'accord au moins sur ce point-là. Si cette vérité était nécessaire comme le soleil l'est à la terre, elle serait brillante comme lui. C'est une absurdité, c'est un outrage au genre humain, c'est un attentat contre l'Être infini et suprême[6] de dire : il y a une vérité essentielle à l'homme, et Dieu l'a cachée. »

Tout ce que disait ce jeune ignorant, instruit par la nature, faisait une impression profonde sur l'esprit du vieux savant infortuné[7]. « Serait-il bien vrai, s'écria-t-il, que je me fusse rendu réellement malheureux pour des chimères[8] ? Je suis bien plus sûr de

1. **Trempe** : nature, énergie première.
2. **Entendement** : intelligence.
3. **Rectitude** : droiture.
4. **Secte** : ici, groupe religieux.
5. **Le ralliement de l'erreur** : l'adhésion à l'erreur.
6. Périphrase qui désigne Dieu.
7. **Infortuné** : malheureux.
8. **Chimères** : illusions presque folles.

mon malheur que de la grâce efficace[1]. J'ai consumé mes jours[2] à raisonner sur la liberté de Dieu et du genre humain ; mais j'ai perdu la mienne ; ni saint Augustin ni saint Prosper[3] ne me tireront de l'abîme[4] où je suis. »

L'Ingénu, livré à son caractère[5], dit enfin : « Voulez-vous que je vous parle avec une confiance hardie[6] ? Ceux qui se font persécuter pour ces vaines[7] disputes de l'école me semblent peu sages ; ceux qui persécutent me paraissent des monstres. »

Voltaire, *L'Ingénu* [1767], chapitre 14,
Belin-Gallimard, « Classico », 2019.

1. Élément de la doctrine janséniste, selon lequel Dieu peut sauver quelques élus.
2. **J'ai consumé mes jours** : j'ai passé tout mon temps, toute ma vie.
3. **Saint Augustin** (354-430), **saint Prosper** (390-436) : écrivains, théoriciens de la foi chrétienne.
4. **Abîme** : enfer, insondable néant.
5. **Livré à son caractère** : spontanément.
6. **Hardie** : audacieuse.
7. **Vaines** : inutiles.

Questions sur le groupement de textes

1. Classez dans un tableau les textes d'argumentation directe et les textes d'argumentation indirecte. Puis, résumez brièvement l'idéal éducatif présenté dans chaque extrait.

2. Lesquelles de ces idées pédagogiques vous convainquent le plus ? Comment les auteurs parviennent-ils à rendre leurs idées séduisantes ?

3. Fénelon consacre son traité à l'éducation des filles. Pour voir la place qu'il leur donne dans ce traité, consultez le site suivant :
www.inrp.fr/edition-electronique/lodel/dictionnaire-ferdinand-buisson/document.php?id=2725
Ensuite, élargissez vos recherches en brossant un tableau général de l'histoire de l'éducation des femmes, en cherchant d'autres œuvres, d'hommes et de femmes, qui ont défendu le droit des femmes à l'éducation du XVIe siècle à nos jours. Aidez-vous du site suivant :
www.lumni.fr/dossier/l-education-un-enjeu-de-developpement-humain
Vous pouvez, en classe, vous partager le travail par siècle et réaliser ensuite une exposition au CDI.

Vers l'oral du Bac

Voltaire, *L'Ingénu*, p. 269-271

➔ *De quelle manière Voltaire défend-il l'idée que le système éducatif occidental nous corrompt ?*

Conseils pour la lecture à voix haute

- Faites ressortir les émotions des personnages : le ton polémique de l'Ingénu en colère ; le ton attristé de Gordon. Ce sont des ressorts persuasifs très forts.
- Mettez en avant l'aplomb de l'Ingénu, dont on sent les certitudes et dont on perçoit l'argumentaire solide. Lisez ses propos avec énergie.
- Enfin, marquez les nombreux parallélismes qui jalonnent le texte, et qui caractérisent la pensée très convaincante de Voltaire.

Explication linéaire du texte

Introduction

À l'époque des Lumières, de nombreux auteurs ont choisi de créer des personnages venus d'ailleurs, pour nous interroger sur notre propre société : on peut penser, par exemple, aux Orientaux des *Lettres persanes* de Montesquieu ou à l'Américaine des *Lettres d'une Péruvienne* de Mme de Graffigny. Voltaire a fait de même dans plusieurs de ses œuvres, et notamment dans ses contes philosophiques. Ce genre, qu'il modela dès *Micromégas*, au début du XVIIIe siècle, est à mi-chemin entre conte merveilleux et texte réaliste et satirique. Dans *L'Ingénu*, il met en scène un héros venu d'ailleurs, un Huron, élevé chez les Indiens canadiens, mais issu d'une lignée de Bretons... Nous suivons les avancées de ce personnage qu'une rencontre amoureuse va mener vers de nouvelles péripéties, et jusqu'à Paris, où il se fait emprisonner car il semble être un dangereux ennemi de la foi catholique. En prison, il rencontre un abbé, Gordon, retenu depuis des années pour ses choix religieux (il est janséniste) ; celui-ci lui apprend tout ce qu'il sait, et cet apprentissage permet à l'Ingénu de développer les germes que son éducation sauvage avait semés en lui. Dans cet extrait, nous voyons ces progrès : le narrateur commence par en expliquer les causes, puis nous en voyons les effets, en un dialogue construit en deux temps symétriques. De quelle manière Voltaire défend-il l'idée que le système éducatif occidental nous corrompt ?

Explication guidée

I. Lignes 1 à 9 : Les causes des progrès intellectuels de l'Ingénu

a. Ce texte accorde une place centrale au thème de l'intelligence. Relevez dans ce passage les mots appartenant au champ lexical du savoir.

b. Montrez par quels procédés Voltaire parvient à nous faire comprendre que l'éducation scolaire s'oppose à l'éducation sauvage. Indiquez quelle éducation a sa préférence.

c. Pourquoi cette préférence peut-elle sembler paradoxale ?

d. L'auteur oppose le lecteur occidental à l'Ingénu. Dites de quelle manière.

II. Lignes 9 à 24 : Les progrès de l'Ingénu, visibles dans le dialogue

a. Les progrès de l'Ingénu sont rapides. Notez les indices qui montrent qu'il dépasse désormais Gordon, dans ce début de dialogue.

b. L'Ingénu apparaît comme un être capable de maîtriser ses émotions pour réfléchir. Dites comment on le voit, au début du dialogue.

c. Après avoir expliqué le raisonnement de l'Ingénu, montrez en quoi son argumentaire est logique et construit.

d. L'Ingénu est doté d'opinions solides. Notez comment il va jusqu'au ton polémique pour défendre son engagement.

e. Montrez en quoi ce passage cherche aussi à nous persuader au sujet de la vanité des sectes et à nous émouvoir.

III. Lignes 25 à 36 : La révélation de Gordon : la vanité de notre système éducatif

a. La fin de ce texte poursuit la démonstration sur la vanité de notre système éducatif. Indiquez quels procédés sont utilisés pour appuyer cette idée.

b. Gordon apparaît ici comme un personnage pathétique. Expliquez comment ce passage insiste sur cet aspect.

c. L'Ingénu, quant à lui, continue à se révéler un être aussi intelligent que sage. Dites comment on perçoit que c'est lui qui mène ce dialogue, et qu'il n'oublie pas, au nom de la raison, d'avoir des sentiments.

Conclusion

Ainsi, ce texte parvient à nous convaincre et à nous persuader du fait que notre éducation nous corrompt. En nous expliquant les causes des progrès de l'Ingénu (qui tiennent presque toutes, paradoxalement, à son « éducation sauvage »), puis en nous présentant leurs effets dans un dialogue énergique mené par le héros éponyme, Voltaire nous convainc autant de la bêtise de notre système éducatif que de sa vanité ; il montre les extrêmes auxquels pousse un tel système, qui génère et attise la violence, aussi bien intellectuelle que physique. C'est une toute autre leçon que nous donne Alexandre Dumas, dans son roman *Le Comte de Monte-Cristo* : comme l'Ingénu, le héros se voit transformé, en prison, par la rencontre avec un religieux. Il s'agit de l'abbé Faria. Mais cette fois, c'est une leçon amère pour Edmond Dantès et pour le lecteur : avec la perfection de l'intelligence disparaît l'illusion confortable d'un univers providentiel. Le héros, en gagnant en intelligence, voit naître et se perfectionner son désir de vengeance contre ceux qui l'ont mené en prison.

Question de grammaire

Commentez les deux phrases interrogatives présentes dans le texte.

Vers le Bac

Vers l'oral du Bac

Explications linéaires proposées dans l'ouvrage

François Rabelais, *Gargantua*

Parcours : Rire et savoir

Parcours : La bonne éducation

Vers l'exposé et l'entretien avec l'examinateur

Lors de la seconde partie de l'épreuve orale, vous devrez **présenter une œuvre au choix, parmi celles étudiées en classe ou proposées en lecture cursive.** Cet exposé sera suivi d'un **entretien avec l'examinateur.** L'examinateur évaluera vos capacités à **rendre compte de votre connaissance de l'œuvre,** à **partager vos impressions de lecture,** mais aussi à **défendre votre point de vue** en argumentant et en dialoguant et à **témoigner de votre implication personnelle.**

Préparer votre présentation

Choisissez l'œuvre que vous allez présenter en fonction de **vos goûts personnels**: n'oubliez pas que vous devrez **justifier votre choix, montrer votre enthousiasme** et partager vos réflexions sur votre expérience de lecture.

Préparez une présentation synthétique en constituant des **fiches de révision** ou un **dossier.** Notez vos **impressions de lecture,** mais aussi vos **analyses et interprétations** de l'œuvre (structure, thèmes, personnages...). Vous pouvez vous appuyer sur vos **activités d'appropriation.**

Élargissez vos connaissances de l'œuvre en faisant quelques **recherches sur l'auteur,** le **contexte historique** et le **mouvement artistique et culturel.**

Témoignez également de votre **culture personnelle** en établissant des **liens avec d'autres œuvres, artistiques, cinématographiques ou littéraires,** pour les comparer au texte que vous aurez choisi.

✔ *Aide*

Si vous avez choisi de présenter *Gargantua*, vous pouvez préparer votre présentation en vous aidant des rubriques suivantes:

- ➡ Rappelez-vous ! (p. 70, 113 et 216)
- ➡ Activités d'appropriation (p. 223) et Carnet de lecture (p. 227)
- ➡ Prolongements artistiques et culturels (p. 224)
- ➡ Fiches (p. 229-245)
- ➡ Groupements de textes (p. 246-275)

Préparer l'entretien avec l'examinateur

Voici quelques questions que vous pouvez vous poser pour préparer au mieux l'entretien avec l'examinateur :

– Pourquoi avez-vous choisi cette œuvre ? En quoi vous a-t-elle intéressé(e) ?

– Que savez-vous de l'auteur et de la réception de cette œuvre ?

– Quelles émotions avez-vous ressenties à la lecture ou quelles réactions la lecture de cette œuvre a-t-elle suscitées chez vous ?

– À quoi vous attendiez-vous avant de lire cette œuvre ? Avez-vous changé d'avis au fil de la lecture ?

– Pouvez-vous commenter le titre du parcours associé ? En quoi l'œuvre que vous avez choisie se rattache-t-elle à ce parcours ?

Si vous avez choisi de présenter *Gargantua*, vous pouvez également vous demander en quoi cette œuvre est aussi gigantesque et aussi multiple que son héros. En effet, vous pouvez essayer de vous rappeler ce qui fait son caractère hors norme et vous poser ces questions :
– En quoi l'usage que fait l'auteur du rire est-il étonnant ? Vous pouvez, par exemple, identifier les diverses formes du rire dans le récit, et vous demander par quel miracle narratif elles peuvent si bien se côtoyer.
– Comment l'auteur parvient-il à la fois à valoriser et à mettre à distance le savoir ? À quels moments précis le fait-il ?
– Pourquoi ce texte insondable a-t-il donné lieu à tant d'interprétations au fil des siècles ? Relevez quelques passages qui vous ont semblé obscurs à la lecture, et d'autres dont le cours vous a permis de voir combien ils sont ouverts à l'interprétation. Rappelez-vous toutes les fois où vous avez senti le goût de l'ambiguïté de Rabelais : quand il choisit de dresser côte à côte deux figures de héros distinctes (frère Jean et Gargantua) par exemple.

Vers l'écrit du Bac

Commentaire

■ ***Sujet 1*** VOIE GÉNÉRALE

Vous commenterez l'article « Rire » du *Dictionnaire philosophique* de Voltaire, proposé dans le parcours « Rire et savoir » (p. 253-254).

Problématique

Comment Voltaire interroge-t-il le rire et le savoir de manière originale ?

Introduction rédigée

Le Siècle des lumières est marqué par la rédaction de l'*Encyclopédie*, rédigée des décennies durant par un ensemble d'auteurs centraux de ce mouvement, dont Voltaire a fait partie. Lui-même s'est essayé à ce type d'écriture, de manière individuelle, en publiant en 1764 un *Dictionnaire philosophique*. Paru anonymement, ce texte fit scandale. Ce philosophe a exploré une grande diversité de genres : la tragédie (*Œdipe*), le conte philosophique (*Micromégas*) ou encore l'épopée (*La Henriade*). Dans ce texte d'argumentation directe, il entend résumer l'ensemble de ses idées, sur des thèmes brûlants, ou sur des thèmes apparemment plus légers comme celui de cet article : le rire. Mais c'est de manière fort savante qu'il s'attaque à ce dernier sujet. Nous pourrons nous demander en quoi, à travers cet article, Voltaire interroge le rire et le savoir de manière originale. Après avoir vu en quoi ce texte aborde le savoir de manière ambiguë, nous montrerons qu'il est aussi plein de sensibilité.

Plan détaillé

I. Un texte savant ?

a. En quoi ce texte est-il savamment construit ? Est-il convaincant ?

b. Pourtant, comment cet article met-il à distance le savoir ?

II. Un texte sensible

a. Par quels moyens Voltaire montre-t-il qu'il tient à réhabiliter le rire ?

b. En quoi voit-on qu'il fait du rire une expérience proprement humaine, et universelle ?

Conclusion rédigée

Ainsi, celui qui sut avec brio se servir du rire comme d'un outil ou d'une arme, dans ses textes d'argumentation indirecte notamment, propose ici une analyse convaincante de ce thème. Dans un article savant, clair, Voltaire met à distance ceux qui dissèquent avec trop de sérieux le rire et nous rappelle sa pureté, qui est propre à l'humanité et qui la révèle. Tout en égratignant les « raisonneurs » qui l'excèdent, Voltaire nous fait revenir au cœur de nos émotions, et à leur spontanéité. On voit là se dessiner l'idéal, tendre, d'un auteur capable de jouer sur tous les registres pour convaincre son lecteur. Ce fut aussi la volonté de Montesquieu qui choisit, à la même époque, d'encadrer ses *Lettres persanes* par un groupe de lettres suscitant des émotions très fortes au sujet du sérail, autour de textes dans lesquels le plaisir du lecteur est plus souvent intellectualisé.

■ *Sujet 2* VOIE TECHNOLOGIQUE

Vous commenterez l'extrait du *Bourgeois gentilhomme*, proposé dans le parcours « La bonne éducation » (p. 263-265).

Vous pourrez vous appuyer sur le parcours de lecture suivant :

- Vous montrerez qu'il s'agit d'une scène comique.
- Vous étudierez en quoi ce texte de théâtre est satirique.

Problématique

Comment cette scène traite-t-elle le thème de l'éducation ?

Introduction rédigée

Au siècle classique, la tragédie était considérée comme un genre théâtral sérieux. Quelques auteurs, tels que Molière, tâchèrent de montrer que la comédie devait aussi être prise au sérieux en créant des satires d'une grande finesse. Dans *Le Bourgeois gentilhomme*, Monsieur Jourdain veut absolument ressembler à un noble ; il en a le costume, au premier acte, mais veut aussi en avoir l'éducation. Il engage donc tout un ensemble de précepteurs, qui viennent lui apprendre, de manière assez étonnante, leur science : à l'acte I, ce sont le maître de musique et le maître à danser, harmonieusement d'accord, qui tentent de l'inspirer ; mais, à l'acte II, la situation se complique puisque arrivent le maître d'armes, avec qui ils se disputent, puis le maître de philosophie, qui doit servir d'arbitre, mais échoue au point d'en venir aux mains avec les trois autres professeurs...

Après cette démonstration, commence la leçon de philosophie. L'extrait étudié en montre les prémices : le moment où le professeur demande à son élève ce qu'il veut apprendre, et lui donne un échantillon de son savoir. Nous nous demanderons comment cette scène de leçon traite le thème de l'éducation.

Plan détaillé

I. Une scène comique : une non-leçon

a. De quelle manière ce texte présente-t-il une parodie de leçon ?

b. Comment cette scène montre-t-elle de façon comique l'échec du maître ?

c. En quoi ce texte fait-il ressortir l'écart entre maître et élève ?

II. Une scène satirique : une leçon antipédagogique

a. Comment Molière fait-il ressortir le caractère pédant du maître ?

b. En quoi peut-on dire qu'à la fin de l'extrait le bon sens triomphe ?

Conclusion rédigée

Ainsi, cette scène entre maître et élève n'augure pas de grands progrès pour Monsieur Jourdain. Face à un professeur dont le savoir est tourné en ridicule, lui-même est ramené à une ignorance aussi comique qu'attendrissante. Ce rapport entre maître et élève est très présent dans la comédie ; parodié par le bourgeois Follavoine, dans *On Purge bébé* (1910) de Georges Feydeau où le bourgeois veut donner des leçons aussi bien à son fils qu'à sa domestique Rose, il est aussi interrogé de manière comique et inquiétante dans l'absurde *Leçon* (1951) d'Eugène Ionesco où l'étau se resserre sur le seul lien entre un maître et un élève.

Méthode BAC

Le commentaire

Le commentaire a pour objectif de vérifier la bonne compréhension du texte et la capacité à proposer une interprétation pertinente.

Étape 1 Situer le texte

• Pour comprendre les enjeux d'un texte, situez-le dans son contexte:
– historique (quel siècle? quelle époque?) ;
– littéraire (quel mouvement littéraire?) ;
– éventuellement, biographique (informations sur la vie de l'auteur).
• Repérez le nom de l'auteur, la date de l'œuvre dont le texte est extrait: ces informations sont utiles pour situer l'œuvre dans son contexte historique et repérer le mouvement littéraire auquel appartient l'auteur.

Étape 2 Dégager le sens du texte

• Relisez le texte plusieurs fois. Comment pouvez-vous le résumer? Quelles sont vos premières impressions? Notez tout cela au brouillon pour commencer à trouver des axes de lecture.
• Demandez-vous: Qui «parle» ou «raconte»?
À qui s'adresse-t-il? De quoi le texte parle-t-il? Comment est-il organisé (progression, mouvements)? Quelle est la tonalité dominante?
• Étudiez le texte dans le détail en utilisant les outils d'analyse de l'étape 3 (ci-dessous).

Étape 3 Utiliser les bons outils d'analyse

• Observez le texte et le paratexte.
• Comment le texte est-il disposé? À quel genre appartient-il?
• Dans le cas de la littérature d'idées, étudiez en particulier:
- la structure du texte: y a-t-il un renversement du texte? Que nous amène-t-il à penser?
• Quels connecteurs logiques en marquent nettement la structure?
– le registre employé: l'auteur défend-il ses idées sur un ton polémique? satirique?

– l'énonciation : voit-on des marques de la présence de l'auteur (« je ») ? Y-a-t-il des adresses ou des apostrophes au lecteur ?
– les figures de style : en quoi le style de l'auteur est-il un outil central au service de la démonstration ? Y a-t-il des figures de style récurrentes ? Pourquoi sont-elles efficaces, selon vous ?

Dissertation VOIE GÉNÉRALE

Sujet

En quoi peut-on dire que *Gargantua* de François Rabelais prête autant à rire qu'il donne à penser ?

Vous répondrez dans un développement structuré et argumenté en vous appuyant sur votre lecture de *Gargantua*, sur les textes associés au parcours ainsi que sur vos lectures et votre culture personnelles.

Problématique

En quoi l'œuvre *Gargantua* mêle-t-elle rire et savoir ?

Introduction rédigée

À la fin du prologue de *Pantagruel*, déjà, le narrateur se jouait de ses lecteurs, leur promettant une terrible agonie s'ils ne voulaient pas croire tout ce qu'il allait dire dans le livre ; c'est dire que le style de François Rabelais est profondément lié au rire, et ce rire gigantesque sera l'objet tant de l'admiration de certains (comme Victor Hugo dans la préface de *Cromwell*, 1827) que du rejet d'autres (comme Jean de La Bruyère dans ses *Caractères*, 1688). Ce rire reste très ambigu : le récit *Gargantua*, publié en 1532, en pleine période humaniste, prête à rire mais aussi donne à penser. En effet, comme les Silènes du prologue, sous des airs goguenards et parfois scandaleux, il ne cesse de pousser le lecteur dans ses retranchements, intellectuels surtout, pour le faire progresser. En quoi l'œuvre *Gargantua* mêle-t-elle rire et savoir ? Nous verrons que, dans ce récit, le savoir semble mis à distance par le rire ; mais que le rire est aussi le propre du savoir que veut nous transmettre l'humaniste François Rabelais.

Plan détaillé

I. Un récit où le savoir semble mis à distance par le rire

a. À quel moment du texte le narrateur montre-t-il, plus ou moins ouvertement, que son œuvre prête avant tout à rire ?

b. Comment François Rabelais fait-il la parodie de l'esprit de sérieux ?

II. Un récit qui, par le rire, donne à penser

a. Tout en nous faisant rire, le narrateur nous offre tout un ensemble de connaissances très sérieuses. En quoi peut-on dire que François Rabelais transmet des valeurs humanistes ?

b. De quelle manière l'auteur nous donne-t-il matière à penser ?

Conclusion rédigée

Ainsi, on peut dire de *Gargantua* qu'il prête à rire mais donne à penser. Si le premier terme du parallélisme peut sembler bien péjoratif, on peut l'appliquer à cette œuvre, dont le narrateur joue souvent à dévaluer le récit ; mais il ne peut faire oublier le deuxième terme du parallélisme : cette œuvre, profondément humaniste, donne à penser, et parvient à le faire par le rire, par un grand pied de nez aux conclusions toutes faites et aux pensées conformistes. On pourrait évoquer, par comparaison, la devise que suivait Molière, et qui transmettait l'idée qu'une œuvre apparemment légère peut receler beaucoup : « châtier les mœurs par le rire ».

Méthode BAC

La dissertation

La dissertation est un exercice de réflexion qui vous demande à développer une argumentation sur un sujet donné. Elle peut prendre la forme d'une citation que l'on vous invite à commenter, ou bien d'une question posée directement à laquelle vous devrez répondre.

Étape 1 Analyser le sujet

• Prenez le temps de bien analyser le sujet. Pour cela, repérez et analyser les mots-clés et trouvez des synonymes.
• Vous pouvez ensuite reformuler le sujet de plusieurs manières afin de vous assurer que vous avez bien compris le sens de la question posée.
• Choisissez l'une des reformulations qui vous semble la plus pertinente comme axe de votre dissertation.

Étape 2 Construire un plan détaillé

• Vous devez construire un plan en fonction du sujet. Deux possibilités s'offrent à vous:
– Si l'interrogation est totale, votre plan sera dialectique (en deux parties). Vous abonderez dans le sens de la question, puis vous nuancerez votre propos. Une troisième partie peut permettre de prolonger la réflexion.
– Dans le cas d'une interrogation partielle, il faut alors opter pour un plan thématique, qui traite les différents aspects de la question.
• Élaborez ensuite votre plan détaillé au brouillon.

Étape 3 Trouver des exemples

• Recherchez les exemples qui illustreront vos idées. Appuyez-vous sur l'œuvre intégrale au programme, mais aussi sur les textes du parcours, ainsi que sur vos lectures personnelles.

Étape 4 **Rédiger l'introduction et la conclusion**

Rédigez l'introduction et la conclusion au brouillon. Ce sont des moments essentiels de votre travail. Il est donc important de soigner particulièrement leur rédaction.

Étape 5 **Rédiger la dissertation**

- Vous pouvez à présent rédiger au propre votre travail.
- Veillez à bien respecter les alinéas au début de chaque paragraphe et à employer des connecteurs logiques afin de souligner votre progression.
- Pensez à relire votre copie afin de corriger les éventuelles erreurs de langue.

Contraction de texte suivie d'un essai (VOIE TECHNOLOGIQUE)

Texte

Joëlle Proust, « La confiance en soi se développe lorsque l'on donne aux élèves des occasions de réussir »

Joëlle Proust, philosophe et coordinatrice du groupe de travail « méta-cognition et confiance en soi » au sein du Conseil scientifique de l'éducation nationale (CSEN), explique le rôle de la confiance en soi dans la réussite scolaire.

La confiance en soi semble jouer dans la réussite scolaire des élèves. Les enseignants et l'institution y sont de plus en plus attentifs. Comment cette compétence indispensable à la réussite scolaire se développe-t-elle et s'entretient-elle à l'école ? [...]

La confiance en soi résulte du sentiment d'avoir obtenu les résultats attendus lors d'une activité d'apprentissage. Ce sentiment est engendré par la récurrence de situations d'apprentissage positives dans lesquelles l'élève a pu constater son progrès. Pour produire cet indispensable sentiment de confiance et d'auto-efficacité, l'enseignant doit proposer des tâches que l'élève peut exécuter avec son aide. Elles ne doivent être ni trop faciles (exécutables sans aide par l'élève) ni trop difficiles (impossibles à exécuter compte tenu des acquisitions existantes). Avoir accompli une tâche avec succès conduit à accepter l'effort d'apprentissage dans les activités à venir. La confiance est donc une condition indispensable pour l'engagement scolaire. [...]

Face à un choix d'activité, le cerveau prédit ce qu'il peut en attendre. L'activité est-elle intéressante ? Est-elle importante ? Est-elle difficile ? (Quel niveau d'effort demande-t-elle ?) En suis-je capable ? Ces prédictions sont faites sur la base de l'expérience acquise depuis la petite enfance, en famille et à l'école. Des retours positifs de l'activité, combinés à l'évaluation proposée par les parents et les enseignants, élèvent la confiance en soi de l'élève et le motivent à continuer à s'engager dans les apprentissages. Les deux moments-clés de la spirale de l'échec (ou de la spirale de la réussite) sont celui où l'élève détermine le niveau d'effort dès qu'il s'engage dans l'activité, et celui où il évalue son progrès dans la tâche ou son résultat. Un apprentissage mal ciblé (dépassant les capacités de l'élève), l'expérience d'échecs répétés, ou l'incertitude exprimée par l'enseignant sur les capacités de l'élève le conduisent à baisser les bras, à renoncer à l'activité proposée, voire à décrocher. [...]

Indépendamment des capacités d'apprentissage de l'élève, la représentation qu'il a de ses compétences scolaires est largement déterminée par des stéréotypes sociaux liés au genre et à l'origine sociale : *« les filles ne sont pas bonnes en maths », « les garçons ne sont pas bons en français », « les fils d'agriculteur (de manœuvres, de personnels d'entretien..) ne sont pas bons à l'école »*, etc.

Un élève de milieu favorisé se sent chez lui à l'école, et a priori capable d'y réussir. Face à la difficulté d'un apprentissage, il tend à élever son niveau d'effort. Il y voit un défi intéressant. L'élève de milieu défavorisé, en revanche, peut voir dans l'apprentissage difficile un obstacle infranchissable *« pour quelqu'un comme lui »*. S'y engager serait source de déconvenue, voire de souffrance. Il est frappant de voir que les stéréotypes sociaux sont faux dans leur principe (parce que tous les élèves peuvent réussir à l'école s'ils travaillent), mais auto-réalisateurs dans leurs effets. […]

Il ne faut pas dire à un élève qu'il *« n'avance pas »* ; ni expliquer ses performances par la présence d'un don ou d'une forme d'intelligence innée (mathématique, littéraire, artistique). Il est formellement déconseillé de noter un exercice en cours d'apprentissage. Il est essentiel d'expliquer aux élèves que l'intelligence est un processus flexible lié aux apprentissages et non un trésor dans lequel puiser…

Un bébé n'apprendrait jamais à marcher s'il refusait de tomber. C'est en tombant qu'il apprend… à ne plus tomber. C'est la même chose pour les apprentissages : c'est en faisant des erreurs que l'élève apprend à adapter sa réflexion, à définir le niveau d'effort qu'il doit fournir pour réussir une tâche donnée, à prendre confiance dans sa capacité à ne plus refaire les mêmes erreurs.

L'erreur est d'autant plus porteuse d'apprentissage qu'elle n'est pas source de menace. Or la note change le sens de l'erreur : on passe de la motivation intrinsèque d'apprendre à la motivation extrinsèque d'avoir une bonne note. À l'issue de l'exercice, l'élève retiendra la note, sans prêter attention aux commentaires oraux ou écrits qui la justifient ; il éprouvera, en cas de mauvaise note, un sentiment d'auto-efficacité dépréciatif, une moindre confiance en lui, donc une moindre motivation pour l'exercice suivant, etc. Qui plus est, il aura tendance à vouloir éviter de s'exposer une autre fois à l'erreur, c'est-à-dire préférera limiter ses apprentissages. Dans l'idéal, il ne faudrait pas donner de note du tout. Ou bien noter séparément chaque compétence, sans note globale, pour montrer que « tout » n'est pas mauvais dans une copie. […]

La confiance en soi se développe lorsque l'on donne aux élèves des occasions de réussir. En leur proposant des apprentissages qui se situent dans ce que les chercheurs ont appelé leur zone proximale de développement ou zone de difficulté désirable : soit ce qu'il est possible, pour un élève donné, d'acquérir avec l'aide du professeur et quelques efforts, étant donné ses acquisitions antérieures.

Une classe étant généralement très différenciée, les zones proximales de développement de tous les élèves ne sont pas alignées. C'est l'un des plus grands défis qu'un enseignant ait à relever : comment permettre à tous les élèves de progresser à partir de leurs acquisitions respectives ? La différenciation des devoirs *« à la maison »*, le travail coopératif en îlot, et le dispositif « Devoirs faits » (temps d'étude accompagnée après la classe) offrent des réponses institutionnelles encore partielles. L'évaluation *« formative »*, tout comme l'introduction d'exercices de compréhension en cours d'apprentissage, sont d'autres façons de relever le défi.

Joëlle Proust, « La confiance en soi se développe lorsque l'on donne aux élèves des occasions de réussir »,
 entretien avec Séverin Graveleau, 15 mars 2021.

Première partie : contraction de texte

Vous ferez la contraction du texte de Joëlle Proust en 230 mots environ avec une marge autorisée de plus ou moins 10 %.

La contraction de texte

Méthode BAC

Faire la contraction d'un texte consiste à réduire sa longueur selon les quatre principes suivants : réduire le texte au quart, reformuler le propos de l'auteur, respecter l'ordre des idées, conserver l'énonciation.

Étape 1 Lire plusieurs fois le texte pour cerner ses enjeux

- Soulignez ou surlignez ensuite les parties qui sont essentielles pour comprendre comment s'articule la réflexion qu'il propose.
- Au brouillon, résumez le texte en faisant un montage des citations que vous avez sélectionnées.

Étape 2 Rédiger la contraction de texte

- Écrivez votre contraction de texte en reformulant les passages, en conservant la logique de la réflexion et en reliant les phrases entre elles.
- Veillez à respecter l'énonciation et le style du texte.

Étape 3 Relire son travail

- Comptez le nombre de mots. Si votre contraction ne comporte pas le nombre de mots attendus, reprenez votre travail avant de le recopier.
- Recopiez votre devoir au propre et indiquez le nombre de mots qu'il comporte.

Deuxième partie: essai

Dans un de ses discours, Victor Hugo a prononcé cette phrase devenue célèbre : « Ouvrez des écoles, vous fermerez des prisons. » Êtes-vous d'accord avec cette idée ?

Sujet

Dans un de ses discours, Victor Hugo a prononcé cette phrase devenue célèbre : « Ouvrez des écoles, vous fermerez des prisons. » Êtes-vous d'accord avec cette idée ?

Vous développerez de manière organisée votre réponse à cette question, en prenant appui sur l'œuvre Gargantua de François Rabelais, sur le texte de l'exercice de la contraction et sur ceux que vous avez étudiés dans l'année dans le cadre de l'objet d'étude « La littérature d'idées du XVIe au XVIIIe siècle ». Vous pourrez aussi faire appel à vos lectures et à votre culture personnelle.

Problématique

L'éducation est-elle un outil nécessaire pour former des citoyens ?

Introduction rédigée

Victor Hugo, auteur du XIXe siècle, comme d'autres écrivains engagés, avait une foi très forte en l'homme ; il éta›it persuadé qu'en l'éduquant, en le formant, on pouvait donner à tout être humain de quoi développer ce qui est bon en lui. L'idée de la vertu citoyenne de l'instruction était déjà présente chez les humanistes de la Renaissance, qui pensaient que l'éducation avait une importance cruciale pour le développement du bon gouvernement. De même, les philosophes des Lumières croyaient qu'un large accès à la culture permettrait à chacun de devenir citoyen à part entière. Nous nous interrogerons sur le rôle de l'éducation dans la formation de citoyens. Dans un premier temps, nous verrons que l'école est un lieu d'apprentissages multiples, puis nous envisagerons l'école comme un espace voué davantage à l'instruction.

Plan détaillé

I. L'école, lieu d'apprentissages plus qu'intellectuels

a. De quelle manière l'école est-elle un lieu d'apprentissage social ?

b. En quoi l'école est-elle un lieu d'apprentissage moral ?

II. L'école, un lieu qui peut instruire mais pas éduquer

a. Quelle différence faites-vous entre les mots « instruire » et « éduquer » ?

b. Pour vous, l'école est-elle vraiment un lieu qui éduque, qui élève ?

Conclusion rédigée

Ainsi, cette pensée de Victor Hugo, articulant instruction et citoyenneté, est très inspirante et correspond à l'idéal de l'école républicaine, forgé à la fin du XIXe siècle. Par de nombreux aspects, l'école transmet des connaissances et des valeurs aux enfants et aux jeunes, offrant également un apprentissage moral et social approfondi. Cependant, elle ne peut être considérée comme l'unique vecteur d'éducation pour construire une société juste et vertueuse. Même dans l'utopique abbaye de Thélème, dans *Gargantua*, les membres arrivent déjà formés.

Méthode BAC

L'essai

L'essai pose une question d'ordre général à laquelle l'élève doit répondre grâce à sa connaissance de l'œuvre et des textes étudiés durant l'année. Le texte de la contraction permet également de développer une partie de la réponse.

Étape 1 Relire plusieurs fois la question et cerner ses enjeux

• Définissez les liens entre la question posée, le texte à contracter, l'œuvre que vous avez étudiée en cours et le parcours qui y est associé.

Étape 2 Lister ses idées et essayer d'y associer un exemple issu de l'œuvre au programme et des textes du parcours

• Organisez vos idées en deux ou trois parties en allant des idées les plus évidentes aux plus complexes, des plus communes aux plus personnelles.

Étape 3 Rédiger l'introduction au brouillon, puis le reste de l'essai au propre

• Vous y ferez apparaître les enjeux de la question, puis vous énoncerez la problématique (essayez de reformuler la question posée ou, si vous n'y arrivez pas, reprenez-la) et vous annoncerez votre plan (les grandes idées qui organisent votre travail).

• Recopiez votre introduction.

• Rédigez ensuite votre essai en veillant à ce que vos phrases soient bien construites et d'une longueur raisonnable.

• Développez chacune de vos idées en vous appuyant sur un exemple, de préférence littéraire.

• Terminez par une conclusion qui reprendra le cheminement de votre raisonnement et répondra à la question posée.

Étape 4 Se relire pour éviter un maximum de fautes

• Vérifiez que vous n'avez pas oublié de mots et améliorez les phrases mal construites.

Fenêtres sur...

Des ouvrages à lire

Récits

- François Rabelais, *Pantagruel*, translation en français moderne de G. Demerson, Seuil, « Points », 1996.
- François Rabelais, *Le Tiers Livre*, translation en français moderne de G. Demerson, Seuil, « Points », 1997.
- François Rabelais, *Le Quart Livre*, translation en français moderne de G. Demerson, Seuil, « Points », 1997.
- François Rabelais, *Les Cinq Livres des faits et dits de Gargantua et Pantagruel*, translation en français moderne de M.-M. Fragonard, édition bilingue Gallimard, « Quarto », 2017.
- Laurence Sterne, *Vie et Opinions de Tristram Shandy, gentleman* [1759-1767], traduit de l'anglais par A. Hédouin et révisé par A. Tadié, Gallimard, « Folio classique », 2012.
- Jonathan Swift, *Les Voyages de Gulliver* [1721], trad. de l'anglais par G. Villeneuve, Flammarion, « GF », 2014.

Ouvrages critiques sur François Rabelais

- Mireille Huchon, *Rabelais*, Gallimard, « NRF Biographies », 2011.
- Monique Subra, *Les Mots de Rabelais*, Cabardès, 2016.

Bande dessinée

- Dino Battaglia, d'après François Rabelais, *Gargantua et Pantagruel*, Mosquito, 2001.

Des films et des séries à voir

- L'épisode 4 de la première saison de la série documentaire *La Guerre des trônes, la véritable histoire de l'Europe* portant sur le conflit entre François Ier et Charles Quint, 2017.
- *Monty Python: Sacré Graal !* de Terry Jones et Terry Gilliam, 1975.

@ Des sites Internet à consulter

- L'œuvre de François Rabelais illustrée par Gustave Doré, célèbre graveur du XIXe siècle: **https://gallica.bnf.fr/ark:/12148/btv1b86000454/f17.image**
- Une mine sur les œuvres de François Rabelais et de Pierre de Ronsard, dotée entre autres d'une cartographie interactive, d'une chronologie et d'un accès aux textes originaux et à leur translation: **https://renom.univ-tours.fr/**
- Un site permettant d'entrer plus en détail dans la découverte du mouvement humaniste: **http://classes.bnf.fr/dossitsm/humalumi.htm**
- Le site du musée de La Devinière, qui fut l'une des propriétés du père de François Rabelais. On y découvre son œuvre, via des éditions et œuvres rares, et un parcours plus général dans la vie de François Rabelais et la Renaissance: **https://www.musee-rabelais.fr**
- Un bref extrait d'une pièce de quatre heures que Jean-Louis Barrault créa à partir de l'œuvre de François Rabelais aux alentours de mai 1968: **https://www.ina.fr/video/CAF96020211**

Des émissions de radio à écouter

- Une série de quatre émissions de radio sur François Rabelais :
  « L'extravagant maître François Rabelais » ;
  « Notre seul auteur-monde » ;
  « Rabelais le père du roman » ;
  « Rabelais : poétique et politique » :
  https://www.franceculture.fr/emissions/la-compagnie-des-auteurs/francois-rabelais

Glossaire

Allégorie : figure de style qui permet de donner une image concrète d'une idée abstraite. Faire une lecture allégorique d'un texte consiste à chercher derrière les images qu'il contient une signification profonde.

Anagramme : mot formé à l'aide des lettres d'un autre mot, disposées dans un nouvel ordre.

Burlesque : registre comique qui repose sur l'utilisation d'un style familier ou trivial pour évoquer un sujet grave.

Calembour : jeu d'esprit construit sur des mots pris à double sens ou sur l'équivoque de mots ou de parties de phrases se prononçant de la même façon. Exemple : par ris / Paris.

Chronique : **a.** recueil de faits historiques présentés selon leur déroulement chronologique ; **b.** récit mettant en scène des personnages réels ou fictifs, tout en évoquant des faits authentiques.

Comique : registre littéraire qui vise à susciter le rire.

Dispute : échange d'arguments contradictoires sur un sujet donné (exercice pratiqué par les adeptes de la scolatisque ou à l'université de la Sorbonne).

Drolatique : amusant, cocasse, qui fait rire par son pittoresque.

Éloquence : en rhétorique, art de s'exprimer avec une élégance persuasive.

Énigme : jeu d'esprit dans lequel le lecteur doit trouver la réponse à une interrogation, dont le sens est caché sous une parabole ou une métaphore.

Épopée : vaste récit en vers ou en prose qui relate les exploits d'un héros ou d'une héroïne historique ou légendaire secondé(e) par les dieux.

Évangélisme : mouvement de pensée du XVIe siècle dont les membres souhaitent une réforme douce de l'Église catholique, centrée notamment sur un retour aux sources de la Bible.

Farce : **a.** genre théâtral comique d'origine médiévale qui se caractérise par un comique de mots, de gestes ou de situations, avec des personnes grotesques ; **b.** plaisanterie bouffonne, voire grossière faite pour divertir.

Geste : histoire glorifiant un peuple ou un individu.

Grotesque : type de comique qui utilise particulièrement les références au corps, à la scatologie.

Harangue *(n. f.)* : discours solennel prononcé devant une assemblée ou une foule.

Héroïcomique : registre littéraire qui fait rire en parlant sur un ton haut d'un sujet bas.

Humanisme : mouvement culturel du XVIe siècle, qui a une vision très positive de l'être humain ; les humanistes entendent développer au maximum les facultés de celui-ci, en lui offrant notamment l'accès aux « humanités », un enseignement riche et complet.

Hyperbole : figure de style reposant sur une amplification (exagération, superlatif, métaphore).

Néologisme : mot nouveau, créé par un auteur.

Pacte de lecture : on appelle ainsi la manière dont l'auteur crée, sans le dire, un lien entre son lecteur et lui-même en lui indiquant comment doit être lu le livre.

Parodie : texte ou ouvrage qui, à des fins comiques, imite en la tournant en ridicule une partie ou la totalité d'une œuvre sérieuse connue.

Polysémie : caractéristique de ce qui a plusieurs sens, peut être interprété de plusieurs façons.

Rhétorique : art de l'éloquence, codifié dans l'Antiquité. Ceux qui la maîtrisent parlent bien, savent construire et animer un discours.

Roman de chevalerie : œuvre romanesque, le plus souvent en prose, inspirée des chansons de geste ou des romans courtois. Les premiers romans de chevalerie datent du XIIe siècle (*Lancelot ou le Chevalier de la charrette*, de Chrétien de Troyes). Ce genre est encore populaire en Europe au XVIe siècle, avec par exemple *Roland furieux* ou *Amadis de Gaule*.

Satire : registre littéraire qui vise, sur un ton comique ou grinçant, à dénoncer les vices d'une personne ou des faits de société.

Scatologie : propos grossiers qui tournent autour des excréments.

Scolastique : modèle d'enseignement, particulièrement à la mode au Moyen Âge, dans lequel on inculque aux élèves des connaissances philosophiques antiques, une parfaite connaissance de la Bible et une grande maîtrise de tout un ensemble de formes de discours. Les humanistes notamment critiquent cet apprentissage très formel, rendant l'élève moins capable de penser que de tout justifier.

Sophiste : ce terme antique désigne un type de vendeurs de prêt-à-penser de l'Antiquité, contre lequel Socrate est très engagé ; leurs discours sont impeccables, mais faux.

Syllogisme : type de raisonnement en trois temps, dont le modèle le plus classique est : « Tous les hommes sont mortels ; or Socrate est un homme ; donc Socrate est mortel. »

Théologien : spécialiste en théologie, discipline qui traite de Dieu et de tout ce qui touche à la religion.

Utopie : récit dans lequel une société en tout point idéale est représentée.

Notes

Notes

Notes

Notes

Notes

Notes

Dans la même collection

CLASSICOCOLLÈGE

14-18 Lettres d'écrivains (anthologie) (1)
Contes (Andersen, Aulnoy, Grimm, Perrault) (93)
Douze nouvelles contemporaines (anthologie) (119)
Fabliaux (94)
La Farce de maître Pathelin (75)
Gilgamesh (17)
Histoires de vampires (33)
Les Mille et Une Nuits : Aladin, Ali Baba, Sindbâd (156)
Neuf nouvelles réalistes (anthologie) (125)
La Poésie engagée (anthologie) (31)
La Poésie lyrique (anthologie) (49)
Le Roman de Renart (50)
Les textes fondateurs (anthologie) (123)
Jean Anouilh – *Le Bal des voleurs* (78)
Guillaume Apollinaire – *Calligrammes* (2)
Louis Aragon – *Le Collaborateur et autres nouvelles sur la guerre* (142)
Honoré de Balzac – *Le Colonel Chabert* (57)
René Barjavel – *Le Voyageur imprudent* (141)
James Matthew Barrie – *Peter Pan* (165)
Béroul – *Tristan et Iseut* (61)
Ray Bradbury – *Fahrenheit 451* (152)
Évelyne Brisou-Pellen – *Thésée, Ariane et le Minotaure* (158)
Albert Camus – *Le Malentendu* (114)
Lewis Carroll – *Alice au pays des merveilles* (53)
Driss Chraïbi – *La Civilisation, ma Mère !...* (79)
Arthur Conan Doyle – *Sherlock Holmes, Le Chien des Baskerville* (173)
Chrétien de Troyes – *Érec et Énide* (144)
Chrétien de Troyes – *Lancelot ou le Chevalier de la charrette* (109)
Chrétien de Troyes – *Perceval* (191)
Chrétien de Troyes – *Yvain ou le Chevalier au lion* (3)
Jean Cocteau – *Antigone* (96)
Albert Cohen – *Le Livre de ma mère* (59)
Corneille – *Le Cid* (41)
Didier Daeninckx – *Meurtres pour mémoire* (4)
Dai Sijie – *Balzac et la Petite Tailleuse chinoise* (116)
Annie Ernaux – *La Place* (82)
Georges Feydeau – *Dormez, je le veux !* (76)
Romain Gary – *La Vie devant soi* (113)
Théophile Gautier – *La Morte amoureuse et autres nouvelles fantastiques* (146)
Jean Giraudoux – *La guerre de Troie n'aura pas lieu* (127)

William Golding – *Sa Majesté des Mouches* (5)
Jacob et Wilhelm Grimm – *Contes* (73)
Homère – *L'Odyssée* (14)
Victor Hugo – *Claude Gueux* (6)
Victor Hugo – *Les Misérables* (110)
Sébastien Japrisot – *Un long dimanche de fiançailles* (195)
Joseph Kessel – *Le Lion* (38)
Joseph Kessel – *Une balle perdue* (167)
Rudyard Kipling – *Le Livre de la Jungle* (133)
Jean de La Fontaine – *Fables* (74)
Maurice Leblanc – *L'Aiguille creuse, une aventure d'Arsène Lupin* (184)
J.M.G. Le Clézio – *L'Africain* (193)
J.M.G. Le Clézio – *Mondo et trois autres histoires* (34)
Mme Leprince de Beaumont – *La Belle et la Bête* (140)
Jack London – *L'Appel de la forêt* (30)
Marivaux – *L'Île des esclaves* (139)
Guy de Maupassant – *Histoire vraie et autres nouvelles* (7)
Guy de Maupassant – *Le Horla* (54)
Guy de Maupassant – *Nouvelles réalistes* (97)
Prosper Mérimée, Théophile Gautier, Guy de Maupassant – *La Vénus d'Ille et autres nouvelles fantastiques* (136)
Prosper Mérimée – *La Vénus d'Ille* (192)
Molière – *L'Avare* (51)
Molière – *Le Bourgeois gentilhomme* (62)
Molière – *Les Fourberies de Scapin* (9)
Molière – *George Dandin* (115)
Molière – *Le Malade imaginaire* (42)
Molière – *Le Médecin malgré lui* (13)
Molière – *Le Médecin volant et L'Amour médecin* (52)
Jean Molla – *Felicidad* (168)
Jean Molla – *Sobibor* (32)
Michael Morpurgo – *Cheval de guerre* (154)
Jean-Claude Mourlevat – *Terrienne* (159)
Jean-Claude Mourlevat – *Silhouette* (185)
George Orwell – *La Ferme des animaux* (130)
George Orwell – *1984* (175)
Ovide – *Les Métamorphoses* (37)
Daniel Pennac – *Kamo et moi* (172)
Charles Perrault – *Contes* (15)
Edgar Allan Poe – *Trois nouvelles extraordinaires* (16)
Jules Romains – *Knock ou le Triomphe de la médecine* (10)
Edmond Rostand – *Cyrano de Bergerac* (58)
Antoine de Saint-Exupéry – *Lettre à un otage* (11)
William Shakespeare – *Roméo et Juliette* (70)
Mary Shelley – *Frankenstein* (194)

Sophocle – *Antigone* (81)
John Steinbeck – *Des souris et des hommes* (100)
Robert Louis Stevenson – *L'Étrange Cas du Dr Jekyll et de M. Hyde* (155)
Robert Louis Stevenson – *L'Île au Trésor* (95)
Jonathan Swift – *Gulliver. Voyage à Lilliput* (151)
Jean Tardieu – *Quatre courtes pièces* (63)
Michel Tournier – *Vendredi ou la Vie sauvage* (69)
Mark Twain – *Les Aventures de Tom Sawyer* (150)
Fred Uhlman – *L'Ami retrouvé* (80)
Paul Verlaine – *Romances sans paroles* (12)
Jules Verne – *Le Tour du monde en 80 jours* (166)
Voltaire – *Jeannot et Colin, Le Monde comme il va* (174)
Marguerite Yourcenar – *Comment Wang-Fô fut sauvé* (186)
Anne Wiazemsky – *Mon enfant de Berlin* (98)
Émile Zola – *Au Bonheur des Dames* (128)

CLASSICOLYCÉE

Des poèmes et des rêves (anthologie) (105)
Nathacha Appanah – *Tropique de la violence* (196)
Guillaume Apollinaire – *Alcools* (25)
Honoré de Balzac – *La Fille aux yeux d'or* (120)
Honoré de Balzac – *Le Colonel Chabert* (131)
Honoré de Balzac – *Le Père Goriot* (99)
Honoré de Balzac – *La Peau de chagrin* (188)
Honoré de Balzac – *Mémoires de deux jeunes mariées* (189)
Charles Baudelaire – *Les Fleurs du mal* (21)
Charles Baudelaire – *Le Spleen de Paris* (87)
Beaumarchais – *Le Barbier de Séville* (138)
Beaumarchais – *Le Mariage de Figaro* (65)
Ray Bradbury – *Fahrenheit 451* (66)
Albert Camus – *La Peste* (90)
Emmanuel Carrère – *L'Adversaire* (40)
Blaise Cendrars – *Prose du Transsibérien et autres poèmes* (147)
Corneille – *Le Cid* (129)
Corneille – *Médée* (84)
Dai Sijie – *Balzac et la Petite Tailleuse chinoise* (28)
Robert Desnos – *Corps et Biens* (132)
Denis Diderot – *Supplément au Voyage de Bougainville* (56)
Joachim du Bellay – *Les Regrets* (187)
Alexandre Dumas – *Pauline* (121)
Alexandre Dumas – *Antony* (177)
Marguerite Duras – *Le Ravissement de Lol V. Stein* (134)

Marguerite Duras – *Un barrage contre le Pacifique* (67)
Paul Éluard – *Capitale de la douleur* (91)
Annie Ernaux – *La Place* (35)
Élisabeth Filhol – *La Centrale* (112)
Francis Scott Fitzgerald – *Gatsby le magnifique* (104)
Gustave Flaubert – *Madame Bovary* (89)
Gustave Flaubert – *Un cœur simple* (77)
François Garde – *Ce qu'il advint du sauvage blanc* (145)
Romain Gary – *La Vie devant soi* (29)
Romain Gary – *Les Cerfs-volants* (157)
Jean Genet – *Les Bonnes* (45)
Jean Giono – *Un roi sans divertissement* (118)
Olympe de Gouges – *Déclaration des droits de la femme et de la citoyenne* (179)
J.-Cl. Grumberg, Ph. Minyana, N. Renaude – *Trois pièces contemporaines* (24)
Victor Hugo – *Anthologie poétique* (124)
Victor Hugo – *Le Dernier Jour d'un condamné* (44)
Victor Hugo – *Les Contemplations* (livres I à IV) (163)
Victor Hugo – *Ruy Blas* (19)
Eugène Ionesco – *La Cantatrice chauve* (20)
Eugène Ionesco – *Le roi se meurt* (43)
Louise Labé – *Poésies* (176)
Jean de La Bruyère – *Les Caractères* (livres V à X) (181)
Jean de La Bruyère – *Les Caractères* (livre XI) (182)
Jean de La Fontaine – *Fables* (livres VII à XI) (164)
Laclos – *Les Liaisons dangereuses* (88)
Mme de Lafayette – *La Princesse de Clèves* (71)
Marivaux – *Les Fausses Confidences* (170)
Marivaux – *L'Île des esclaves* (36)
Marivaux – *Le Jeu de l'amour et du hasard* (55)
Guy de Maupassant – *Bel-Ami* (27)
Guy de Maupassant – *Pierre et Jean* (64)
Guy de Maupassant – *Une partie de campagne et autres nouvelles réalistes* (143)
Pierre Michon – *Vies minuscules* (180)
Patrick Modiano – *Dora Bruder* (169)
Molière – *Dom Juan* (26)
Molière – *L'École des femmes* (102)
Molière – *Les Femmes savantes* (149)
Molière – *Le Malade imaginaire* (171)
Molière – *Le Misanthrope* (122)
Molière – *Le Tartuffe* (48)
Montaigne – *Essais. Des Cannibales, Des coches* (161)
Montesquieu – *Lettres persanes* (103)
Alfred de Musset – *Lorenzaccio* (111)
Alfred de Musset – *On ne badine pas avec l'amour* (86)

Marie NDiaye – *Histoire de Khady Demba. Trois femmes puissantes* (190)
George Orwell – *La Ferme des animaux* (106)
Pierre Péju – *La Petite Chartreuse* (92)
Charles Perrault – *Contes* (137)
Francis Ponge – *Le Parti pris des choses* (72)
Abbé Prévost – *Manon Lescaut* (23)
François Rabelais – *Gargantua* (183)
Racine – *Andromaque* (22)
Racine – *Bérénice* (60)
Racine – *Britannicus* (108)
Racine – *Phèdre* (39)
Arthur Rimbaud – *Œuvres poétiques* (68)
Arthur Rimbaud – *Cahiers de Douai* (197)
Tiago Rodrigues – *Bovary* (178)
Edmond Rostand – *Cyrano de Bergerac* (148)
Stendhal – *Le Rouge et le Noir* (160)
Paul Verlaine – *Poèmes saturniens* et *Fêtes galantes* (101)
Jules Verne – *Voyage au centre de la Terre* (162)
Voltaire – *Candide* (18)
Voltaire – *L'Ingénu* (85)
Voltaire – *Micromégas* (117)
Voltaire – *Traité sur la tolérance* (135)
Voltaire – *Zadig* (47)
Émile Zola – *La Fortune des Rougon* (46)
Émile Zola – *Nouvelles naturalistes* (83)
Émile Zola – *Thérèse Raquin* (107)

Première de couverture : © Samivel, illustration pour *Gargantua*, éditions Delagrave, 1934.
Deuxième de couverture : [h] Electa/Leemage ; [b] Eric Vandeville/akg-images.
Troisième de couverture : [h] Gusman/Leemage ; [b] Ashmolean Museum, University of Oxford/ Leemage.

Cahier photos
Page I : [h] akg-images ; [b, g] Coll. Kharbine-Tapabor ; [b, d] Musée Rabelais-La Devinière, Département d'Indre-et-Loire, numéro d'inventaire DE 2016.1.4 © C. Raimbault, CD37.
Page II : [h] Granger Collection/Bridgeman Images ; [b, g] Collections Musée de Bretagne et Écomusée du Pays de Rennes/CC0 ; [b, d] Coll. Jonas/Kharbine-Tapabor.
Page III : [h, g] Universal History Archive/UIG/Coll. ChristopheL © Indivision Dubout ; [h, d] coll. part. © Adagp, Paris, 2021 ; [b] Irene Rinaldi/Gorilla Sapiens Edizioni.
Page IV : [h] Gusman/Leemage ; [b] Domingie & Rabatti/La Collection.

Intérieur
Pages 10-11 : Corédoc.
Page 230 : Bridgeman Images/Leemage.

170 *bis*, boulevard du Montparnasse, 75680 Paris Cedex 14

ISBN 979-10-358-0721-4
ISSN 2104-9610

Cet ouvrage a été composé par Nadia Julienne.

La pâte à papier utilisée pour la fabrication du papier de cet ouvrage provient de forêts certifiées et gérées durablement.

Imprimé en Espagne par Novoprint

Dépôt légal : mai 2021 – N° d'édition : 03580721-04/juillet2023

PEFC PEFC/14-38-00277